UM CASAMENTO FELIZ

ANDREW KLAVAN

UM CASAMENTO FELIZ

Tradução de Isabel Nunes

FICHA TÉCNICA

Título original: *Man and Wife*
Autor: *Andrew Klavan*
Copyright © 2001 by Andrew Klavan
Tradução © Editorial Presença, Lisboa, 2002
Tradução: *Isabel Nunes*
Capa: *Ana Espadinha*
Fotocomposição, impressão e acabamento: *Multitipo — Artes Gráficas, Lda.*
1.ª edição, Lisboa, Junho, 2003
Depósito legal n.º 195 575/03

Reservados todos os direitos
para Portugal à
EDITORIAL PRESENÇA
Estrada das Palmeiras, 59
Queluz de Baixo
2745-578 BARCARENA
Email: info@editpresenca.pt
Internet: http://www.editpresenca.pt

Este livro é dedicado a Ellen

AGRADECIMENTOS

Estou muito agradecido a todos os que deram a sua contribuição para que eu escrevesse este livro. Foram todos profundamente generosos e simpáticos. O Dr. Richard C. Friedman não só me explicou a metodologia psiquiátrica, como dispôs do seu tempo para partilhar comigo os seus conhecimentos sobre a mente dos meus pacientes fictícios. Igualmente, o Reverendo J. Douglas Ousley informou-me sobre as práticas e crenças da Igreja Episcopal e, juntamente com a sua mulher, Ellen, procedeu a uma leitura cuidada de uma das primeiras versões do livro. O promotor público de Waterbury, John A. Connelly, passou um longo almoço durante o bem sucedido processo de acusação de um caso de assassínio a ensinar-me todos os pormenores das leis e formas de governo do Connecticut. Pat Russo, Director de Informação do Hospital Silver Hill do Connecticut, conduziu-me numa visita que se revelou extraordinária e instrutiva. Os amáveis membros da Sharon Audubon Society deram-me informações sobre os cuidados e alimentação dos mochos. Casper Ultee, da Sociedade Botânica do Connecticut, respondeu às minhas perguntas sobre flores silvestres. Ellen Borakove, do serviço de Medicina Legal de Nova Iorque, explicou-me as suas normas de funcionamento e Astride Miano fez um excelente trabalho como assistente de investigação. Reservo os meus agradecimentos mais calorosos para os meus agentes Robert Gottlieb e Dan Strone, de Nova Iorque, e Brian Lipson, da Califórnia, pela sua ajuda e apoio, juntamente com Tom Doherty e Bob Gleason, da Tor/Forge. E, como sempre, quero exprimir a minha humilde gratidão e devoção infinita à melhor das redactoras, a minha mulher Ellen, absolutamente incansável.

Não quero aborrecer o leitor com uma extensa bibliografia, mas não posso deixar de mencionar os trabalhos de Anthony Storr, que ajudaram a desenvolver o meu sentido da relação psiquiatra/paciente; o *Guia de DSM-IV*, de James Morrison, que permaneceu aberto na minha secretária durante o desenvolvimento do romance bem como *In a House of Dreams and Glass*, as maravilhosas memórias do Dr. Robert Klitzman, que me deram uma ideia da formação de Cal e de onde retirei uma descrição da terapia de choque.

Após estes agradecimentos, não posso deixar de acrescentar que ninguém é responsável pelos erros ou liberdades literárias que este livro, sem dúvida, contém.

PARTE UM

UM

Se a amasse menos, talvez não tivesse havido crime. Talvez, se ao menos houvesse uma menor entrega no amor. Há muitos homens com casamentos felizes, em que existe afecto, companheirismo, conversas sérias, objectivos comuns. Se, no início, a paixão é cega, desvanece-se com o tempo e volta-se a pensar com argúcia. Se não a adorasse tanto, talvez tivesse visto com mais clareza. Se tivesse visto as coisas com mais clareza, talvez ninguém tivesse morrido.

Portanto, acho que isto é uma espécie de confissão. E eu sei bastante acerca disso. Passei a maior parte da minha vida de adulto a escutar confissões e posso dizer-vos o seguinte, a vós, a quem imagino a ler esta história. Posso avisá-los já no início: um homem que se confessa mostra-se, por vezes, momentaneamente arrogante. Talvez chegue à verdade por caminhos oblíquos e a tente disfarçar para preservar a sua dignidade, mas, no fim, dar-vos-á o pior de si próprio. Não tem outra hipótese. É impelido pela culpa e pela solidão, que o prendem num laço cada vez mais apertado, até que, por fim, perde até a influência civilizadora da hipocrisia — não lhe serve para nada, como o dinheiro a um moribundo. Se esperarem o suficiente, ele dir-vos-á tudo o que fez ou sonhou. Ignorem os grandes vícios, os vícios românticos, de que ele secretamente se orgulha. Ele vai sobrecarregá-los com a velha história humana, vil e desprezível, vai levar-vos numa visita suja às suas fantasias íntimas e atacá-los com os sonhos piegas e venenosos, cheios de inveja e malícia, que lhe enchem o coração fraco e traiçoeiro. Por si só, isto poderá transformá-lo num narrador incómodo, porque, como todos os narradores, quer a vossa compreensão, quer que se identifiquem com ele, quer que reconheçam que não é assim tão diferente de vós.

Portanto, isto é uma coisa. Depois, há a minha pessoa — é que não correspondo nada à ideia que se tem de um herói. Para começar, fisicamente sou baixote, magro, flácido. Tenho um rosto desinteressante, sob um cabelo ralo, acastanhado e os meus olhos são de um castanho baço e papudos, mesmo quando estou em forma. Dão-me um ar mais velho do que os meus quarenta e dois anos, e também mais sério — e muito mais sagaz — do que na realidade sou. Não sou particularmente forte. Nunca fui rápido, nem ágil. Nunca tive jeito para as mulheres. As minhas virtudes, se assim lhes posso chamar, são do tipo que o macho americano de sangue quente considera suspeito. Isto é, sou inteligente e culto. Tento ser honesto. Tento ser compassivo com as pessoas que sofrem e que vêm ter comigo. O facto de ter recebido tanto da vida — dinheiro, privilégios, posição — faz com que tente ser generoso para com os menos afortunados. Que mais? Sou fiel à minha mulher. Adoro os meus filhos. Por outras palavras, sou um tipo decente, mas não correspondo à ideia que se tem de um herói.

Seja como for, se quiserem saber o que se passou, sou eu o narrador e têm de me aturar. O pecado é meu, fui eu que confessei, é a mim que compete contar a história. Se vos servir de consolo, provavelmente sei mais sobre tudo isto do que qualquer outra pessoa. Porque, independente do que possa ser, sou o homem que amava Marie. E sou o psiquiatra que tratou Peter Blue.

Peter Blue. Dezanove anos de idade. Amável, sonhador, trabalhador e religioso. Uma noite, lá para os fins de Agosto, espancou a namorada e dirigiu-se depois para Oak Ridge Road, onde lançou fogo à Igreja Episcopal da Trindade.

A namorada, Jenny Wilbur, chamou a polícia assim que ele saiu de casa dela. Na gravação do Serviço de Emergência, a sua voz soava aguda e ansiosa, ensopada em lágrimas:

— Ele vai matar-se! Oh, meu Deus! Tivemos uma briga! Ele vai buscar uma arma!

— Ele ameaçou-a? Bateu-lhe? — pergunta Sharon Calley, a assistente. — Está ferida? Ele magoou-a?

Instantaneamente, a voz de Jenny torna-se fraca e triste.

— Não teve essa intenção — diz ela. — Tem de o ajudar. Por favor. Ele diz que vai buscar uma arma.

Nessa altura, soara o alarme no Centro de Reciclagem — a lixeira — em Fair Street, onde Peter por vezes trabalhava. O polícia de serviço que atendeu a chamada foi recebido no escritório por Jason Roberts, que dirigia a lixeira.

Roberts declarou que o escritório e a caixa forte tinham sido ambos arrombados. Evidentemente, a única coisa que faltava era o seu velho revólver *Smith & Wesson* modelo 10.

Mas foi o chefe da polícia de Highbury em pessoa, Orrin Hunnicut, que deu de caras com Peter. Vou fazer uma pausa para descrever Hunnicut. Vale a pena, tanto por ele próprio, como devido ao facto de ter um papel importante nesta história.

Em primeiro lugar, o homem era gigantesco. Tinha, pelo menos, um metro e noventa. Jogara futebol americano na universidade e, aos sessenta e três anos, possuía ainda a mesma constituição. Ombros enormes, braços grossos, um peito cilíndrico e agressivo e uma barriga volumosa, ainda mais agressiva. Nada de pescoço. A cabeça assentava directamente sobre aquele corpo gigantesco, encaixara ali como um bloco sólido. O rosto era simultaneamente carnudo e duro como pedra. A pele das faces era pálida e rosada. Lábios finos, olhos pequenos e impiedosos. Usava o cabelo à escovinha, espetado, qual fogo branco e colérico que emanasse do seu cérebro.

O que eu quero dizer é que ele era um tipo difícil. E recentemente tornara-se ainda mais difícil. A mulher, com quem estivera casado trinta e cinco anos, morrera nesse Inverno. Uma criaturinha gentil e ansiosa que foi definhando. A minha mulher ajudara a tratá-la até aos momentos finais, como parte do seu trabalho na igreja. Disse-me que Hunnicut amava a mulher com sinceridade, à sua maneira desajeitada. De qualquer forma, desde a sua morte que o rosto dele ficara ainda mais empedernido e parecia que os olhinhos impiedosos se tinham tornado ainda mais pequenos, não passando agora de dois pontos pretos que piscavam das profundezas da pedra rosada.

Desde a morte da mulher — e apesar de não haver muitos crimes em Highbury — que o Chefe Hunnicut passava grande parte do seu tempo na esquadra da polícia. Foi por essa razão que voltava para casa tão tarde naquele sábado, por volta da meia-noite, para sermos exactos. Conduzia vagarosamente o seu *Blazer*, o carro de serviço, ao longo da frondosa recta de Oak Ridge que levava ao seu bairro. Estava uma noite quente, húmida. Uma manta sólida de nuvens cobria o céu sem estrelas, vendo-se, porém, uma mancha brilhante, negra e prateada, a sudoeste, onde se escondia, suspensa, a lua cheia. A empena da Igreja da Trindade contrastava com essa mancha, distinguindo-se o campanário e as ripas de madeira. O resto da igreja estava mergulhada na escuridão das árvores circundantes, sendo, por isso, fácil a Hunnicut dar pelo estranho fulgor rosado que tremeluzia nas janelas a nascente.
Com um guinchar de pneus, encostou o *Blazer* ao passeio. Uma mão carnuda levou o microfone do rádio aos lábios, enquanto saía do 4×4.
— Fala o Chefe Hunnicut, mandem os bombeiros a Oak Ridge. Temos a maldita igreja a arder.
Quanto ao que aconteceu a seguir, tirei umas coisas pelo relatório da polícia, outras pelo próprio Hunnicut e outras pelo que me contou o delegado do ministério público, num relato hilariante, mas possivelmente apócrifo. Foi isto que ouvi:
Hunnicut dirigiu-se ao edifício, subindo pelo passeio com passos fulminantes. Tentou abrir a grande porta. Nada; estava trancada. Por isso — preparem-se, que agora é que é bom — afastou-se

e atirou-se contra ela com o seu ombro colossal. Um único golpe. A porta abriu-se de par em par e Hunnicut entrou por ali dentro de rompante.

Bem, também vos digo, a cena com que deparou teria feito recuar um homem mais fraco. O par de faixas que revestiam duas das colunas frontais ardia, fazendo com que dois altíssimos pilares de chamas emoldurassem a nave central. No meio, a enorme cruz dourada na parede acima do altar reflectia a luz do fogo e resplandecia, escarlate. Fumo espesso escapava-se por baixo, espalhando-se sobre os bancos e subindo até às vigas.

Por um momento, o nosso chefe ficou imóvel, sobressaindo no limiar da porta, olhando o fogo de cenho franzido. Então, da parte inferior da cruz ardente, das entranhas do fumo, delineado ora pela escuridão latejante, ora pelas chamas a crepitar, surgiu a figura de um homem. Alto, esguio, erecto, Peter Blue atravessou o portal em chamas. Hunnicut conseguia ver a expressão de loucura no seu rosto. E conseguia ver a pistola que segurava na mão.

— Afaste-se daqui! — gritou Peter. Ergueu a arma. — Ponha-se a andar!

Não foi preciso mais nada. Hunnicut avançou pesadamente pela nave, em direcção a ele. Atravessou o fogo à força de músculo, arrancou o revólver das mãos de Peter e esbofeteou-o duas vezes — *pás, pás* — com a palma da mão e depois com as costas, sobre a boca.

— Apontaste-me uma arma, grande estupor? — gritou, enquanto as chamas chicoteavam em redor deles. — Limpo-te o sebo com ela! — Agarrou Peter pelos cabelos da nuca e ergueu-o até ficar em bicos de pés, empurrando-o pela nave abaixo, em direcção à porta. — Estás preso, acusado de fogo posto e todo o tipo de merdas, grande idiota! Quando saíres da prisão, todas as pessoas que conheces já estarão mortas e enterradas!

E atirou com Peter, qual catavento, fazendo-o sair da igreja em chamas para o ar livre.

A palavra de Hunnicut era sagrada. A polícia acusou Peter de fogo posto, assalto, furto, roubo de arma de fogo, ameaças a um agente e conduta irresponsável. Em teoria, naquela noite de sábado, o miúdo enfrentava mais de cinquenta anos na prisão.

Portanto, os polícias registaram-no. Depois, trancaram-no numa das celas da esquadra. O plano era levá-lo ao Tribunal Superior de Gloucester na segunda-feira para uma acusação formal. Seria estabelecida a fiança, a data do julgamento e por aí fora. Só que as coisas não funcionaram assim.

Peter não quisera telefonar a ninguém, mas o Padre Michael Fairfax, reitor da Igreja da Trindade, soubera da sua prisão. Assim que teve a certeza de que o fogo da sua igreja estava extinto, dirigiu-se apressadamente à esquadra e exigiu ver o prisioneiro. Um agente escoltou-o ao bloco das celas.

Os dois encontraram Peter envergando apenas as cuecas e uma *T-shirt*. O miúdo despira as calças de treino. Subira para a cama e atara uma das pernas às grades da janela, lá no alto. Depois, atara a outra perna em volta do pescoço. Seguidamente, deixara-se cair da cama.

No momento em que o agente e o padre se precipitavam, aos gritos, para a cela, Peter retorcia-se no ar, de um lado para o outro, asfixiando lentamente.

DOIS

Há dez igrejas em Highbury. Duas são episcopais. É geralmente aceite, embora não se mencione, que a Igreja da Trindade — a que Peter lançou fogo — serve as classes média e trabalhadora, na parte ocidental da cidade, ao passo que a Igreja da Encarnação, mesmo no centro, recebe maioritariamente a elite social dos ricos. Naquela manhã de domingo, após a prisão de Peter e a sua tentativa de suicídio, encontrava-me na Igreja da Encarnação com a minha mulher, Marie. Bem, quando a conheci, há quase quinze anos, Marie não era uma pessoa religiosa, no sentido formal da palavra. Não passava de uma excêntrica ortodoxa da Igreja da Excentricidade. Qualquer moda espiritual que aparecesse, por mais bizarra que fosse — *trás*, tornava-se logo adepta. O poder curativo das pirâmides, a sabedoria do Continente perdido da Atlântida, alienígenas no Paraíso, linhas de força druídicas em Stonehenge — não me lembro nem de metade das coisas em que ela acreditava. Isso fazia parte do seu encanto impróprio dessa época. Mas quando ficámos noivos, abandonou tudo isso quase de imediato. Assim, sem mais nem menos. Passou directamente desses disparates para uma fé total, tranquila e, diria até, rejubilante nos rituais e dogmas da Igreja Anglicana. Marie era assim, com este tipo de devoção. Para ela, era esse o significado do amor e do casamento. O meu Deus tornou-se o seu Deus — o que era engraçado, uma vez que o meu Deus já nem era *meu* desde a infância.

Mas não faz mal. Marie começou a frequentar a igreja e, normalmente, eu fazia-lhe companhia. Por um lado, a minha presença fazia-a feliz. Por outro, eu até gostava — aqueciam-me o coração, todas aquelas recordações de infância. Para além disso, e para ser totalmente honesto, ser visto a frequentar regularmente a igreja não prejudicava a minha posição na cidade ou a reputação da minha clínica. Mas nenhuma destas coisas era a razão principal. A razão principal — a verdadeira razão — pela qual ia à igreja com a minha mulher é que achava incrivelmente *sexy* vê-la a rezar.

Tinha agora trinta e seis anos. Já deixara de ser a sílfide de vinte por quem perdera a cabeça. Mas, caramba, era um raio de sol naquele sítio, naquela igreja de pedra, ao estilo inglês, e que eu conhecia tão bem. Todos os domingos da minha vida, cheia até à porta com a nata da alta sociedade do Connecticut, uma massa compacta e complacente de chapéus de senhora e caríssimos cortes de cabelo masculinos — e depois, Marie, simples e verdadeira. Brilhava. Especialmente quando cantava. De pé, de modo que eu podia ver as suas formas sob o vestido de Verão florido, com o livro dos hinos aberto sobre os dedos finos. Erguia o olhar — tinha os olhos azuis, de um azul claro — que continuava tão doce, tão fiel. O cabelo cor de palha estava ainda mais claro, agora que já se viam madeixas prateadas e o sorriso formava-lhe, nos cantos da boca, as rugas mais doces que é possível imaginar. Cantava numa voz alta e fina «Ficai comigo, o entardecer cai rapidamente, a escuridão adensa-se. Senhor, ficai comigo...» e pensei no gritinho ofegante que por vezes largava quando eu estava dentro dela, um pequeno grito que se desvanecia, como se ela fosse a desaparecer. Vi, pelo canto do olho, os seus lábios finos a tomarem forma nas palavras e pensei nas manhãs em que me trazia o café e depois, soltando gargalhadinhas e murmúrios, me ia beijando pela barriga abaixo, fazendo com que o café fumegasse, esquecido, sobre a mesinha de cabeceira, e acabasse por arrefecer. «Quando outras mãos falham e o consolo se afasta», cantava ela, «Apoio dos desesperados, oh, ficai comigo.» Quando o hino acabou, o *slip* começava a apertar-me. Assim que a congregação voltou aos seus lugares com um ruído surdo, aproveitei para me aproximar mais dela, a fim de me sentar com a coxa encostada à dela e poder roubar uma lufada ocasional do seu perfume e do seu champô.

Houve uma pausa para tossidelas e aclarar de vozes. O Reverendo Andrew Douglas subiu ao púlpito de carvalho e alisou as páginas do sermão, preparando-se para lhe dar início.

Marie inclinou a cabeça para mim. Senti o toque do seu cabelo no meu rosto. Vislumbrei, de soslaio, o seu sorriso e o resplendor nos seus olhos brilhantes.

— Sei exactamente no que está a pensar, Mr. Calvin Bradley — murmurou.

Quando eu gemi, a velha senhora atrás de mim ergueu de tal forma as sobrancelhas que o chapéu quase lhe caiu da cabeça.

Saímos da igreja com os olhos semicerrados perante o súbito brilho do sol. Mesmo antes do amanhecer, uma série de aguaceiros e trovões lavara a humidade da noite anterior. O dia estava luminoso e seco e sentia-se até a leve friagem revigorante do Outono. Segurando na mão de Marie, parei no cimo das escadas da igreja e olhei em volta. O céu era de um azul intenso, a relva do parque, muito verde e os áceres continuavam viçosos e carregados. As cinco igrejas que rodeavam o parque brilhavam, alvas, por entre os ramos frondosos. Era aqui o coração de Highbury, completamente bucólico.

E no centro da cena estava o Padre Fairfax. Trajando o negro clerical, qual agourento cangalheiro, olhou directamente para mim e chamou-me com um gesto.

— Vou buscar os miúdos — disse Marie. Dirigiu-se à Catequese, na cave, e eu desci as escadas para me juntar ao reitor da Igreja da Trindade.

— Vamos dar um passeio, Cal — convidou ele. Seguimos pelo passeio, em direcção ao centro da cidade.

Eu já sabia do fogo. O padre Douglas informara a congregação. Dissera que fora preso um jovem, que trabalhava para a igreja a meio tempo como jardineiro e biscateiro. Assegurou-nos que não se tratava de um crime motivado pelo ódio, nem de um ataque religioso. Era apenas um miúdo perturbado, de um lar desfeito. Os estandartes e as almofadas dos bancos tinham sofrido a maior parte dos danos causados pelo fumo e pelas chamas, dissera. Não parecia lá muito sério.

Porém, enquanto caminhávamos, vi que Fairfax estava incomodado, o que me surpreendeu, visto ele ser normalmente uma pessoa de personalidade forte. Com cinquenta e tal anos, tinha um aspecto cuidado, um corpo sólido e em forma, cabelos grisalhos e um queixo proeminente. Era do tipo Cristão Vigoroso, sempre a formar comités e a encabeçar desfiles de caridade, esse tipo de coisa. Um político hábil, com jeito para estabelecer contactos e utilizá-los bem. Um verdadeiro poder na cidade.

No entanto, como referi, naquele dia parecia abalado. Com a barba por fazer, os olhos avermelhados e as feições frouxas devido à insónia.

— Houve muito exagero — disse-me. Caminhávamos lentamente, ao lado um do outro, passando por belas casas brancas de madeira, já antigas. — E tudo por causa do Chefe Hunnicut. Está furioso porque Peter... o rapaz, Peter Blue, lhe apontou um revólver.

— Pois, bem, não foi lá muito boa ideia — observei eu. — Uma arma nuclear talvez faça Hunnicut abrandar, mas um revólver só consegue irritá-lo.

— Oh... Hunnicut! — Os lábios de Fairfax moviam-se irascivelmente. — Desde que a mulher morreu que ele anda... cheio de raiva, só isso. Quase lança fogo pela boca. «Qualquer bandidozeco que ponha fogo a uma igreja na minha cidade, que aponte uma arma a um agente da ordem...» e por aí fora. Faz com que pareça que a civilização vai acabar a não ser que este... pobre miúdo, só com dezanove anos e muito perturbado, vá para a prisão.

— Bem, a queda da civilização iria certamente atrapalhar a minha tarde...

Fairfax não se riu.

— O miúdo não pode ir para a prisão, Cal — declarou. Deteve-se, tocando-me no ombro quando eu também parei. Olhou profundamente para mim com um olhar exausto. — Não pode ir para a prisão. Mata-se. Mata-se mesmo. Quase o conseguiu ontem à noite. Foi uma sorte termos chegado a tempo de o salvar. Agora está no hospital, mas jura que, se o mandarem de novo para a prisão, não dura uma semana. E acredito nele.

Encolhi os ombros.

— Michael, ele lançou fogo a uma igreja, puxou de uma arma... como é que você pode evitar que vá para a prisão?

— Eu não posso — disse o Padre Fairfax. — Mas você pode.

Naquele preciso momento, o ar estava muito agradável em State Street. O céu muito límpido, os pássaros a cantar, os paroquianos a caminho de casa e um ou outro condutor que nos acenava ao passar no seu carro. Aproximáramo-nos do bairro comercial e estávamos parados defronte da velha casa onde Paul Cummings tinha o seu negócio de livros em segunda-mão, um dos meus lugares preferidos. Não posso dizer que me lembro de qualquer pressentimento, nem sequer uma pontada. Fiquei apenas um tanto surpreendido, mais nada.

— Eu? — perguntei. — Que posso eu fazer?

Mas Fairfax, como era seu hábito, tinha pensado em tudo. David Robertson, um excelente advogado criminal, era um dos seus paroquianos e concordara em ser o defensor oficioso de Peter. O delegado do ministério público — o advogado de acusação — era Hank O'Connor, que jogava golfe com Fairfax aos sábados, de quinze em quinze dias. Concordara em recomendar ao tribunal um adiamento do julgamento, se Peter desse início a um tratamento qualquer. Por fim, naquele ano o juiz da comarca era Robert Tannenbaum, que não só fazia parte dos comités de Fairfax, como também era um velho amigo do meu pai. Ainda jogavam xadrez por *e-mail* ocasionalmente.

— O único problema é — prosseguiu Fairfax — o facto de Hunnicut ser um homem tão querido da polícia. Sempre foi. Muitos amigos, muitos contactos. E é duro. Quando se apronta para a guerra, é duro como aço. Vai exagerar o fogo da igreja, vai dar a entender aos jornais que foi um crime de ódio. Vai fazer com que pareça que Peter o teria realmente alvejado.

— Bem...

— Sem apoio, Peter não vai conseguir uma oportunidade. Não posso pedir a Hank O'Connor para ter pena de um psicopata que lança fogo a igrejas e mata polícias. Hank quer candidatar-se ao Congresso daqui a dois anos...

A sua voz foi-se sumindo e eu conseguia ver o xadrez político a tomar forma por trás dos seus olhos cansados.

— Sim? — disse eu.

Ele pestanejou, endireitando-se.

— Você — continuou —, Cal, é um dos homens mais respeitados na cidade.

— Ppfff — exclamei. — Isso é conversa.

— É verdade. As pessoas respeitavam o seu pai. Toda a gente adora Marie. Toda a gente sabe que você é um homem recto.

— Está bem, está bem, já me deu manteiga suficiente. E depois?

— Se você falasse com Peter, se o entrevistasse para fazer uma avaliação, ou coisa assim, se fosse você a recomendar que deve receber tratamento em vez de ser preso... talvez pudesse recebê-lo em *The Manor* durante um tempo. O'Connor podia recorrer a esse argumento. Se a recomendação viesse da sua parte, talvez até Hunnicut acalmasse um pouco.

— Bem, não sei... Quero dizer, sinto-me lisonjeado, mas... — Estava a perceber o lado negativo da coisa. *The Manor*, a minha clínica, dependia de donativos. Não sabia bem se queria arriscar a possibilidade de Hunnicut fazer nascer más vontades contra mim. E tudo por um rapaz que, sejamos francos, parecia merecer umas férias atrás das grades.

Fairfax pressentiu o que eu estava a pensar.

— Cal — disse, aproximando-se tanto que podia sentir o calor da sua respiração —, você conhece-me. Não faria um pedido destes por qualquer um. Este rapaz, Peter Blue... tem qualquer coisa de excepcional.

— Excepcional? Que quer dizer?

— Não... não sei como explicar. É como se... irradiasse uma aura. Uma aura espiritual. A sério. Tanto eu como Anne sentimos isso. É diferente de tudo o que já senti. Por exemplo, às vezes, quando ele andava a fazer isto e aquilo, a trabalhar no jardim... dava comigo a ir ter com ele, sabe. Só para lhe falar, para estar perto dele... — Calou-se com uma gargalhada acanhada e desviou o olhar. — Não devia dizer isto a um psiquiatra. Só Deus sabe o que vai ficar a pensar.

O que eu pensei foi... bem, pensei que não tinha muita escolha. Se o miúdo fosse assim tão incrível, se andasse confuso e tivesse apenas cometido um erro... e se, ainda por cima, era um suicida, se a sua vida estivesse em perigo, bem, que mais podia fazer? Hunnicut que fosse para o diabo.

— Certamente, Michael — respondi. — Quero dizer, claro que terei muito prazer em falar com ele.

A forma como o seu rosto se descontraiu, a força com que me apertou a mão... não havia dúvida de que o miúdo era importante.

— Óptimo — disse. — Óptimo.

— Bem, não posso prometer nada...

— Não, não, não lhe peço mais nada. Fale só com ele, avalie-o, logo se vê. É óptimo, obrigado, obrigado.

— Bem, acho que gosta mesmo desse rapaz. Parece ter usado todos os seus contactos, à excepção de Deus.

— Oh, creia que Deus foi o primeiro com quem falei — assegurou-me o padre, continuando a apertar-me a mão.

Bem, é claro que quando disse «Deus» fi-lo ironicamente. Com tantas igrejas e padres envolvidos, para já não falar do próprio Peter, fala-se muito de Deus nesta história, portanto quero que tudo fique bem claro desde o princípio. Quando era criança, muito pequeno, era muito crente. Nessa altura, o meu pai era padre, reitor da Igreja da Encarnação, portanto era lógico que eu fosse crente. Mas por volta dos meus doze anos — quando os compreendi melhor, a ele e à minha mãe — transformara-me num cientista devoto, com microscópio, estojo de química e filosofia correspondente.

— Tudo o que acontece tem uma causa física — anunciei uma vez à minha irmã Mina. Ela era sete anos mais velha, já andava na universidade e, para mim, representava o cúmulo da sofisticação, a fonte de toda a sabedoria terrena. Estava em casa, a passar umas férias quaisquer, deitada no sofá, a folhear a Bíblia. — É tudo um encadeamento de matéria — declarei. — Mais nada.

— Materialismo — murmurou para as folhas do livro. — É uma grande ideia... mas é feita de quê?

Ignorei-a. Mina passava a vida a fazer declarações misteriosas como aquela e eu andava ocupadíssimo a desenvolver a melhor atitude. — O que quero dizer é que não há acção à distância. Nem milagres, nem... Deus, nem nada.

Mina pousou o livro sobre o peito e olhou-me afectuosamente.

— Tudo tem uma explicação razoável, querido, se é isso que queres dizer — respondeu-me. — Tudo tem uma explicação razoável... e é nessa que algumas pessoas decidem acreditar.

Bem, o que quero dizer é o seguinte: a explicação razoável é aquela em que decidi acreditar toda a minha vida. Afinal, continuo a ser um cientista — de certa forma, pelo menos. Quero que isto fique claro, porque quero que saibam que foi assim que abordei o caso de Peter Blue — como um cientista. E não abandonei essa abordagem até ao fim, apesar da arrepiante sensação de pura sobrenaturalidade que me invadia frequentemente durante os meus contactos com o rapaz; apesar da mácula da coincidência e do inexplicável que parecia infiltrar-se na textura de todas as coisas — não apenas durante o pesadelo que se seguiu, mas a partir do momento em que o conheci, nessa segunda-feira à tardinha.

TRÊS

Quando eu entrei, ele estava de pé, no centro da sala, deprimido, imóvel, os ombros descaídos e a cabeça curvada, como se não o tivessem salvo na cela da prisão, como se fosse, na verdade, um enforcado.

Assim que atravessei o limiar da porta, endireitou-se e ergueu o olhar para mim. Falou, ou assim me pareceu, directamente para a minha mente.

— Bem-vindo ao meu suicídio — disse. — Junte-se à multidão. — E sorriu esplendidamente.

Era uma figura impressionante. Alto e magro, com uma graça fluida nos movimentos e um rosto sensível, com traços finos, quase femininos sob o longo cabelo negro, quase belo quando soltava o seu sorriso estonteante. Os olhos cinzentos tinham, porém, uma presença intensa, provocadora, masculina. Algo de astucioso, simultaneamente trágico e jovial. Bem-vindo ao meu suicídio. Havia nele qualquer coisa que me parecia irritantemente familiar, mas naquele momento não fui capaz de a identificar.

Dei um passo em frente, estendi a mão.

— Sou o Dr. Bradley.

Voltou a sorrir, o mesmo sorriso glorioso. Apertou-me a mão, adejou descuidadamente com a outra mão, como se quisesse dizer «Como tudo isto é ridículo, não acha?»

— E eu... — anunciou com um floreado cómico — sou Peter Blue.

* * *

Estávamos num dos consultórios da unidade de segurança do serviço de psiquiatria do Hospital Estatal de Gloucester, um lugar muito deprimente. Na verdade, tinham contratado uma consultora de psicologia para propor a decoração e parecia que ela achara que podia usá-la para induzir nos pacientes um estado de serenidade forçado. As paredes eram amarelo-limão, o que supostamente incutia calma. Havia uns quadros horríveis — cenas em bosques, pintadas a pastel — que deviam fazer-nos esquecer o facto de estarmos fechados no manicómio e sugeriam a liberdade de corças a saltar. Depois, havia uma enorme secretária em imitação de madeira que impunha autoridade. A imponente cadeira do médico, de costas altas e a cadeira do doente, ridiculamente baixa. Tudo isto banhado numa palidez mortal por uma insuportável luz fluorescente que jorrava do tecto. Havia também uma janela, coberta por uma grade, que, de qualquer forma, dava para um pátio estreito. A luz do sol não entrava ali. O sítio era absolutamente sinistro.

Fiz deslizar a cadeira de detrás da secretária. Era o mínimo que podia fazer. Coloquei-a de modo a poder ficar de frente para Peter, mantendo o bloco de notas em cima da secretária, do meu lado direito. Entretanto, ele afundou o longo corpo no cadeirão, à minha frente. Cruzou as pernas protectoramente. Enquanto arranjava os papéis, reparei como a sua mão deslizava até à gola da camisola, numa tentativa distraída de esconder a contusão da garganta, já a desvanecer-se. Pareceu forçar a mão a descer novamente até ao braço do cadeirão e, seguidamente, olhando sem expressão para o canto, perdeu-se nos seus próprios pensamentos.

Recostei-me e tossi em jeito de apresentação.

— Compreende por que razão estou aqui? — perguntei-lhe.

Pelo ar sonhador com que me olhou, pareceu-me surpreendido com a própria presença de alguém.

— Foi o meu advogado que o mandou, não foi? Para ver se descobre se sou... tratável. — A tentativa de suicídio não o deixara nada rouco. A voz era melíflua, baixa e suave.

— Sabe, uma das grandes ambições da minha vida é conseguir tratar-me — continuou em voz baixa. — Quando era mais novo, costumava dizer a mim próprio: «Um dia hei-de crescer e poderei tratar-me.»

— Bem, talvez tenha chegado o seu dia de sorte.

Ficou surpreendido com a minha piada — e o seu riso espantou-me. Foi um som súbito e maravilhoso. Profundo e rico, quase infantil na sua espontaneidade.

— O meu dia de sorte. Essa é muito boa! O meu dia de sorte.

— Muito bem, então é por isso que aqui estou — respondi. — O que é que um tipo simpático como você faz numa espelunca como esta?

— Ah, bem... bati na minha namorada, roubei uma arma e lancei fogo a uma igreja. Tentei enforcar-me na prisão. Onde mais poderia estar?

— Quer contar-me como tudo isso aconteceu?

Houve uma pausa — um momento de decisão: *Quereria* contar-me? Um psiquiatra estatal já tentara falar com ele nessa manhã e, portanto, era natural que se sentisse desconfiado. O psiquiatra — o Dr. Seymour Rankel — diagnosticara em primeiro lugar uma crise depressiva grave — uma conclusão bastante fácil, perante um tipo com uma corda em volta do pescoço. Mas, mais tarde, sugerira que Peter sofria de uma perturbação anti-social da personalidade. Isso não é nada bom. Reservamos habitualmente essa categoria para aqueles tipos mesmo maus e incorrigíveis. Implica violência, crime, uso provável de drogas. No relatório preliminar de Rankel, as palavras *Sem remorsos* estavam sublinhadas três vezes.

Bem, eu conhecia Rankel, um parasita preguiçoso e mesquinho. Estava já certo de que o seu diagnóstico era um disparate.

A pausa prolongou-se. Peter Blue examinou-me com os seus olhos azul-claros, com aquela expressão de júbilo fatal — como se não só me contemplasse a mim, mas também a todo o triste e idiota panorama da vida. Aquela expressão lembrava-me mesmo de algo... de alguém, o que me incomodava.

Descruzou as pernas e mudou de posição para me confrontar mais directamente. Tomara uma decisão.

— Bater em Jenny foi imperdoável — disse baixinho. Ergueu o queixo, num toque de orgulho e desafio. — Sei que não vai acreditar, mas foi um acidente. Ela vai para a universidade no mês que vem, para aquele sítio de Nova Iorque, em Ithaca... Cornell. E isso parte-me o coração porque a amo muito, sabe. Sei que vai lá conhecer pessoas, gente educada e sofisticada. E não vai querer sair com um homem que ganha a vida a fazer biscates e trabalha na lixeira.

Escutei, impassível, e continuei a observá-lo atentamente. Não posso dizer que me tenha parecido «muito espiritual», por si só, mas para alguém que «ganhava a vida a fazer biscates», era certamente inteligente e eloquente.

Continuou.

— Eu e Jenny tivemos uma dessas... *discussões*, sabe, que se transformam em briga sem darmos por isso. Não queria que ela se fosse embora. Jenny agarrou-me o braço, com pena de mim. Claro que também não queria isso. Portanto... ergui o braço para me livrar dela. — Mostrou-me como erguera o braço, bruscamente. — Acertei-lhe com a mão, com as costas da mão, na cara, ela caiu e bateu com o ombro na berma da mesa. — Estremeceu, franzindo as sobrancelhas. — Seja como for, sei que não vai acreditar em mim, mas pode perguntar-lhe: nunca se passou nada deste género entre nós. Foi imperdoável.

— Está bem — respondi. — E depois? Foi então que foi à lixeira e roubou a arma do seu patrão?

— Foi. Estava a pensar em dar um tiro em mim mesmo. — Confessou aquilo com um suspiro, com uma indiferença estudada. — Ainda não decidira bem, mas estava a pensar nisso.

— Porque Jenny ia para a universidade.

— Porque me ia deixar. Pois, porque ia para a universidade, claro. Sei que devia pensar como isso é óptimo para ela, uma oportunidade maravilhosa, e acho que penso. Acho. Quer dizer, na verdade, quanto a mim, e no que toca à verdadeira essência de uma pessoa, a universidade é uma treta. De facto, e já que estamos a falar do assunto, acho que a psiquiatria também é uma grande treta. — Riu-se agradavelmente. — Mesmo a propósito.

Retorqui-lhe com um sorriso breve.

— E quanto à religião? Também é treta?

— Por que me pergunta isso? Ah, claro, já percebi, porque lancei fogo à igreja. Não, não teve nada a ver com isso. Não acho que a religião seja uma treta. Só acho que é assim a modos que triste, mais nada. Isto é, posso ir para o bosque sempre que quiser e Deus flui-me nas veias e corre por todo o meu ser e eu e Ele ficamos totalmente unidos. — Contou-me aquilo com tanta naturalidade que se passou um ou dois segundos antes de eu perceber o que dissera. Contou-o como outra pessoa diria que desenhava bem ou sabia ler uma partitura. Podia ir para o bosque e sentir Deus a fluir-lhe pelas veias. Era apenas uma coisa que podia fazer. Naquela altura, não tive tempo de reflectir no assunto, pois ele continuara a falar. — Mas numa igreja... quero dizer, já *fui* à igreja. De vez em quando. Isto é, acho que a igreja é assim o único local da Terra onde *não consigo* sentir a presença de Deus. Quero dizer, rezamos, cantamos, sentamo-nos, ajoelhamo-nos, levantamo-nos e pensamos «dêem-me algo. Qualquer coisa! *Por favooor*!» — Novamente aquele riso, cheio de prazer. — É tão vazio que se torna quase assustador. É como estar num caixão. Excepto... — Ergueu um dedo e premiu-o contra os lábios. — Excepto quando Annie canta, por vezes.

— Annie? Refere-se a Anne Fairfax, a mulher do reitor?

— Sim, sim. — Fez um sorriso largo e carinhoso ao ouvir o nome. Parecia que os seus afectos eram como o riso, espontâneos, infantis. — Pobre Michael, sabe, o padre Fairfax, lá em cima, no altar, a trabalhar. Entoa as palavras mágicas, arruma o cálice mágico e bebe o vinho mágico. À espera que Jesus lhe dê uma palmadinha. Nada. Certo? Nada. Depois, a sua mulherzinha desleixada levanta-se, não é? Parece insignificante. Parece que está ali no intervalo dos cozinhados, depois de fazer mais um horrível guisado de atum para o bazar da igreja. Levanta-se para cantar o seu solo. E subitamente é como... *barrrannggg! — aquiii está Deus! Em carne e osso! Quadrigas, anjos, trompetas...* é como uma procissão! — Tive também de sorrir, ao ouvi-lo rir-se daquele modo, com um prazer tão grande, os olhos tão brilhantes, as mãos (grandes, mãos fortes de trabalhador) a descrever, no ar, a chegada de Deus. — Ela é como um rádio sintonizado na estação de Deus. Quando canta, é como se a música a trespassasse. — Isto fê-lo novamente rir. E depois, lentamente, o riso esfumou-se. Abanou a cabeça perante aquele absurdo. — Na verdade, lancei fogo à partitura, não à igreja.

Mexi-me na cadeira.

— Muito bem. E que significa isso?

— Bem, sabe, estava ali sentado, naquela noite. Com a arma. A tentar decidir se me matava. Pronto, está bem, acho que não ia fazer isso, mas fui à igreja para pensar no assunto porque... bem, acho que estava demasiado escuro para ir para o bosque e sabia que ali podia estar só. Estava sentado no coro, a fumar um cigarro. Estava assim a brincar com o isqueiro, *flick, flick*, sabe. E acho que comecei a pensar na querida Annie... a querida e insignificante mulherzinha chamada Anne, em como era belo o modo como ela cantava os hinos. E acho que tirei um dos hinários daquela... bolsinha, sabe, da frente do banco. E comecei a ler os hinos, as letras dos hinos que ela às vezes cantava. E foi como... oh, não! Oh, não! Eram *horríveis*! Está a ver? Isto é, ao ouvir Annie cantá-los, pensaríamos, oh, este hino é tão belo, tão espiritual, tão cheio de vida e de Deus. E depois li aquelas palavras... e eram *patéticas!* Eram palavras de *pedintes! Ficai comigo! Estou desesperado! Ficai comigo, por favooor!* Que nojo!

Foi exactamente nessa altura, acho eu, que senti aquilo pela primeira vez. Um pequeno arrepio, o pequeno tremor sincrónico do misterioso. Sabem, foi a coincidência, o facto de se tratar do mesmo hino que Marie cantara.

— Portanto, não sei — continuou Peter Blue. — Não sei o que estava a fazer ou a pensar. Estava perturbado, acho eu. Comecei a rasgar aquelas... aquelas canções horríveis, sabe. E depois... depois, lançava lume a cada uma das páginas com o isqueiro e... atirava-as fora. Atirava-as fora por serem tão horríveis. — Encolheu os ombros. — Que mais posso dizer? Foi uma estupidez. Os... como é que se chamam... os reposteiros começaram a arder antes de eu compreender o que estava a acontecer. E depois, antes de poder fazer o que quer que fosse... chegou o polícia.

— O Chefe Hunnicut.

— Ummm.

— E que aconteceu então?

Fungou, encolheu os ombros.

— Já sabe o que aconteceu. Tenho a certeza de que leu o relatório. Prendeu-me.

— Também lhe bateu duas vezes, não foi?

— Sim.

— Esbofeteou-o.
— Pois.
— Isso deve tê-lo irritado.
Espreguiçou-se e bocejou ao de leve. A imagem da despreocupação entediada.
— Nem por isso. Não sou do tipo de me irritar muito. Falo a sério no que diz respeito a Deus. Quando sentimos Deus de verdade, sabe... Quando sentimos, de facto, como nos ligamos no amor. Dele... não sei... depois disso, não nos conseguimos zangar ou odiar as pessoas. Não passa de uma perda de tempo.
Oh, não, pensei, *Oh, não*.
— Muito bem — respondi. — Portanto, ele bateu-lhe e você achou porreiro.
— Bem, não disse que *gostei*. Ou seja, senti pena do tipo. Para agir daquela forma, deve trazer dentro de si imensa raiva.
— Bem, você apontou-lhe uma arma, Peter. Os polícias não gostam disso. É o seu ponto fraco.
Tentou outra gargalhada, que não saiu muito bem. Por trás da inteligência soberba do seu olhar, vislumbrei o medo, a agitação. Recordei-me — como se me tivesse esquecido — que tinha apenas dezanove anos. Era apenas um rapaz, um rapaz infeliz.
— Ter uma arma não me ajudou lá muito, pois não?
— Não — respondi. — Não, não ajudou. Você tinha uma arma e o chefe esbofeteou-o na mesma.
— Como se eu fosse...
— O quê?
— Nada.
— Vá lá, Peter. Esbofeteou-o como se fosse o quê?
— Ah, não, nada.
— Uma gaja. Era isso que ia a dizer, não era? Esbofeteou-o como se fosse uma gaja.
— Eu devia... — A boca torceu-se num amuo. — Tinha a porcaria da arma.
— Pois tinha. Tinha a arma e o sacana esbofeteou-o como se fosse a uma gaja. Como é que se sentiu?
— Óptimo! — atirou-me Peter Blue. — Até parecia um engate de férias!

Virou-se na cadeira e desviou o olhar. Eu continuei sentado, imóvel, à espera. O momento prolongou-se. Depois, com um suspiro ruidoso, voltou a fitar-me. Uma transformação total. O medo, a agitação tinham desaparecido e a ironia trágica e altiva regressara. O sorriso também; fez um sorriso afectuoso, só que, desta vez, o afecto era-me dirigido.

— Bom, confesso que talvez tenha ficado ligeiramente zangado.
— Deve ter ficado.
— Você é muito bom.
— Obrigado.
— Esbofeteou-me «à gaja»! Essa foi óptima. Onde é que a aprendeu?
— Trabalho muito com miúdos e aprendemos coisas destas.
Soltou novamente uma gargalhada deliciada.
— Muito bem. Bom, a história é esta. Lamento ter lançado fogo à casa mágica de Deus de Michael. Lamento mesmo. Ele e Anne têm sido muito simpáticos para mim. Lamento imenso.
— Por que motivo se tentou enforcar, Peter?
Sem deixar de esboçar o seu sorriso triste, abanou a cabeça e fez um gesto desdenhoso. Respondeu com calma, suavemente.
— Não vou deixar que me engavetem. Se me trancarem... deixo de conseguir sentir Deus. Não consigo senti-lo e, para mim, isso é pior do que a morte. Se voltarem a mandar-me para a prisão... bem, não fico lá. Prefiro morrer.
— E aqui? Aqui também está trancado.
Ficou a pensar naquilo.
— Não, aqui não faz mal. Isto é, não posso sair, não posso ir para os bosques como gosto... mas aqui Deus entra, por vezes. Isto é, ontem à noite tive um sonho lindo, que me tirou daqui e me levou para os bosques. Sonhei que estava no topo de uma colina. Estava de pé lá no cimo, sobre uma pedra lisa, uma espécie de... altar antigo. E ouvia um... um sussurrar. À minha volta. Muito baixo, muito baixo, mas que abafava assim tudo o resto, não ficando mais nada. Apenas aquele sussurrar contínuo, por todo o lado. Virei-me... acho que queria ver o que era... virei-me e, mesmo na minha frente, estava uma cruz de madeira. E, por trás da cruz, via-se uma luz brilhante, tão branca que cegava. O sussurrar saía da

luz e eu aproximei-me dela e... a modos que espreitei, sabe, espreitei para dentro da luz. E muito, muito lentamente, vi uma coisa a tomar forma. Era um mocho! Um mocho... branco... de uma beleza incrível. Lindíssimo... Olhava-me de frente. E abriu as asas, sabe, estendeu-as, lindo...

Ficou sentado, muito quieto, com os lábios ligeiramente abertos e uma mão erguida. O seu olhar estava muito longe e as feições suavizaram-se com o deleite da saudade. O brilho das lâmpadas fluorescentes movia-se lugubremente no amarelo das paredes, um amarelo morto e sombrio na sua serenidade desesperada. Mas não acredito que visse isso. Viu a floresta a rodeá-lo. A floresta e a cruz de madeira e o belo mocho branco a abrir as asas...

Quando voltou a reparar na minha presença, piscou os olhos e endireitou-se na cadeira, recomposto.

E depois sorriu... radiosamente.

De uma coisa tinha, porém, a certeza: se voltasse a enfiar o miúdo na prisão, morria. Enforcar-se-ia, tal como prometera. Não tinha quaisquer dúvidas. Não quero ser demasiado dramático, mas é verdade que, naquele momento, a vida de Peter Blue dependia muito do meu relatório para o tribunal.

Portanto, tinha de ser um bom relatório. O Chefe Hunnicut ouvira falar do meu envolvimento e estava completamente furioso. Dizia a quem o queria ouvir que as nossas igrejas, os nossos polícias, o próprio tecido social estavam em perigo, porque delinquentes como Peter eram tratados com demasiada condescendência pelos tribunais. Ele — ou outra pessoa — passara ao *Dispatch*, o maior jornal da zona, o diagnóstico «anti-social» de Rankel e eles tinham obedientemente publicado uma história que fazia com que Peter parecesse uma verdadeira ameaça para a sociedade. Isso fora na terça-feira. Na quarta, alguns dos líderes religiosos da cidade já resmungavam. «Se tivesse sido uma igreja negra a ter ardido», disse um deles ao jornal, «pode apostar que se faria justiça rapidamente.» Apanhado entre o Padre Fairfax e o Chefe Hunnicut, dizia-se que Hank O'Connor, o promotor público, andava inquieto devido às suas aspirações para o Congresso.

Na quinta-feira, entreguei-lhe o meu relatório.

Peter Blue é inteligente, sensível e eloquente. Apesar de não ter completado o ensino secundário, lê bastante — especialmente livros sobre religião, filosofia e ciências naturais — e é relativamente culto. Apesar de afirmar que está satisfeito por ganhar o seu sustento através do trabalho manual, parece evidente que a sua vida se pauta mais por considerações emocionais e práticas do que pelo seu próprio potencial.

O pai de Peter abandonou a família quando ele tinha cinco anos, deixando Peter e a mãe sem avisar e cessando qualquer comunicação. Peter continua a viver com a mãe. Descreve-a como sexualmente promíscua e afirma que se torna frequentemente manipulativa e excessivamente emocional quando está sob a influência do álcool e de medicamentos. Apesar de ser cabeleireira de profissão, Mrs. Blue não trabalha o suficiente para se sustentar e depende dos rendimentos de Peter. Assim, o filho tem de trabalhar muitas horas no centro de reciclagem e também como jardineiro e biscateiro.

Com tudo isto, queria dizer o seguinte: Escutem, o miúdo tem passado muito, deixem-no em paz.
O relatório continuava:

Peter mostra tendência para formar ligações intensas com as pessoas, rejeitando-as depois com igual intensidade, quando receia que o tenham traído ou abandonado. Este padrão está directamente relacionado com os seus sentimentos de raiva pelo abandono do pai e pelo fracasso da mãe em preencher convenientemente o papel paternal. Uma vez que lhe é difícil enfrentar esta raiva, intensa e dolorosa, tem tendência a dissociar-se das suas consequências, uma reacção que pode ser confundida com ausência de remorsos. Por exemplo, Peter ilude-se a si próprio, dizendo que o facto de ter batido na namorada, Jennifer, foi um «acidente», e não um acto de fúria por ela «o ir deixar» para ir para a universidade. Do mesmo modo, acha que o fogo na igreja foi quase um subproduto do seu desagrado estético perante as letras de certos hinos. Na verdade, foi um grito de raiva e de dor pelo facto de o Padre Fairfax e sua mulher não o conseguirem proteger do abandono de Jennifer, tendo, por conseguinte, falhado no seu papel de pais idealizados. Em qualquer dos casos, não existiu qualquer motivo anti-religioso ou causado por «ódio» na origem do fogo posto e penso ser extremamente improvável que se repita...

O que significava que se tratava de um crime pessoal e não de um crime político ou religioso — tenham calma.
Continuava:

O comportamento de Peter preenche, pelo menos, cinco dos critérios de um diagnóstico de perturbação «borderline» da personalidade. Embora reconheça que esta categoria é muito vasta, é-me perfeitamente claro que o diagnóstico alternativo de perturbação anti-social da personalidade é absolutamente inadequado.

Tradução: Rankel é um idiota.
Concluí o relatório da seguinte forma:

Se regressar à prisão, é quase certo que Peter cumprirá as ameaças de suicídio. Pelo contrário, se for colocado sob tratamento, é provável que progrida bastante num período de tempo relativamente curto. Peter é totalmente capaz de estabelecer uma ligação com um terapeuta humano, desde que este aja com compaixão e integridade suficientes para justificar a sua confiança. Nestas circunstâncias, creio que Peter pode vir a tornar-se numa pessoa extremamente válida e produtiva.

Por outras palavras, se o meterem na prisão, matam-no. Se não meterem, assumo a responsabilidade de o tratar.
Como rebuçado, oferecia a Peter a Cama Cooper da minha clínica durante trinta dias. Isto era, só por si, muitíssimo. A clínica era cara — perto de mil dólares por dia, nessa altura — e Peter não tinha seguro de saúde. Mesmo que tivesse, era pouco provável que

fosse reembolsado em mais de dez ou onze dias de tratamento como interno. Mas a Cama Cooper era subsidiada por uma doação do meu avô materno. Fora-me atribuída para utilizar segundo o meu critério, normalmente por períodos curtos, para resolver emergências de necessitados. Atribuí-la por trinta dias de tratamento quase gratuito era inaudito. Além do mais, prometi trabalhar com o nosso pessoal para arranjar fundos para o tratamento ambulatório posterior de Peter.

O relatório teve o resultado pretendido. Ou talvez tenha sido o facto de o Chefe Hunnicut ter crescido no lado errado da cidade, enquanto o meu pai jogava xadrez por *e-mail* com o juiz. Não sei bem. Seja como for, Peter teve alta do hospital sem ter de regressar à prisão. Concordou em dar entrada em *The Manor* na segunda sexta-feira de Setembro — o primeiro dia em que a nossa cama subsidiada estava disponível. O Juiz Tannenbaum disse que pediria outro relatório sobre o assunto passados trinta dias para arquivar o caso nessa altura.

— Fez uma coisa maravilhosa, Cal — disse o Padre Fairfax, quando me telefonou a congratular-me. — Arriscou a sua reputação e o juiz valorizou isso imensamente. A bola pertence agora à sua equipa. O que fizer nos próximos trinta dias irá ditar a diferença entre a vida e a morte para aquele rapaz.

— Bem, isso deixa-me muito descansado, Michael, obrigadinho — retorqui.

Depois de desligar, ri-me e pensei: *Bem-vindos ao* meu *suicídio*.

QUATRO

Tudo o que se seguiu teve origem numa série de pensamentos que me vieram à ideia numa noite dos princípios de Setembro.

Eram quase horas de jantar e eu estava sentado na poltrona da sala. Marie estava na cozinha com Eva, a nossa filha de onze anos. Ouvia as duas a rir a propósito de qualquer coisa e o bater dos tachos e dos talheres, enquanto preparavam a refeição. O nosso filho Cal Jr., de nove anos, estava aos meus pés, deitado de bruços no tapete, a matar monstros num jogo de vídeo, na televisão. Dorothy, de três anos, a quem chamávamos Tot, sentava-se nos meus joelhos e mexia-me na cara enquanto eu tentava ler o jornal.

Por fora, a nossa casa tem um aspecto velho e antiquado. As habituais ripas brancas e as persianas pretas em estilo colonial, ao gosto das velhas famílias da região. Três andares com empenas no alto e uma grande entrada com rede mosquiteira em baixo. No interior, porém, Marie mandara um arquitecto abrir as salas, tornando-as mais contemporâneas e acolhedoras. A tijoleira vermelha da cozinha junta-se ao carvalho encerado da área de jantar que, por sua vez, abre para a sala de estar, um enorme espaço a abarrotar de mobília e tapetes coloridos. Do sítio onde estava instalado com a minha filha e o *New York Times*, podia — sempre que Tot tirava os dedos dos meus olhos — acompanhar os progressos de J.R. contra os invasores alienígenas e avistar Marie e Eva de relance, quando passavam pela porta da cozinha.

— Alface, alface, alface — ouvi Marie a dizer. — Por que é que permites que me esqueça de comprar estas coisas?

— Eu? — exclamou Eva, sem parar de rir. — Tens um bloco ali no frigorífico que diz "Faltas".

— Oh — retorquiu Marie, rindo-se também. — E achas que eu devia escrever ali as coisas que quero comprar?

Tot agarrara o meu lábio inferior e tentava ver até onde o conseguia esticar.

— Nã cossigo lê cando faces isso — disse-lhe por entre lágrimas de dor. Tot guinchou de prazer com os divertidos ruídos que o pai fazia.

— Maãee! Por amor de Deus! — Eva ria ainda com mais força. — Não é assim que se escreve alface! Bem, quer dizer, até Tot sabe isso!

— Ah, cala a boca — murmurou J.R. para si próprio. Era um cavalheiro e adorava a mãe. Detestava que Eva gozasse com ela pela sua falta de instrução.

— Ena, obrigada, espertalhona — disse Marie. — Se eu tivesse sabido que ia ter uns filhos tão inteligentes, teria tido uma dúzia. — Naquele momento podia vê-las junto à porta. Marie colocou um cesto com pão nas mãos de Eva e empurrou-a docemente para a área de jantar.

— Bem, devemos ter herdado isso do pai — disse Eva, rindo-se de esguelha. Era morena e bonita e, por vezes, um verdadeiro terror, tal como fora a minha irmã. — Alface! Francamente!

— Por que é que te achas tão esperta, sua atrasada? — perguntou J.R., um pouco mais alto.

— Não te metas, miúdo — disse-lhe, enquanto Tot me agarrava o nariz. — Deixa a tua irmã em paz e rebenta lá com a cabeça desse simpático *zombie*. Ai!

— Eva deve ser a pessoa menos atrasada que conheço — afirmou Marie. Levava para a mesa um jarro de limonada. Eva, pousando o cesto do pão, inchou toda com o elogio. Marie parou e olhou para televisão. — Uau, J.R., vê só como és bom a matar esses cosmonautas! Até me admiro como ainda sobrou algum.

J.R. revirou os olhos mas ficou satisfeito, o que, evidentemente, fez explodir Eva.

— Não percebo por que é que todos os jogos têm de ser sobre *matar* — declarou desdenhosamente, enquanto voltava para a cozinha.

— Sobre o que é que querias que fossem? — perguntou J.R. — Sobre *ballet*?

Parti-me a rir.

— Essa é boa, é muito boa. *Banho de Sangue no Lago dos Cisnes.*

Marie demorou-se mais um pouco, sorrindo para mim e para Tot.

— Ela está a maçar-te, querido? Queres que a leve para poderes ler?

— O quê, esta horrível criatura? — perguntei, fazendo-lhe cócegas até ela se desmanchar a rir. — Quero que a leves e a metas na sopa!

Ainda a rir, ergui o olhar por um segundo. Marie continuava a observar-nos. Olhava-nos com uma tal expressão de — não sei como explicar — de *calor* no rosto que, subitamente, dei comigo invadido pela mesma emoção, sentindo-a a ligar-nos como uma corrente eléctrica.

Adorava-a. E, santo Deus — as palavras vieram-me à ideia —, *ela nem devia ter sido minha mulher.*

Foi assim que se iniciaram os tais pensamentos.

Ela nem devia ter sido minha mulher. Quando tinha vinte e oito anos, estava mais ou menos comprometido com uma mulher de nome Sarah Cabot. A família dela conhecia a minha e combinaram as coisas de forma a que nos encontrássemos numa festa. Era o tipo de rapariga que sempre imaginara vir a caber-me. Bonita, um pouco ossuda, segura de si, culta, brilhante. Trabalhava numa firma de relações públicas em Manhattan. Eu também me encontrava em Nova Iorque, no primeiro ano do internato de psiquiatria, em Bellevue.

Sentia-me muito infeliz. Mas a causa não era Sarah. Ela era óptima. Íamos a bons restaurantes, conversávamos sobre todas as pessoas que conhecíamos e fazíamos amor com a despreocupação lasciva recomendada pelas revistas que ela lia. Dada a minha falta de habilidade para as mulheres, sentia-me grato por poder, ao menos, fazer amor. Portanto, não era isso.

Não, o trabalho é que andava a afectar-me. Não sei o que esperara. Acho que algures na minha mente tinha a ideia de que a Religião do meu pai não conseguira ajudar a infeliz da minha mãe e, portanto, eu avançaria, armado com a Ciência, para ajudar todos os infelizes. Pelo menos, foi esta a conclusão a que cheguei mais tarde, durante a análise que fiz no estágio. Porém, fosse o que fosse, o idealismo com que escolhera aquela profissão, foi completamente destruído na primeira vez em que participei numa sessão de ETC — terapia electroconvulsiva, electrochoques. Caramba, nem sequer imaginava que ainda faziam aquilo. Mas, de facto, um belo dia dei comigo a ligar à corrente um doente meu chamado Edgar.

Edgar fora internado depois de se ter barricado no seu apartamento durante três semanas a fim de impedir que um exército imaginário de travestis o raptasse. Eu era novo no jogo e não tinha ideia do que fazer com ele. Um dos supervisores dizia-me para me limitar à psicanálise e o outro insistia para que experimentasse medicação. Eram rivais, os dois supervisores; odiavam-se. A certa altura, o da medicação chegou mesmo a dizer-me, aos gritos, «Dou cabo desse filho da puta desse freudiano!». A vida da mente, não é? Entretanto, é claro que Edgar estava cada vez mais louco e, portanto, o chefe da unidade acabou mais ou menos por me ordenar que o «ligasse», que lhe aplicasse a ETC.

Bem, foi horrível. Não há outro termo. Lá em cima, no décimo andar, uma sala de tijolo esverdeado e luzes fluorescentes, dolorosamente fortes, que tremeluziam, zumbindo. Uma série de fios e tubos estavam pendurados de ganchos no tecto. Senti-me como o Grande Inquisidor. A enfermeira fez deslizar Edgar de detrás de uma cortina, deitado numa marquesa, com os olhos loucos abertos de pavor. «É agora?», lamuriava sem parar, lastimosamente. «Vai acontecer agora?» Quer dizer, por favor. O anestesista pô-lo inconsciente, graças a Deus, e paralisou-lhe os músculos com succinilcolina. Dessa forma, a descarga induzida pela corrente só seria visível no pé direito — que fora deixado de fora para podermos testar os reflexos. O interno que me estava a ensinar a técnica nunca parou de cantarolar para si próprio durante aquilo tudo. Uma cantilena sem melodia, «dum di do, di do di dum». A enfermeira esfregou uma porcaria qualquer nas têmporas de Edgar e, com uma correia, prendeu as ligações dos eléctrodos ao seu corpo e ligou-os. Eu é que tinha de carregar no botão vermelho da caixa preta, que enviaria 1,5 milivolts para o cérebro de Edgar. «Dum diddle di dum, diddle di di», murmurava o meu instrutor. Lá fora, podia ver pela janela poeirenta a neve a cair. Carreguei no botão.

A vida da porcaria da mente, lembro-me de ter pensado, enquanto o pé direito de Edgar se contraía e pulava, fazendo estremecer a marquesa. *A vida da porcaria da mente.*

A propósito, deu resultado. Os tratamentos fizeram com que Edgar melhorasse imenso. Ficou muito mais feliz. Acabaram as perseguições de travestis e, um pouco mais tarde, deram-lhe alta do hospital.

Por outro lado, eu fiquei com uma depressão infernal.

— Tens de aguentar esta fase, querido — dizia-me Sarah Cabot encorajadoramente —, e daqui a alguns anos terás um consultório em Park Avenue e eu ficarei verde de inveja ao ver os montes de belas mulheres ricas que te irão consultar para lhes curares as neuroses.

Uma tarde, fui dar um passeio sozinho. Céu cinzento de ardósia. Nos passeios, enormes montes de neve suja. Ruas a nadar em lodo. Fevereiro. Odiava a cidade.

Deparei com um restaurante barato. Chamava-se *The Glass House.* Um rectângulo de luz melancólica no entardecer. Algumas pessoas curvadas sobre o balcão, mais uma ou duas nas mesas. Entrei. Arranjei um lugar a um canto. Pedi uma chávena de café e fiquei a olhar para a bebida.

Acho que o meu aspecto mostrava bem como me sentia deprimido. A empregada aproximou-se e tentou animar-me. Deixou-se cair pesadamente na minha frente e abriu um exemplar do *Post* sobre a mesa. Quando ergueu os olhos do jornal, eu contemplava-a boquiaberto.

— Vou ler-lhe o seu horóscopo, está bem? — afirmou. — Vai acontecer-lhe algo de muito bom. Em breve, tenho a certeza.

Normalmente, perante uma rapariga tão bonita teria ficado sem saber o que dizer, mas sentia-me tão espantado com aquilo tudo que balbuciei: «Mas... nem sequer sabe quando nasci!».

— Oh... pois é! — Não pensara nisso. — Muito bem. — Deu uma olhada pelo jornal. — Está certo, talvez seja melhor encontrar primeiro um que seja bom e decidir depois.

Era Marie.

* * *

Lembrei-me daquilo tudo num relâmpago, sentado numa cadeira, tantos anos depois. Recordei a sensação de descoberta, da estranha suavidade que senti ao vê-la: *Ah, aqui está ela.* Como se tivesse encontrado uma coisa perdida — um livro, os meus óculos, o coração e a alma — mesmo antes de compreender que andava à sua procura. E mesmo então não fui capaz de reconhecer o que tinha acontecido. Ela era demasiado inverosímil; uma mulher completamente inapropriada. Sem saber porquê, dei comigo a voltar à *The Glass House* para tomar café quase todos os dias. Escutava — sarcástico mas extasiado — a sua tagarelice pateta: a vida das celebridades, as profecias das videntes, histórias piegas sobre o salvamento de crianças nas notícias. E depois dava comigo a responder-lhe em sussurros: a minha desilusão sobre a utilidade do intelecto, o desapontamento em relação à profissão que escolhera, a sensação de que perdera o caminho. Sem esforço, contava tudo àqueles olhos azuis, tão simples e tão azuis... Juro que achava que o café de *The Glass House* era o melhor que já bebera. Até o recomendava aos meus colegas. A sério! Como me enganava! Pensava que o café devia ter qualquer ingrediente especial que me fazia sentir tão bem depois de uma ou duas chávenas. Que mais poderia ser? A empregada? Uma rapariga desconhecida, que nem sequer acabara o liceu? Que se fartava de falar sobre como as estrelas moldam os nossos destinos e como os anjos eram os autores secretos dos nossos sonhos? Ninguém poderia ter ficado mais surpreendido do que eu na noite em que a levei a casa e dei subitamente comigo nu, encostado à sua pele nua; assim, de repente, com os seus braços em meu redor e os seus seios contra mim, tão branca e tão quente, lutando subitamente com algo tão alheio à minha juventude e a que nem sequer consegui chamar paixão antes de passarem várias semanas.

Tinham-se passado semanas... Os meus pensamentos... as minhas memórias.. continuaram. E dei comigo a pensar na minha irmã, em Mina. Fora visitá-la pouco depois de eu e Marie nos termos tornado amantes. Era uma noite de chuva, em Abril.

Nessa altura, Mina tinha trinta e cinco anos e estava totalmente desesperada, embora não nos apercebêssemos ao olhar para ela. Tinha uma figura tão imponente, tão graciosa. Era parecida com a nossa mãe, magra e esguia como ela. Usava o cabelo escuro curto e desgrenhado, caindo-lhe em desmazelo sobre a mesma testa nobre da nossa mãe. Na verdade, todo o seu rosto era nobre, belamente esculpido, de uma palidez elegante. O nariz era arrebitado, os lábios finos, a expressão sobranceira, ligeiramente divertida. Parecia observar o desenrolar da desgraça da sua própria vida com uma ironia próxima do desdém. As suas esperanças literárias tinham sido destruídas, a sua vida amorosa era um desastre. E agora o alcoolismo — que também partilhava com a mãe — fechava-se em seu redor como um punho. Tudo se combinava para a destruir e, contudo, parecia observar todas as fases do processo de uma grande distância, pervertidamente.

Quanto a mim, quando fui ter com ela naquele dia, sentia-me absolutamente confuso.

— Mina! — quase gemi. — Que vou fazer?

— Conta-me tudo, querido — respondeu-me. Bateu com dois copos de uísque em cima da mesa da cozinha e deitou em cada um pouco de vinho tinto barato.

Só tinha uma vaidade: a pobreza. Dispunha dos mesmos fundos que eu e, contudo, há anos que vivia na East Village, num estúdio delapidado. O quarto era tão pequeno que era necessário sentarmo-nos na cozinha, que, por sua vez, não passava de um estreito rectângulo de linóleo a descascar-se. Olhámos um para o outro de cada lado de uma mesa de jogo colocada junto à janela, entalada entre o frigorífico e a parede. Lá fora, uma chuva miudinha e triste caía no pátio, uma mancha de verde moribundo. No interior, uma lâmpada nua brilhava sobre nós.

— Conheci-a num restaurantezito — expliquei. — É lá empregada.

— Num restaurante? — Mina riu-se. — Oh, francamente! A mãe e o pai matam-te! Não é preta, pois não?

— Não... E achas que se importavam com isso?

— Não, mas devia ser divertido vê-los a *não* se importarem.

— É apenas uma pessoa simples, meiga e carinhosa...

— Bem, estás lixado. Ninguém é verdadeiramente assim. Deve ser uma caçadora de fortunas.

— Não é nada! É apenas do Missouri.

— Oh.

— Ou do Oregon, originalmente. Só que ainda não teve tempo para ficar como toda a gente, nesta cidade de merda.

— Pronto, portanto é meiga e simples. — Mina reclinou-se na sua cadeira de metal articulada, o copo numa mão e uma garrafa de *Mateus* na outra. Serviu-se de mais vinho. — De que tipo de simplicidade é que estamos a falar? E não me venhas com snobismos e evasivas. Quero dizer, está assim ao nível da idiotice?

Ri-me contrariado e abanei a cabeça.

— Não, Mina! Meu Deus! É apenas... inculta, mais nada. Saiu de casa com quinze anos e teve de ganhar a vida sozinha.

— Ah, ah! Devido à sua educação defraudada e deficiente.

— Pois, e parece que os pais eram bem desagradáveis. Violentos. Não me contou muito sobre isso. Já não tem contacto com eles...

— E, contudo, deixaram-lhe uma marca oculta e horripilante no fundo da alma.

— Meu Deus, és horrível. Estou a tentar dizer-te uma coisa: conheci uma mulher que é... a doçura e a luz. Em pessoa. Estou a falar a sério. — Inclinei-me para a frente, com os cotovelos sobre a mesa, aproximando-me dela naquele espaço restrito e abanei a cabeça. Mina olhava para baixo, sorrindo maliciosamente e observando as próprias mãos servirem um terceiro copo de vinho.

— Tem uma voz linda... suave... um sussurro — confessei-lhe.

— 'Tá bem, chega de imbecilidades. Tenho os meus próprios problemas.

— Bem, devias ir vê-la. Quero dizer, é um lugar onde vão clientes. Nem vais acreditar. Ascorosos, alguns são mesmo doidos. E nunca a vi irritar-se com nenhum, nem uma única vez. É tão paciente com eles, tão amável. Nunca a vi deixar de sorrir.

— Parece uma psicótica.

— Bolas! — Passei as mãos pelo cabelo e ri-me (Mina fazia-me sempre rir), mas era novo e estava verdadeiramente angustiado. — Não faças isso! Odeio! Odeio essa atitude, esta cidade! Toda a cidade! A vida da porcaria da mente. Damos com a merda de um intelecto superior em cada esquina! Toda a gente sabe as teorias correctas e as posições políticas correctas e os filmes que se devem ver... e ninguém tem um grama de amabilidade, algo de verdadeiramente humano para dar. Juro mesmo, Mina, estou-me nas tintas para os espertos.

Os espertos são uma merda. Os espertos são a gente mais estúpida do mundo. Ela vale cem deles, de caras. De caras.

— Ena! — exclamou Mina afectuosamente. — Caramba! Já me convenceste. Podes crer que estou totalmente convencida. Sou a verdadeira imagem de uma pessoa convencida.

— Oh, cala-te!

Mina fez girar o vinho no copo por um momento.

— Pronto, pronto, querido, vamos lá outra vez. Vamos estipular que te amarraste a uma idiota de uma santa qualquer. Portanto, o que temos? Já enganaste o Cabide?

O Cabide... a alcunha que Mina dava a Sarah Cabot. Fizera pior do que enganar. Nem sequer falara de Sarah a Marie. Aquilo tudo, aquela *febre* apanhara-me completamente desprevenido. Nunca me acontecera nada de semelhante e tinha imenso medo de o perder.

Não respondi. Suspirei e virei-me para contemplar os chuviscos na relva.

Mina bufou baixinho.

— Não leves isso tão a peito. Por que havias de ser diferente dos outros homens?

— Está bem, mereço essa.

— Oh, merda. Não mereces nada. — O álcool começava a afectá-la. A pronúncia tornava-se longa e arrastada. Quando nos voltámos a inclinar um para o outro, o seu hálito cheirava a vinho.

— Tens razão, não passo de uma cabra velha e amarga. Tu és um tipo lindo. Um tipo lindo, óptimo e toda a gente o sabe.

— Amo-a, Mina. Olha, é como se tivesse sido atingido por um camião. Quero dizer, é a felicidade... a verdadeira felicidade. Só de cheirar a pele dela, só de a olhar nos olhos... Merda, Minerva, escuta-me! Pertenço à Igreja Episcopal, por amor de Deus! Não costumo falar assim. Trata-se de... uma verdadeira encruzilhada, de uma autêntica encruzilhada na minha vida.

Mina parou com o copo nos lábios. Poisou-o. Estudou-me por um longo momento. Tinha uns olhos verdes cheios de força.

— Certo — disse com sobriedade. — Então, é um facto. Portanto, o que queres de mim? Quero dizer, parece-me que desejas que te apresente as objecções.

— Claro. Não, não. Está bem, avança — acedi.

— Bem, vamos lá a ver, por um lado... só Deus sabe do que irão falar quando te passar a paixão.

— Obrigado. Tinha esperança de aguentar aí uns dois anos antes de isso acontecer.

— Ela nunca se vai sentir à-vontade no meio dos teus amigos — continuou Mina. — Os homens vão tratá-la com superioridade e as mulheres... vão desprezá-la. Tens de a levar para um sítio onde ela possa fazer amigos, sabes, um mundo onde se consiga inserir. Isso implica provavelmente os subúrbios, talvez até mesmo o campo. Bem, aí a vida da mente não te vai incomodar, podes ter a certeza. Depois... meu Deus... depois ela vai começar a ter uma série de filhos. E olha que falo a sério, não vai ser como com o Cabide: um pequeno nova-iorquino com uma data de amas, que fica tão agradecido por lhe dizeres olá que se porta como um anjo. Tudo indica que arranjaste uma mamã a tempo inteiro. Portanto, isso implica uma série de monstrinhos a correr por todo lado, com as baterias carregadas de amor e beijos. E sabes como és... tu adoras miúdos. Vais deixar de ter vontade de andar sempre a sair para conferências e simpósios, onde poderias tornar-te conhecido. A sério, a tua vida vai ser assim, Cal. Esquece Park Avenue, esquece o Clube dos Psiquiatras. Vai ser como... bem, vai ser como o que tu costumavas imaginar que era a nossa família, antes de descobrires que era tudo uma merda.

Disse que sim com a cabeça, lentamente.

— Muito bem — respondi. — Talvez seja essa a resposta, talvez seja disso que ando à procura. Quero dizer, talvez seja maluco, Minerva, mas isso tudo parece-me óptimo. Desde que o faça com ela.

— Óptimo. Então, qual é o problema?

— Oh, não sei. — Afundei-me na cadeira e soltei um longo suspiro. — Não sei, mas parece-me uma felicidade tão grande.

— Pois, é duro.

— Não, isto é... estou sempre a ouvir o pai. Estou sempre a ouvi-lo dizer que... a felicidade é fútil, sabes? Receio que ele diga que procurar apenas a felicidade é... fútil.

Mina semicerrou os olhos, um pouco embriagada, oscilando ligeiramente na cadeira.

— E depois? Não és nenhum Hércules, mas também nunca foste cobarde, *moralmente* falando. Nunca tiveste problemas em enfrentar o pai.

Olhei para o meu copo com as sobrancelhas franzidas; era ainda a minha primeira dose, quase intacta.

— Receio vir a concordar com ele — respondi.

O riso de Mina — o seu riso espontâneo — tinha um som intenso e aflautado, muito bonito e feminino. Estendeu o braço e deu-me uma palmadinha na mão — um gesto surpreendente; nunca nos tocámos muito. Depois, pegou no copo, engoliu o resto da bebida e começou a servir-se de mais.

— Quem pensa que a felicidade é fútil não entende a natureza trágica da felicidade — afirmou.

Outra das suas declarações proféticas. Não fazia ideia do seu significado. Ideia nenhuma. Mas acho que compreendi que, de certa forma, me dera a sua bênção. E acho que foi para isso que lá fora. Porém, na verdade, já tinha tomado uma decisão.

Tot descera do meu colo. Estava sentada no sofá, a ver J.R. matar os seus monstros. Fiquei a olhar para ela distraidamente, do fundo das minhas recordações. Uma menina tão bonita — verdadeiramente filha de Marie, tão afável e angelical — com os caracóis louros caindo-lhe sobre as bochechas gordas e os olhos azul-escuros. Não sei porquê, mas vê-la ali, pura e fresca, entristeceu-me e recordou-me Mina.

A minha irmã matara-se há sete anos. Fazia sete anos nesse mês, Setembro. Afogara-se nas águas do Porto de Nova Iorque. Tinha quarenta e dois anos, a minha idade naquela altura.

Bem-vindos ao meu suicídio, pensei novamente.

E foi então que me apercebi, foi então que finalmente compreendi: a expressão dos olhos dele. Aquele olhar de Peter Blue, aquela mistura de humor e tristeza, aquela indiferença arrogante. Era o olhar de Mina. Exactamente igual. Sabia que ele me recordara alguém; recordara-me a minha irmã.

— O jantar está pronto — anunciou Marie.

Ergui o olhar e dei com ela a meu lado, sorrindo docemente.

* * *

Os meus pensamentos interromperam-se ali. Jantámos. Deitámos os miúdos. Eu e Marie fizemos amor e esqueci tudo aquilo.

Depois, muito mais tarde, acho que já passava muito da meia-noite, acordei ao sentir a minha mulher a sair devagarinho da cama. Mexi-me.

— Shiu — murmurou, beijando-me na testa. — Amo-te. Dorme. — Voltei a poisar a cabeça na almofada e fiquei a ouvir os seus passos sobre o tapete, saindo do quarto.

Ela era assim. Dormia mal. Costumava levantar-se de madrugada: ia à casa de banho, ia ver as crianças, sentava-se no assento da janela e ficava a olhar os bosques e o jardim. E se, mesmo assim, não conseguia dormir, descia as escadas e bebia um chá de ervas na sala da entrada. Era um hábito seu, explicava-me. O seu bio-ritmo, como ela lhe chamava.

Mas houve uma ocasião, há alguns anos, em que a encontrei a chorar. Eu descera as escadas e vi as lágrimas a brilharem na sua face à luz do luar, na entrada. Disse-me que estivera a pensar na sua vida. A pensar nos pais e em como tinham sido infelizes e em como ela própria o fora — uma adolescente em fuga, trabalhando sozinha pelo país fora até me ter encontrado. Na verdade, foi uma das raras ocasiões em que falou disso, da sua vida antes do nosso casamento. «Não me venhas com psiquiatrias», costumava dizer-me sempre que lhe fazia perguntas sobre isso. «Não tenho dinheiro para te pagar!»

Portanto, aprendi a deixá-la em paz, pois era assim que queria. Quando se levantava de noite, limitava-me a esperar por ela, meio a dormir, uma parte do meu espírito consciente dos seus movimentos, sentido as suas andanças pela casa até voltar para perto de mim.

Naquela noite, porém, por qualquer motivo, fiquei completamente desperto assim que ela se levantou. Saiu do quarto e ali fiquei eu, acordado e só, na escuridão. Quase imediatamente, dei comigo a pensar novamente em Mina e em como Peter Blue me recordara a minha irmã. Disse para mim próprio que teria de ser especialmente cuidadoso em relação à contra-transferência no decurso do tratamento, especialmente por ele ter tendências suicidas, como ela. Seria muito fácil ao meu inconsciente misturá-lo com a minha irmã, confundir os meus sentimentos por ela com ele, perdendo a objectividade de que necessitava para o ajudar.

Enquanto pensava em tudo isto, a minha mulher voltou dos quartos dos filhos e sentou-se à janela. Fiquei a observar a sua silhueta, recortada de encontro às copas das árvores e às estrelas.

— Estás bem? — perguntei baixinho.

Olhou-me de relance e consegui distinguir a luz do seu olhar.

— Estou bem, vai dormir.

— Em que estás a pensar?

— Oh... nas crianças e em tudo o que tenho de fazer amanhã.

— A Eva foi bastante mal-educada contigo, ao jantar. Achas que devia ser mais severo com ela?

— Não, anda só a praticar para ser adolescente. Às vezes, tem de ter vergonha de mim. É natural. Todas as mães das suas amigas são sofisticadas e até andaram na universidade e tudo.

Apoiei-me num cotovelo. Fiquei com receio de que se sentisse magoada.

— Eu sei que ela te adora — disse-lhe. — Vive do teu amor. Todos nós vivemos do teu amor. É o próprio ar que respiramos.

— Bom, está bem, isso alegra-me. Mas agora vive o meu amor com os olhos fechados, sonha com ele e volta a dormir — retorquiu.

— Está bem, eu sei ver quando não sou desejado.

Voltei a deitar-me e rolei para o lado, com as costas viradas para ela. Mas não adormeci, pelo menos de imediato. Os meus pensamentos regressaram a Peter Blue. Comecei a pensar no seu sonho: o altar de pedra no cimo dos bosques sussurrantes, a cruz de madeira, a luz e o mocho bonito. Interroguei-me sobre que significado teria o mocho para ele. Classicamente, é evidente que o mocho simboliza a sabedoria. Era o pássaro da deusa grega da sabedoria, Atena. Os romanos chamavam-lhe Minerva.

Sorri para comigo na escuridão. Minerva! Por vezes tratava Mina por esse nome. Quando era miúdo, era a minha forma de a chatear por causa de todas as suas máximas sábias e obscuras. *Curvo-me perante ti, ó Minerva*. Bem, teria mesmo de prestar muita atenção à contra--transferência. Já via Mina nos sonhos de Peter...

Depois, parei de sorrir. Pela segunda vez, senti um arrepio, um tremor supersticioso.

Meu Deus, pensei, olhando para a escuridão. *Conheço aquele lugar, não conheço?*

E conhecia mesmo, era verdade. Aquele lugar no bosque. O lugar com que Peter sonhara. O cimo do monte, o altar de pedra, a cruz de madeira. Até os sussurros. Era tudo real. Conhecia-o. Já lá estivera.

Há muito tempo, estivera lá com a minha irmã.

CINCO

Não sei por que motivo queria ver novamente esse lugar. A coincidência — se era disso que se tratava —, as ligações entre Peter e Mina, Minerva, o mocho — bem, não eram verdadeiramente uma coincidência. Como a maior parte destas coisas, tinha mais a ver com o meu esquema de pensamento do que com qualquer outra coisa. O facto de Peter ter sonhado com um lugar que me era familiar não era assim tão estranho numa cidade daquele tamanho. Tudo o mais era apenas uma questão de livre associação da minha parte. Pelo menos, foi isso que disse a mim próprio.

E, contudo, queria ver o tal lugar do bosque. O lugar do sonho de Peter. Acho que era apenas para me certificar de que tinha razão, só para ver se era o mesmo lugar de que me lembrava. Ou talvez não fosse esse o motivo. Talvez fosse algo de mais profundo, algo ligado à minha irmã, ao aniversário da sua morte que se aproximava. Não sei, não tenho a certeza. Só queria vê-lo, mais nada.

Fosse como fosse, não era muito difícil lá ir. Não ficava muito distante de *The Manor*.

A Clínica de Saúde Mental Familiar de Highbury — *The Manor* — está instalada num terreno de quarenta e cinco acres no lado norte e *snob* da cidade. É um belo local, verde e cheio de encanto, com passeios que ondulam sob áceres, carvalhos e ulmeiros. As empenas dos telhados dos dormitórios e centros de tratamento, construídos em madeira, elevam-se acima da folhagem. O nome que dão ao lugar advém do edifício da administração, o mais próximo da estrada. É um monstro neoclássico e imponente, com uma enorme escadaria e um pórtico com colunas, uma verdadeira mansão senhorial. O resto do complexo é mais modesto, um local muito calmo, rodeado de mansões discretas e isoladas a este, oeste e sul.

A norte da clínica fica a Reserva da Garganta do Rio da Prata. Quinhentos e sessenta acres de floresta entrelaçada por caminhos pedestres. A minha própria casa ficava exactamente do lado oposto e, em dias agradáveis em que não precisava do carro, podia ir e vir a pé do trabalho pelo meio da floresta. Foi isso que fiz no dia seguinte, uma quarta-feira.

Mudei os *jeans* e a camisola na casa de banho do meu gabinete e vesti o fato que guardo na clínica. Acabara de sair e estava a abotoar a camisa, quando os outros quatro psiquiatras de *The Manor* começaram a aparecer, um a um.

Gould chegou primeiro. Entrou a arrastar os pés, sem bater à porta. Trinta anos, óculos, barba e cabelos desgrenhados. Cotoveleiras nas mangas do casaco de bombazina. Um café numa mão, um pãozinho na outra.

— Cumprimentos, meu presidente.

Depois veio O'Hara, de cabelos brancos, arrastando consigo a grande barriga. Dos cantos de um saco de papel pingava a gordura do seu *McMuffin* de ovo. A seguinte foi Jane Hirschfeld, uma mulher empertigada como um pau. Trazia uma garrafa de sumo. E, por fim, veio Holden, careca como uma bola de bilhar, atlético, duro. Apenas café, simples.

— Salve, chefe! — cumprimentou.

O presidente era eu. Era esse o meu título, e que me fazia certamente parecer muito importante. Mas o mais engraçado é que se destinava a ser uma posição mais ou menos honorária. Quem devia administrar aquilo eram o director clínico e o director financeiro; o presidente devia funcionar como um representante, um tipo como eu, com muitos conhecimentos importantes na terra. Assumira o cargo havia dez anos, quando, como Mina previra, necessitei de arranjar forma de sair da cidade. Nessa altura, a minha mãe morrera, o meu pai reformara-se e mudara-se para

Santa Fé, mas a família continuava a ser muito conhecida em Highbury e parecia que as pessoas pensavam bem de nós. Portanto, a ideia era que, como presidente de uma clínica que os meus antepassados tinham ajudado a fundar, eu serviria principalmente como angariador de fundos e embaixador da boa-vontade, o que me deixaria tempo suficiente para fazer as investigações e ver os doentes que me interessassem.

Infelizmente, mais ou menos um ano depois de eu ter entrado, o mundo da clínica ficou virado de pernas para o ar. Não vou aborrecê-los com os pormenores, mas a revolução nos seguros de saúde destruiu-nos. Um quarto do nosso pessoal foi dispensado, comprometendo o nível dos tratamentos. O director financeiro foi praticamente removido à força um dia, balbuciando de exaustão. Por fim, o conselho de administração decidiu que tinha de contratar um novo director clínico. Entrou Ray Oakem — ou, como lhe chamavam os menos maduros de entre nós, o Feiticeiro Esquisito[1].

O Feiticeiro era... bem, era esquisito, lá disso não havia dúvida, a imagem de um galo com uma barbicha — um tipo de barba, magricela e empertigado —, assim era Ray. Para lhe fazer justiça, fora contratado pelos seus «conhecimentos em estratégias de tratamentos de curta duração» — ou seja, para diminuir os gastos com os tratamentos. E conseguira-o, de facto. Ajudara o director financeiro a recuperar rapidamente a forma, reorganizara o pessoal que lidava com as seguradoras e instituíra um tratamento de onze dias para abuso de estupefacientes — o mais requisitado da clínica. É claro que não curava ninguém, mas, pelo menos, fazia com que os miúdos frequentassem a clínica por períodos que as seguradoras estavam dispostas a pagar.

Na verdade, a única coisa que se podia dizer contra Ray era o facto de ser um cretino. E de ser completamente doido. Sempre que roubava algum tempo à tarefa de diminuir os custos e tentava contribuir para que os infelizes se sentissem, de facto, melhor, a palavra *fracasso* adquiria um novo significado. A certa altura, che-

---

[1] «Wizard of Odd» no original, numa referência irónica ao *Feiticeiro de Oz*, famoso filme americano. *(NT)*

gara mesmo a tentar implantar uma terapia rápida do tipo militar, que obtivera algum êxito em certas prisões. Juro que é verdade. Afirmou que daria aos doentes «um tratamento de choque forte e rápido», o que se verificou ser literalmente verdade, uma vez que um dos desgraçados tentou electrocutar-se numa tomada. Outros dois tentaram enforcar-se, até que a ameaça de um processo judicial o fez cair em si. Noutra ocasião, tentou curar uma rapariga, a quem mais tarde foi diagnosticada uma esquizofrenia, obrigando-a a ficar sentada no escuro com um cobertor sobre a cabeça. Eu e Gould tivemos de atirar Ray para fora da sala, antes de conseguirmos que a rapariga parasse de gritar.

Como resultado destas e de outras loucuras menos hilariantes, o pessoal médico teve de procurar uma figura respeitável que vencesse o Feiticeiro do Mal e devolvesse a sanidade à nossa política de tratamentos. Nessa altura, eu andava por ali com um ar vagamente respeitável. Os médicos, os assistentes sociais e as enfermeiras da clínica aproximaram-se de mim, em busca de apoio e, apesar de a direcção se recusar a despedir Oakem, devido ao facto de ter salvo a clínica da bancarrota, apoiavam-me em proteger os nossos doentes das grandes ideias do Feiticeiro.

E, assim, tornei-me uma espécie de vice-director oficioso e presidente daquela reunião diária ao pequeno-almoço dos quatro psiquiatras do serviço. A reunião era totalmente informal, um mero encontro antes das visitas, mas, aparentemente, restaurou o moral depois dos Tempos Difíceis. Além disso, quase como um bónus adicional, fez com que Oakem, assim excluído, ficasse doido de ciúmes e rancor.

Portanto, lá entraram eles, Gould, O'Hara, Hirschfeld e Holden. Instalaram-se em volta da sala, enquanto eu enfiava a camisa dentro das calças e dava o nó na gravata.

— Depois de uma noite dura a lutar contra o crime, eis que ele despe o seu fato de Super-Homem — ironizou O'Hara, pegando no seu *McMuffin* de ovo.

— Tens alguma coisa contra o meu fato, Joseph? — perguntei, apertando bem o nó da gravata. — Podes contar-me, sou médico.

Mas ele pôs-se a chupar ruidosamente a gema do ovo do interior do pãozinho.

— Santo Deus, O'Hara, isso não é uma mama — escarneceu Holden.

— Não é? — O'Hara mirou o pão. — Caramba, mas eu pedi um *McMama*.

Gould ergueu o seu pão.

— Perdoem-me, pessoal, enquanto sublimo — murmurou, retirando num gesto sensual da língua um pouco de queijo do interior do pão.

— Lamento que tenhas de presenciar isto, Jane — disse eu para Hirschfeld. — Não passam de uns animais!

Ela tinha um sorriso encantador e um sentido de humor surpreendente.

— Bem, que coisa — exclamou, arrastando a voz, enquanto enfiava o longo gargalo da garrafa de sumo por entre os lábios.

— Psiquiatras! — Instalei-me na minha cadeira. — Metem nojo, todos vocês.

Depois de terem acabado de comer ou lá que diabo era aquilo, fui com Gould fazer as visitas. Caminhámos juntos até Cade House, a unidade dos jovens.

Estava um belo dia, um ar matinal fresco. O verde das folhas ia desaparecendo e a luz adquirira um tom ligeiramente dourado, outonal. Era nesta altura do ano que a clínica revelava o seu ar mais tranquilo. As férias de Verão tinham terminado e muitos dos nossos doentes tinham regressado à escola. Eu e Gould descemos lentamente o caminho deserto, com as mãos nos bolsos, varrendo com o olhar o colorido do local. Abaixo de nós, na encosta de um monte, a chaminé de tijolo branco de Cade House erguia-se por cima de uma fieira de áceres.

— Tudo calmo em Cade? — perguntei-lhe.

— Sim, sim. Sabes, é Setembro. Uma das minhas miúdas com distúrbios alimentares foi-se embora na semana passada. Deve ter achado que era melhor ir para casa vomitar a boa comida caseira. Agora, só tenho cinco internados.

— A minha Cama Cooper chega na sexta. Portanto, posso passar-to?

— É o suicida que pegou fogo à igreja, não é? Claro. Quantos mais, melhor. Pelo menos, é capaz de animar as tropas. Que tipo de drogas 'tás a usar?
— No hospital, recusou o *Prozac*. Acho que vou esperar para ver.
— Caramba, Cal Bradley, o último defensor da Cura pela Fala.
— Em pessoa.
— E vais fazer a história?
Acenei que sim, distraidamente.
— Sim, eu tomo conta dele.
Chegámos à unidade e entrámos. Os internados em Cade House tinham acabado de tomar o pequeno-almoço e estavam reunidos na sala. Parámos um momento para lhes darmos uma espreitadela.
A sala era escura — isto é, a madeira das paredes era escura, bem como a mobília estofada e as capas desbotadas dos livros das prateleiras. Todavia, na parede sul, abria-se uma janela panorâmica, por onde entrava o sol, ainda baixo. Uma nuvem de fumo pairava no ar, atravessada por raios de luz. Os miúdos — cinco adolescentes, três raparigas, dois rapazes — estavam estirados nos vários sofás e cadeirões, a beber café e a fumar.
Nora estava empoleirada no braço de uma cadeira, fazendo círculos com a mão que segurava o cigarro e falando com Ângela, no sofá. Nora andava a matar-se à fome. Uma doença do comportamento alimentar. Era ossuda, com os olhos protuberantes, uma *T-shirt* pendurada nos ossos. Ângela, pelo contrário, era corpulenta e infeliz. Vestia *jeans* largos e uma camisola de mangas compridas, que lhe escondiam as cicatrizes das lâminas que lhe cobriam o corpo. Brad estava também no sofá, esparramado como um boneco de borracha, de calças de caqui e *T-shirt*. Ria e acenava com a cabeça indolentemente. Fora violento com os pais quando estava sob a influência de várias drogas. Austin, esticado no banco por baixo da janela, uma perna esguia erguida, um cotovelo no joelho, fizera duas tentativas de suicídio. E Shane — que se deixara cair de lado num cadeirão, com um livro no colo — era depressiva. Um caso difícil, nos limites, sob medicamentação e terapia, mas que resistia a ambas com quantas forças tinha.
Todos, à excepção de um, vinham de lares desfeitos, como Peter. Brad era a excepção, mas, no seu caso, ambos os pais trabalhavam na cidade e era raro estarem em casa.

Parei na entrada com Gould.

— Que achas? — perguntei-lhe baixinho.

— Não deve haver problema. Manda lá o teu rapaz — anuiu Gould. — Que diabo, por aquilo que me disseste, deve integrar-se na perfeição.

Quando voltei a sair, olhei ao fundo a colina. De todo o complexo, o edifício de Cade House era o que ficava mais a norte. Por trás situava-se um campo relvado com alguns bancos. Depois, seguia-se uma fileira de árvores e o início do trilho para a Reserva da Garganta do Rio da Prata.

Era aí que ficava o sítio. O tal sítio com que Peter sonhara. Ficava na reserva, para este, na fronteira entre terrenos florestais privados e as terras da bacia hidrográfica. Tinha quase a certeza de ser capaz de voltar a encontrar o local. Pensei que não devia levar mais de vinte minutos a lá chegar. O desejo de ir, de o ver, era muito forte. Era mesmo muito forte.

Mesmo depois de ter passado tanto tempo, não sei dizer porquê.

Não consegui partir logo. Primeiro tinha de ver um doente, tratar de papelada e fazer uns telefonemas, mas tinha quase uma hora para o almoço. Portanto, quando passava pouco da uma, vesti novamente a roupa desportiva e dirigi-me ao bosque.

Não segui pelo trilho habitual, que atravessava o desfiladeiro e que eu costumava utilizar ao ir para casa. Em vez disso, segui um caminho superior, que contornava a berma do desfiladeiro. Enquanto caminhava, abria-se à minha esquerda um abismo estreito, de cuja parede mais afastada se erguiam imponentes rochedos glaciares. Coníferas de grossos troncos cobriam de sombras as suas profundezas. Lá em baixo, onde corria o rio da Prata, tudo parecia escuro e fresco.

Cá em cima, porém, uma luz amarelo-esverdeada caía agradavelmente sobre a cobertura de folhas. Brilhava no branco das bétulas jovens e no azul suave e indistinto dos abetos e pinheiros. Folhas mortas sussurravam sob os meus pés ao caminhar, enquanto o tráfego ecoava, invisível, nas estradas vizinhas. O rio murmurava no fundo do desfiladeiro e o som aumentava à medida que me aproximava da queda de água.

Era aí que terminava o trilho, ou assim parecia: imediatamente antes da queda de água. Havia uma grande formação rochosa, encimada por árvores, que parecia bloquear o caminho. Para os não-iniciados, era o fim, era ali o miradouro. Podia parar-se ali e admirar-se a bonita catarata a despenhar-se nas sombras do desfiladeiro. Uma bela vista. O rio precipitava-se em queda livre do leito, lá em cima, para a piscina rochosa do fundo.

Nesta época, estava muito longe de atingir a força máxima, mas mesmo assim emitia um som forte.

E ouvia um... um sussurrar, contara-me Peter, falando do seu sonho. *À minha volta. Muito baixo, muito baixo, mas que abafava assim tudo o resto, não restando mais nada. Apenas aquele sussurrar contínuo, por todo o lado.*

Era mais ou menos isso. O ruído da queda de água não era nada ensurdecedor, pelo menos aqui, na parte mais elevada. Parecia apenas abafar tudo o mais: o trinar dos pássaros, o zumbir dos insectos, o ruído distante do tráfego, tudo desaparecia, sob aquele som. Não havia mais nada para além do chape contínuo da água. Sussurrando, sussurrando...

Virei as costas à cachoeira e, empurrando os ramos, saí do trilho e abri caminho em volta da formação rochosa. Fiquei contente ao ver que ainda me lembrava. Havia um caminho escondido que continuava. Era uma espécie de escada feita de raízes e apoios, que subia pelo lado do rochedo e levava a um trilho estreito. Apenas os primeiros metros eram difíceis; depois, era só uma questão de subir penosamente até ao topo.

E ali estava. Mesmo no cimo da formação rochosa, imediatamente acima da queda de água e aninhada entre os arbustos, rodeada de bétulas e um amontoado de pequenas coníferas, surgia uma pequena clareira no seio do arvoredo. Tal como me recordava. Tal como Peter sonhara.

Lá estava o «altar antigo» de que ele falara, mesmo no centro, uma pedra cinzenta chata, à altura do joelho e com cerca de um metro e oitenta de comprimento. As árvores e os arbustos atarracados rodeavam-na quase completamente. Mas mesmo na berma da clareira, mesmo antes da queda vertiginosa para a piscina natural lá em baixo, o arvoredo era menos denso. E lá estava a cruz de madeira. Era na verdade uma bétula, ou melhor, um tronco sem folhas, e um ramo de abeto, estranhamente direito e nu, que se comprimia contra ele na perpendicular.

Fiquei imóvel por um momento, ofegante devido à subida. Só, rodeado pelas árvores que me cercavam e o som da água, que abafava todos os outros sons. Era esquisito estar ali. Na paisagem do sonho de Peter. E também na paisagem da minha própria memória. Porque Mina trouxera-me ali uma vez. Quando eu tinha cerca de onze anos e ela dezoito, prestes a partir para Barnard. Mostrara-me a pedra com o gesto sofisticado de uma adolescente cansada da vida. Era ali que os miúdos iam para fazer amor, explicara-me. Ela própria perdera ali a virgindade. Sexo! A sua virgindade! Bem, recordo-me de que tentei não parecer atónito, mas acho que fiquei com vontade de me enfiar num buraco. «Achei que devia mostrar-te isto antes de me ir embora», disse Mina na sua voz arrastada. «Talvez precises, caso venhas a dar uma queca, o que é altamente improvável.»

Seja como for, foi uma ideia generosa da parte dela. A minha juventude não foi, nem de longe, tão empolgante como a dela e, na verdade, nunca a ultrapassei; embora ouvir a minha irmã falar da sua vida sexual tivesse sido bastante chocante e emocionante, tendo-me ficado na memória, os pormenores daquele momento tinham-se esfumado com o tempo. Na verdade, esquecera-me completamente daquele lugar, até o sonho de Peter mo ter recordado.

Deixei que o meu olhar se espraiasse pela cena. Avistei os vidros castanhos de garrafas estilhaçadas por entre as raízes das árvores, filtros de cigarros, embalagens rasgadas de preservativos. Parecia que os adolescentes de agora continuavam a reconhecer um bom ninho de amor isolado quando o encontravam. Era essa a verdadeira ligação entre Mina e Peter, pensei, não tinha nada a ver com coincidências. Era ali o local onde os jovens de Highbury vinham fazer amor. Tal como Mina fizera com o seu primeiro namorado, era provável que também Peter ali tivesse estado com a sua. Fora por essa razão que aparecera no seu sonho.

Lembrei-me de como descrevera o que acontecera. Vira uma luz por detrás da cruz, contara-me. Aproximara-se, olhara bem...

Virei-me então para a «cruz de madeira». Sorri. Também se via uma luz por detrás dela: os raios oblíquos do sol da tarde. Num impulso, fiz o que Peter fizera. Subi para cima da bétula e do abeto. A água sussurrava em meu redor, tal como com ele. Como ele, espreitei para a luz por detrás da cruz.

E lá em baixo, do lado oposto do rio, num trilho que levava à base da queda de água, vi a minha mulher com outro homem.

PARTE DOIS

SEIS

Tenho uma boa cara para ouvir confissões. Os deuses presentearam-me com uma espécie de expressão vazia e os meus doentes podem, por isso, ver em mim tudo o que quiserem: o pai colérico, a mãe indiferente, o amigo solidário há muito perdido. Sou aquele com quem necessitam de falar ou de enfrentar. É o início da transferência, é assim que o processo funciona.

Isso não se passa só em psiquiatria. Um chui na sala de interrogatórios diz: «Desabafe» e o criminoso esquece tudo o que sabe e desabafa com uma pessoa que só deseja atirá-lo para a prisão. Uma mulher diz ao vagabundo do marido: «Só quero que sejas honesto comigo» e o grande idiota acredita. Um repórter diz ao político: «O público quer ouvir a sua opinião...» Precisamos de contar as nossas histórias, mais nada. Que mais nos liga uns aos outros, para além daquilo que contamos? Portanto, mesmo que na realidade fosse mais sensato manter a boca fechada, que diabo, alteramos a realidade. Transformamo-la, em espírito, num mundo onde possamos partilhar a verdade.

E é assim que nos expomos. Não por aquilo que dizemos, mas pela fantasia com que cobrimos a aparência das coisas. É que podemos escolher as palavras e adoptar poses, mas não o podemos fazer às ilusões — essas estão-nos coladas à alma, qual papel de parede. Por exemplo, olhem para mim a escrever isto, a confessar-vos isto. Quero dizer, vocês deviam ser o público ideal. Nem sequer aí estão verdadeiramente, limito-me a inventá-los, à medida que vou escrevendo. Invento-os completamente. Devia ser capaz de vos imaginar como quisesse: rindo-vos das minhas piadas, perdoando as minhas ofensas, compadecendo-vos dos meus sofrimentos. Admirando-me incondicionalmente. O Cal Bradley, que tipo, diriam com um riso terno. É um tipo porreiro, um tipo mesmo divertido.

Mas em vez disso, quando levanto os olhos da página e vos imagino, vejo uns patifes falsos e pretenciosos, que gozam perdidamente com a ironia barata de tudo isto. O Psiquiatra Que Não Conhece A Própria Mulher. Ah, ah, ah.

Bem, não parem por minha causa. Continuem a rir, meus amigos imaginários. Acreditem, ainda agora comecei. Ainda nem ouviram metade da história.

Ali estava eu no bosque do sonho de Peter Blue. Fiquei parado, rígido com o choque, olhando pelos ramos entrelaçados para o trilho no fundo da queda de água. E vi-a — vi-os —, Marie e o homem.

Não sou muito bom a calcular distâncias. Do cimo da formação rochosa até lá abaixo, onde eles se encontravam, era muito longe, setenta metros, talvez cem, não faço ideia. Do trilho que seguira anteriormente não se avistavam, pois os rochedos tapavam a vista. Mesmo ali de cima, estavam parcialmente escondidos por um entrelaçado de ramos suspensos. Mais tarde, diria a mim próprio que não tinha a certeza — não podia ter a certeza àquela distância, com tantas obstruções — de que se tratasse efectivamente de Marie. Mas, naquele momento, tive. Naquele momento, ali parado, soube com toda a convicção. Reconheci as suas formas, sem sombra de dúvida. O cabelo, o impermeável cor-de--laranja, a saia de ganga. Estava quase de costas voltadas para mim e via apenas o seu perfil, de relance, mas naquele momento tive a certeza.

Olhei melhor para o homem. Estava de frente para mim. Era muito longe para conseguir ver-lhe as feições em pormenor, mas fiquei com uma boa impressão geral. Devia ter uns quarenta anos, baixo, nervoso, duro, moreno. Cabelos negros, penteados para trás, um sorriso reluzente. Vestia *jeans* e uma *T-shirt* preta. Os músculos dos braços, grandes e firmes, estavam curtidos como um pedaço de couro castanho. Agarrava Marie pelos ombros e falava com ela, sorrindo.

— Marie? — proferi. — O som foi abafado pelo murmúrio da queda de água.

O morenaço largou-lhe um dos ombros e encostou a mão à face dela, afagando-lhe o cabelo e a pele suavemente.

— *Marie?* — gritei, mas lá em baixo, tão perto da base da queda de água, não me ouviam. Também não me podiam ver. Teriam de olhar directamente para mim e, mesmo assim, as árvores do pequeno bosque esconder-me-iam.

Hesitei mais um segundo, e ainda outro, pregado ao chão pela sua presença, pela visão das mãos dele, tão ternas e íntimas, a tocarem-na. Desviei o olhar a custo, afastando-me bruscamente. Precipitei-me para a berma da clareira, voltando a passar pelo altar de pedra. Ia descer o rochedo até ao trilho, pensava. Ia descer a garganta até ao rio, escorregando se fosse preciso. Agitaria os braços para lhes chamar a atenção, ia confrontá-los. Era esse o meu plano.

Os ramos estalaram, arranhando-me, à medida que abria caminho por entre a cortina de arvoredo. Sem pensar, atirei-me pelo declive da formação rochosa, descendo demasiado depressa. A superfície irregular da rocha rasgou-me a pele do pulso. A ponta do meu ténis escorregou, falhando uma protuberância. Arquejei, momentaneamente pendurado, segurando a raiz de uma árvore, enquanto tentava encontrar um apoio para os pés.

Dei um salto de cerca de um metro até ao chão. O impacto abriu-me um tornozelo, obrigando-me a cerrar os dentes. Gemendo de dor e bufando com o esforço, coxeei em redor do rochedo e voltei para o trilho, regressando à berma do desfiladeiro.

Na minha cabeça, o murmúrio da queda de água foi substituído pelo arfar da minha respiração. Apoiei-me numa bétula para me acalmar e comecei a abrir caminho pelo íngreme declive. Os ténis afundavam-se nas folhas escorregadias e fui forçado a prosseguir, agarrando-me sucessivamente a bétulas e abetos. E depois caí, caí e fui escorregando sobre as folhas, por ali abaixo, durante vários metros.

Agarrei-me rapidamente a uma raiz, parei e soergui-me. Ao olhar, vi que ultrapassara a obstrução causada pela formação rochosa. Conseguia ver novamente o local na base da queda de água.

Ergui-me, respirando pesadamente e segurando-me a um ramo baixo. Espreitei, desvairado, por entre as árvores e a espuma da água.

Mas ela desaparecera. Marie e o homem moreno. Tinham ambos desaparecido.

Não valia a pena tentar encontrá-los. Do outro lado, havia três trilhos que partiam do rio. Quando eu descobrisse um sítio para atravessar, há muito que teriam desaparecido por qualquer deles. Passado algum tempo, virei as costas. Lentamente, consegui voltar a subir até ao trilho superior.

Sentei-me numa pedra durante uns minutos e descansei até a dor no tornozelo abrandar e recuperar o fôlego. Repetia para mim próprio que devia pensar, mas não conseguia. Apenas conseguia lembrar-me de Marie e das mãos do homem sobre ela, do homem sorrindo, com a mão, íntima e terna, no rosto dela.

Tinha de ir para casa, de a ver, de a confrontar. Primeiro, regressaria a *The Manor*. Limpava-me, acalmava-me e cancelava o que tinha para a tarde. Usaria um dos carros da clínica para voltar para casa. Levantei-me antes de estar verdadeiramente pronto, ainda ofegante e dolorido, a coxear, e tomei a vereda por onde viera.

Porém, ao caminhar pelo bosque, comecei a reconsiderar. Comecei a perguntar a mim próprio: teria a certeza do que vira? Teria sequer a certeza de que era Marie? Daquela altura, de tão longe, por entre toda aquela ramagem? E praticamente de costas para mim! Então, e o homem? Ficara com uma forte impressão dele: atraente, dinâmico, viril. Tudo o que eu não sou. Talvez fosse apenas a minha insegurança que me levara a pensar que um tipo daqueles devia ser seu amante. Quero dizer, há catorze anos que ela era minha mulher, uma mulher fiel, simples, que frequentava a igreja. Talvez estivesse a ser ridículo, o clássico marido ciumento.

Com o olhar no chão, sem ver, a boca aberta e respirando com dificuldade, segui, aos tropeções, pelo trilho que ia dar à clínica.

Não conseguia deixar de pensar nas mãos dele, na forma como lhe tocara, como a acariciara. Mas talvez também estivesse enganado acerca disso. Talvez fosse outra coisa. Talvez ele estivesse... não sei... a implorar-lhe. Ou a ameaçá-la. Era possível, não era? Podia estar ali aflito, imaginando-me um marido enganado, e Marie estar, entretanto, a correr um perigo qualquer. Está bem, está bem, não podia ser isso. Fora um toque tão suave. E ela não lutara, nem sequer se afastara. Mas talvez o conhecesse, não sei bem como. Talvez fosse um velho amigo. Ou um irmão. Ela afastara-se da família — eu nunca os conhecera — mas sabia que tinha um irmão algures. Jake. Talvez Jake tivesse aparecido e estivesse a tentar restabelecer a ligação...

Quando me aproximei da fieira de árvores, ralhava a mim próprio por ter tirado conclusões precipitadas. Onde estava a minha confiança na mulher que amava, o meu respeito por ela? Não podia ir a correr para casa, entrar por ali dentro e confrontá-la, interrogá-la como se ela fosse uma criminosa. Que diabo de marido era eu, afinal?

Ia telefonar-lhe, isso mesmo. Casualmente. Só para me certificar de que estava bem. No fim de contas, até talvez tivesse assistido ao seu rapto por um violador assassino. Ia telefonar-lhe e dizia «Hoje, vi-te no bosque». E ela responderia «Oh, pois, estava a dar um passeio e dei, por acaso, com o meu irmão há muito perdido, que teve a amabilidade de me limpar o pó da cara e do cabelo com um toque tão suave, tão terno, tão sensual...».

Profundamente enojado, saí com esforço da floresta matizada de luz para a intensa claridade do prado norte de *The Manor*. Exausto, regressei ao meu gabinete para lamber as feridas.

Passaram cerca de quarenta e cinco minutos antes de lhe telefonar. Não estava em casa. Apanhei-a no telemóvel. Quando respondeu, ouvi Tot a guinchar ao longe.

— Onde estás? — perguntei.

— Tot está a brincar com uma amiga — disse Marie. — Oh, Tot, querida, não... — Ouvi qualquer coisa a partir-se. — Querido, posso ligar-te daqui a pouco?

— Falo contigo esta noite — respondi.
Não cheguei a dizer-lhe que a vira no bosque.

É difícil descrever o meu estado de espírito durante o resto da tarde. Se alguma vez descobriram um inchaço no corpo ou um sinal com mau aspecto, ou tenham apenas tido um ataque de hipocondria, bem, foi uma coisa desse género. Conseguia sossegar-me, concentrar a minha atenção noutra coisa e depois voltava a lembrar-me da forma como o vira tocar-lhe e lá ficava novamente coberto de suores frios. Estaria apaixonada por outro? Tê-la-ia perdido sem o saber?

De tarde, tive outro doente, uma reunião com as Relações Públicas, outra reunião com Oakem e o director financeiro. Tive de esperar uma infinidade até me libertar e poder ir para casa. E depois, as coisas não melhoraram, porque as crianças não nos largaram. J.R. queria contar-me sobre um lance que falhara no treino de basquetebol. Eva tinha uma história enorme sobre os amigos do coro da escola. Tot queria mostrar-me os desenhos a lápis de cera. Seguiam-me todos os passos e não consegui um momento a sós com Marie.

Dei comigo a observá-la. A sério. Estava sentado no chão com Tot e dava comigo a olhar furtivamente para Marie, enquanto ela punha a mesa. Sabem, tentava encontrar-lhe no rosto sinais de... algo... de engano, de traição, de secretismo. Mas ela era a mesma de sempre, rindo-se com Eva, paciente e terna com ela. Disse a mim próprio que aquilo não podia ser tudo falso. E, que diabo, nem sequer trazia a saia de ganga. Vestia calças de caqui e uma camisa aos quadrados, de manga comprida — um traje completamente diferente da mulher do bosque. Enganara-me, simplesmente. Pensara que a vira, mas não vira. Ia era esquecer aquilo tudo.

Senti-me melhor. Ali sentado no chão, observei o desenho de Tot solenemente. «Oh, óptimo, querida.» E depois lembrei-me da forma como ele lhe tocara. E lá voltou a dúvida, importuna e humilhante.

Envergonhei-me de mim próprio. Envergonhei-me dos meus pensamentos, mas não consegui impedi-los. Não consegui fazer com que desaparecessem.

* * *

A longa noite terminou finalmente. Dei banho a Tot e deitei-a. Li um pouco para J.R. e dei um beijo a Eva. Marie demorou-se um bocado a limpar a cozinha. Fui para cima para esperar por ela.

O nosso quarto era o único no terceiro andar. Um sítio privado nas traseiras da casa, com janelas que davam para a floresta e para o céu. Havia dois cadeirões, um para cada um de nós, de cada lado da cama. Por vezes, ao fim do dia, sentávamo-nos juntos ali durante uma meia-hora. Não falávamos muito. Eu lia uma revista de psiquiatria qualquer e Marie — que era uma costureira excelente — arranjava peças de roupa. Ou folheava as revistas de celebridades que adorava. Eu não as suportava, mas ela adorava-as e lia-as minuciosamente, abanando a cabeça e fazendo pequenos sons de incredulidade, o que eu achava incrivelmente enternecedor. Seja como for, lá estavam os cadeirões, as mesinhas de cabeceira, uma cómoda e a cama. A cama não era muito grande, o que não fazia mal, pois dormíamos sempre nos braços um do outro.

Sentei-me no meu cadeirão, junto à cama e esperei para perguntar a Marie sobre o homem do bosque.

Tinha um livro aberto sobre os joelhos, mas estava a olhar para a porta quando ela entrou. Trazia uma garrafa de vinho e dois copos. Sorria ligeiramente.

— Estás ocupado? — perguntou. — Ou será que te posso embebedar e aproveitar-me de ti?

Tentei devolver o sorriso. Pus o livro de lado, sobre a mesinha de cabeceira e dei comigo a perscrutar-lhe de novo o rosto ao dirigir-se para mim. Colocou o vinho e os copos ao lado do livro, na mesinha de cabeceira, curvou-se e beijou-me na testa com calor.

— Está tudo bem contigo esta noite? — perguntou. — Parecias muito distante ou coisa assim.

— Não, estou bem — respondi.

Beijou-me novamente, desta vez nos lábios.

— Bem, serve o vinho, eu dispo-me e depois farei com que seja maravilhoso.

Dirigiu-se ao seu roupeiro, na parede do fundo. Não servi o vinho. Fiquei sentado, com as mãos juntas, torcendo os dedos de uma mão com a outra. Ela abriu a porta do roupeiro e podia vê-la reflectida no espelho de corpo inteiro do interior.

— Vi-te... — pigarreei. — Hoje, vi-te no bosque. Ao pé da queda de água.

Ela estava a desabotoar a camisa. Olhou para mim, ainda a sorrir. Os seus olhos estavam calmos, límpidos.

— O quê? Viste-me no bosque? Hoje não fui ao bosque.

Pigarreei novamente. Parecia que tinha a garganta inchada.

— Hã... tu... hã... não estiveste no bosque, perto da queda de água do Rio da Prata? Esta tarde, por volta da uma hora, mais ou menos. Uma e meia...

— Não, hoje almocei com o comité da feira. A Jenny Douglas tem dado connosco em doidas. Depois, tive de ir a correr buscar Tot a casa da amiga. — Enrugou o nariz na minha direcção. — Não posso preguiçar como tu, sabes? Passear no bosque sempre que me apetece.

— Podia jurar que eras tu — afirmei. Disse-o tanto para mim próprio como para ela. É que, na verdade, nessa altura não poderia jurar. A verdade é que me parecia quase certo que devia ter-me enganado. Ou seja, orgulho-me da minha perspicácia em relação às pessoas; é o meu trabalho, é isso que faço. Além disso, conhecia Marie — pensava que a conhecia — melhor que ninguém. Era impossível que olhasse para mim e me mentisse daquele modo. Não seria capaz.

Senti-me invadir por uma onda de alívio. Na verdade, fiquei atrapalhado com a sua intensidade. Meu Deus, estivera assim tão aflito? Tinha mesmo suspeitado de que me enganava?

Marie observava-me pelo espelho. Ali estava, com a mão na camisa, o decote aberto, a renda do sutiã a ver-se, tão atraente. Semicerrou os olhos, desconfiada.

— E que estava ela a fazer lá?

— O quê? — Estava tão perdido nos meus pensamentos que fui apanhado desprevenido. — Quem?

— Quem Quer Que Fosse, a mulher que tu viste. A mulher que tomaste por mim. Se pensavas que era eu, por que não a chamaste, não gritaste ou coisa assim?

— Bem, estava demasiado longe. Eu estava no cimo da queda de água e ela estava lá em baixo... — Arranquei a garrafa de cima da mesinha de cabeceira e tirei a rolha. — Vou... servir o vinho — disse.

Pelo canto do olho, vi Marie avançar para mim com passos lentos.

— Ela estava com um homem, não estava?

— Hã... o quê?

— Não me venhas com evasivas. Cal, olha para mim. — Olhei para ela envergonhadamente. Dirigiu-se a mim, o seu sorriso reduzido a um esgar. — É isso que tens andado a remoer a noite inteira? Pensaste que me viste no bosque com outro homem?

— Bem, não... Isto é, havia um homem...

— E estavam a beijar-se?

— Não, claro que não...

— Oh, que mentiroso. Estavam, não estavam? Calvin Bradley! Como é que pudeste pensar uma coisa dessas?

— Bem, não pensei... isto é, na verdade, não pensei nada.

— Não me digas isso. Conheço-te. Pensaste, pois. — Tirou-me a garrafa de vinho da mão e pousou-a na mesinha. Curvou-se sobre mim, qual acusador, com as mãos nas costas do cadeirão, um braço de cada lado da minha cabeça. — Pensaste que me viste a beijar outro homem e estiveste toda a noite a pensar nisso.

— Não estive nada.

— Estiveste, sim. Pateta! — Virou-se e sentou-se no meu colo. — Tiveste ciúmes. — Inclinou a cabeça para mim e encostou a testa à minha. — Não tiveste?

— Ciúmes? — perguntei.

— Pois.

— Bem, deixa-me ver. É um bocado difícil lembrar-me.

Marie riu-se.

— Meu grande tolo!

— Fiquei arrasado — contei-lhe. — Fiquei como Olinto.

Beijou-me.

— Uum. — Depois, num sussurro: — Quem é Olinto.

— Era uma cidade na Grécia antiga que Filipe da Macedónia arrasou completamente. Assim fiquei eu.

— Não tentes ter graça depois de teres sido tão burro. — Mexeu-se para me beijar no rosto, no pescoço.

— Não fui burro.
— Não foste?
— Fui um bocadinho.
— Pobre querido. — Senti o hálito quente dos seus sussurros no meu ouvido. — Achas mesmo que alguma vez faria qualquer coisa que te magoasse? Achas? — Endireitou-se e olhou para mim. — Não sabes que és o meu homem, o meu amor? Toda a minha vida? Achas?

Estendi um dedo e passei-o pelo contorno do seu rosto.
— Está bem, acho que fui muito burro.
— Antes de ti, sabes bem que era tudo um horror — disse ela. — E, depois, tornaste tudo belo e feliz. E és tão bom para mim e eu amo-te tanto. Para já não falar do facto de te adorar como a um deus.
— Também te adoro — Era isso mesmo, esse era o ponto fulcral do problema. Oh, porra!

Puxei-a para mim e apertei-a com força. Enfiei a cabeça entre os seus seios e aspirei profundamente o aroma dela, deixando-me inundar pelo bater do seu coração.

Passado algum tempo, começou a contorcer-se no meu colo.
— Parece que é melhor tirar a roupa depressa, antes que se rasgue alguma coisa.
— Às vezes, é bom rasgar a roupa — murmurei para o seu corpo. — É divertido.
— Nem pensar, gosto destas calças. Larga-me, minha besta.

Deixei-a afastar-se, lentamente, os meus braços relutantes em largá-la. Com um suspiro fundo, recostei-me no cadeirão. Passei o olhar pelo seu corpo. Mordeu o lábio sedutoramente, sem tirar os olhos de mim, enquanto despia a camisa devagar.

Ao ver uma nódoa negra num dos seus ombros, fiquei sem respirar.

Não era nada, mal se via. Uma leve mancha roxa que podia ter arranjado — como qualquer de nós — em qualquer lado. Mas era exactamente onde seria suposto estar caso um homem a tivesse agarrado. Se a tivesse segurado pelos ombros com demasiada força e comprimido o polegar contra a carne.

Não consegui evitar e disse-lhe:
— Que te aconteceu aí?

Estendendo a mão para o botão das calças, olhou despreocupadamente para a nódoa negra.

— O quê? Isto? Não sei. Devo ter batido em qualquer coisa.

— Parece que alguém te agarrou.

— Oh, pois foi — disse com uma gargalhada. — Já quase me esquecera. Foi o meu namorado do bosque. É tão bruto.

— Muito engraçado.

— Bem, então não sejas tão parvo. Agora, só tens de te encostar e ficar descontraído.

Recostei-me. Desabotoou as calças. Despiu-as lentamente, meneando as ancas. Quando se aproximou de novo, já nua, e podia sentir o seu calor nas minhas mãos, encostei os lábios ao seu pescoço e murmurei:

— Não posso viver sem ti, Marie.

— Eu também não posso viver sem ti.

— Só quero fazer isto, isto que estamos a fazer agora, para sempre, está bem?

— E eu só quero ser perfeita para ti — murmurou, começando a despir-me. — É esse o objectivo de tudo quanto faço.

Talvez, se eu a amasse menos, não tivesse havido crime.

SETE

Como posso ter sido tão estúpido? Não paro de perguntar isso mesmo a mim próprio. Como posso ter-me convencido de que fora a minha mulher que vira no bosque? A minha mulher! Como posso ter acreditado nisso por um segundo sequer? Se não fosse por mais nada, só a própria coincidência — o facto de o sonho de Peter me poder levar a descobrir a infidelidade da minha mulher —, só a improbabilidade de tal coisa me devia ter feito compreender que era um disparate.

Perdera o bom senso. Quase delirara, nem parecia eu. Tentei analisar o assunto. Devia ter havido outra coisa qualquer, pensei. Qualquer coisa a ver com a minha irmã e a aproximação do aniversário da sua morte. Era essa a explicação óbvia. O sonho de Peter recordara-me disso e depois pensara ter visto o que vira... Era óbvio: o suicídio de Mina devia andar a roer-me o inconsciente.

Foi assim que analisei o assunto. Mina fora levada ao desespero, em parte devido às suas relações autodestrutivas com os homens. E ali estava eu, exactamente com a mesma idade com que ela morrera e o aspecto mais saudável e satisfatório da minha vida era a minha relação sexual e o meu casamento com Marie. Devia ter um sentimento de culpa profundamente reprimido por ter tido tanto êxito onde ela falhara tão completamente; em resumo, por ter vivido quando ela morrera. E quando Peter — Peter Blue, o suicida — me contara um sonho que me recordara o lugar onde se iniciara a desastrosa vida sexual de Mina, senti-me forçado a lá ir para chafurdar nas memórias do sofrimento da minha irmã. Depois, quando um par de namorados passou por acaso, foi perfeito! Agarrei a oportunidade de me castigar, de me convencer, pelo menos momentaneamente, de que não devia sentir-me culpado, porque o meu casamento não era assim tão perfeito como julgara.

Estava tudo relacionado com a minha irmã, com o meu sentimento de culpa. Fazia sentido, fazia todo o sentido.

Era uma explicação absolutamente razoável.

Na sexta-feira, Peter Blue deu entrada em *The Manor*, a mando do tribunal. Gould fez-lhe a entrevista de admissão. Depois, uma assistente social, Karen Chu, levou Peter para Cade House, ajudou-o a instalar-se e apresentou-o aos outros adolescentes. Só falei com ele na primeira sessão, já marcada, lá para o fim da tarde. Karen trouxe-mo por volta das quatro e meia. Fora assim que planeara as coisas, pois naquela época do ano, o meu gabinete, a essa hora, era um local agradável. Do lado de fora da grande janela por detrás da secretária, o sol aninhava-se para lá da copa das árvores. Os raios dourados, que atravessavam as folhas, estavam suspensos no ar do gabinete, brilhando avermelhados nas encadernações descoloridas dos livros das prateleiras. As molduras das fotos e as bugigangas reluziam. Nas extremidades, o gabinete parecia levemente enublado, o que dava ao local um ambiente confortável e acolhedor. Um bom ambiente para a nossa primeira sessão, que compensaria o outro encontro, na enfermaria de segurança do Hospital Estadual de Gloucester.

Reservara um canto da sala especialmente para terapia. Havia um cadeirão estofado para o paciente e uma cadeira giratória de cabedal, com costas altas, para mim. Quando Peter entrou, conduzi-o para lá. Fiquei de pé ao lado da minha cadeira, esperando em silêncio, quase formal, enquanto Peter afundava elegantemente o seu longo corpo na minha frente. Depois, sentei-me também.

Foi-me imediatamente óbvio que a sua disposição melhorara desde a última vez que o vira. As suas feições sensíveis estavam descontraídas, os cantos da boca erguidos. Os olhos pálidos brilhavam, cintilando nitidamente, enquanto virava a cabeça de um lado para o outro para observar a sala. Parecia-me quase infantil, absor-

vendo tudo com uma sensação de espanto, quase como se tivesse entrado num lugar mágico.
— Isto é uma maravilha — disse suavemente. — Refiro-me a tudo isto, à clínica. É uma maravilha. Adoro.
— Óptimo.
— Muitíssimo obrigado por me aceitar. O meu advogado contou-me o que fez. A sério, salvou-me temporariamente a vida.
— Mais do que temporariamente, espero.
Riu-se um pouco.
— Bem, todos nós temos apenas algum tempo. Mas obrigado, é óptimo estar novamente num lugar onde há árvores e onde posso caminhar lá fora. — Subitamente, foi dominado por um arrepio. Esfregou as mãos fortes, como se tivesse ficado com frio. — No entanto, estou um pouco nervoso com isto.
— Com o facto de ter de falar comigo?
— Com o facto de ir fazer *análise*. Brrr. Que destino terrível, sabe? Não consigo imaginar nada mais terrível. Imagino assim a minha lápide: «Aqui jaz Peter Blue. Fez *psicanálise* no décimo nono ano da sua vida.»
— E por que é que isso é tão terrível?
— Oh... — Um sorriso dançou-lhe nos lábios. Inspirou. — É que, quando impõem significados às coisas, estragam-nas. Eu gosto só de pensar nas coisas... como elas são, sabe.
— Não sei se compreendi. Que coisas?
— Ah, sabe como é. Uma coisa qualquer, aquilo em que estiver a pensar, a floresta, o céu, o cheiro da terra... essas coisas não têm significados ocultos. Deus está na sua realidade. A realidade é a forma de cantar de Deus.

Uuff, pensei, *outra vez o nosso velho amigo Deus*. Tentei não demonstrar enfado.
— Penso que a nossa conversa não vai pôr em perigo a natureza da realidade — respondi.
— Não — retorquiu Peter, continuando a sorrir. — Não, mas sabe como é, vai dizer-me que isto é um símbolo daquilo. Vai dizer-me que isto tem um significado diferente. Vai *analisá-lo*. — Chegou mesmo a estremecer e repetiu «*Analisá-lo!*»
— Santo Deus, tem razão, soa muito mal — assenti.

Rebentou a rir e o rosto iluminou-se de prazer.

— Não soa?

— Está bem, então, e se for assim, se eu não lhe disser nada? — propus. — E se me disser o que as coisas significam para si?

— Mas é exactamente isso. — Fez um gesto elegante. A voz era suave e melíflua, enquanto tentava pacientemente fazer-me entender. — Para mim, as coisas não têm significado. São apenas aquilo que são. — São apenas... o canto de Deus.

Acenei com a cabeça, com indulgência. O canto de Deus. Percebi. Bestial.

Este tipo de conversas não é invulgar no início da relação terapêutica. O paciente receia que o médico invada a sua mente, exponha os seus segredos, ganhe poder sobre ele. Então, lança uma espécie de ataque prévio contra o que presume serem os métodos do médico. A ideia é que se a análise for inválida, o analista não constitui uma ameaça. O que Peter estava a dizer — a tradução psiquiátrica, se assim quisermos — é que se sentia ansioso em relação ao que a terapia pudesse revelar. Neste caso, uma ansiedade muito específica, pensei. Na verdade, tinha a certeza de que sabia exactamente o que o perturbava. Portanto, disse:

— Então, e os sonhos, Peter? Os sonhos também são apenas o canto de Deus?

Encolheu os ombros.

— Claro, tudo. Por que pergunta?

— Bem, este tipo particular de *análise* de que está a falar... descobrir símbolos, dar significados às coisas... é um método que se aplicaria principalmente à interpretação dos sonhos, não é? Parece que receia que possamos descobrir um significado oculto no sonho que me contou.

Peter olhou para mim sem expressão.

— No sonho? Que...? Oh, o do mocho. — Fez um sorriso terno, ao recordar-se. — Pois, esse foi lindo. Mas não, não estava a pensar nisso.

— Não estava? — insisti.

— Nã. Talvez o senhor estivesse.

Não respondi. Admito que, subitamente, me sentia um pouco menos certo. Senti um suor frio na nuca. *Fora* eu? Estaria enganado?

Peter fez uma careta.

— Oh, não me vai dizer que o sonho tinha um significado qualquer, pois não? Isso seria demasiado terrível. Foi tão perfeito, apenas como foi. Sabe, uma vez que eu não podia ir ao bosque, Deus trouxe o bosque até mim.

Acenei vagamente com a cabeça, em busca de tempo. Não devia ter mencionado aquilo... sabia que não devia, devia ter passado a outras coisas, mas não consegui. Prossegui:

— E que mais? Faz outras associações com os sonhos? Fazem-no pensar em alguma coisa?

Peter resfolegou.

— Não. Porquê? E a *si*, em que é que o fazem pensar?

A sensação de frio na nuca transformou-se numa gota de suor. Pigarreei.

— Então, e o lugar do sonho? — insisti.

— O lugar?

— Sim, o lugar. O lugar onde viu o mocho.

— Que tem o lugar? — perguntou Peter, perplexo.

— Fá-lo pensar em alguma coisa? Já lá esteve?

Ficou a pensar.

— Não, que eu saiba. O senhor esteve lá?

— Bem, eu não sou importante — respondi rapidamente. — Não se trata do meu sonho. — A gota de suor escorreu por trás do colarinho, passando pelo meio das omoplatas, deixando um rasto longo e frio. Insisti. — E o mocho? Por que acha que sonhou com um mocho?

— Oh, apenas porque era tão lindo — disse ele, feliz. Abanou a cabeça, quase a fechar os olhos. — Ainda o consigo ver. Era... incrível.

Ficámos sentados em silêncio. Era estranho. Subitamente, senti-me completamente sozinho na sala. Como se, fechando os olhos, Peter tivesse desaparecido. Como se o seu ser, a sua realidade, tivessem sido transportados para outro local e eu tivesse ficado para trás, com a sua imagem vazia na cadeira.

E depois abriu os olhos — e a compreensão atingiu-me brutalmente: os seus olhos, a expressão dos seus olhos, simultaneamente altiva, triste e divertida — não era apenas a minha, era, na verdade, a expressão da minha irmã, era exactamente a expressão dela. Por um segundo assustador, quase a senti ali comigo, quase ouvi a sua voz: *Talvez estejas enganado, querido. Não só sobre o sonho... talvez estejas enganado sobre uma série de coisas...*

Peter quebrou o momento. Gemeu de forma cómica, baixando a cabeça e abanando-a, numa imitação de dor, enquanto apertava o nariz entre dois dedos.

— Que foi? — perguntei, espantado. — Que se passa?

Voltou a gemer, riu-se e ergueu a cabeça.

— Não acredito, acabei de me lembrar de uma coisa. Bolas! Havia um mocho de que eu e o meu pai costumávamos tratar. Santo Deus! Bolas! Aposto que é de uma coisa dessas que anda à procura, não é?

Era. Confesso, era disso mesmo que andava à procura, mas limitei-me a sorrir levemente, mantendo o olhar impassível.

— *Análise!* — exclamou Peter Blue.

Consegui abafar o meu suspiro de alívio.

O pai de Peter, Raynor Blue, trabalhara como encarregado da Sociedade Audubon, em Westbury. Era um local popular. Ofereciam passeios guiados e programas na natureza. De vez em quando, levava lá os meus filhos.

Nas instalações, havia uma cabana onde mantinham aves em exposição — três ou quatro aves feridas ou que, por qualquer motivo, não podiam viver em liberdade. Quando Peter era pequeno, a sua alimentação fazia parte do trabalho do pai. Nessa altura, uma delas era um mocho-das-neves macho. Depois de passar o Inverno no sul, o mocho fora atingido por um carro que passava, ao voar baixo sobre a estrada, entre dois campos de restolho. A asa partida nunca sarara convenientemente e ficara à guarda da Audubon. As crianças puseram-lhe o nome de *Chip*, por causa da marca de batatas fritas com um mocho.

De um branco resplandecente e um metro e meio de asa a asa, *Chip* era uma criatura impressionante. Mas era também afectuoso, de uma forma orgulhosa — ou assim achava o pequeno Peter. Raynor trazia o filho, com cinco anos, à cabana, de manhã cedo e deixava-o dispor os ratos mortos para o pequeno-almoço da ave. Depois da refeição, *Chip* empoleirava-se na mão enluvada de Raynor e permitia que Peter lhe limpasse as penas da parte de trás do pescoço, onde não chegava. Por vezes, a ave virava completamente a cabeça, 180 graus, e olhava afectuosamente para o rapaz com os seus olhos amarelos de predador. Peter ainda se lembrava da sensação de companheirismo desses momentos, como se o olhar feroz do mocho fosse uma brincadeira perigosa entre eles. *Acho que não te posso comer, miúdo, portanto mais vale gostar de ti.*

— Depois de o meu pai se ir embora... — contou Peter, falando num tom distante, um tom que sugeria que isso, o facto de o pai ter partido, era uma coisa menor, quase insignificante. — Depois de o meu pai se ir embora, continuei a poder ir ver *Chip* todos os dias. A nossa casa, a casa do encarregado, ficava nas instalações e o pessoal da Audubon deixou-nos ficar lá algum tempo, enquanto procurávamos outro lugar para viver. Por isso, podia ir lá vê-lo, mas já não me deixavam alimentá-lo. Só podia olhar para ele através do vidro, porque o meu pai não estava lá para o tirar. De qualquer modo, passadas algumas semanas, *Chip* morreu. Ninguém sabia a sua idade. Nos mochos, não se consegue saber. Morreu e pronto.

Ficou em silêncio.

— Lembra-se da partida do seu pai? — perguntei-lhe.

A pergunta pareceu surpreendê-lo e teve de pensar.

— Acho que sim. Mas foi uma coisa natural. Quero dizer, um dia, não regressou do trabalho. Quando lhe perguntei, a minha mãe limitou-se a encolher os ombros. Gritou comigo. Disse-me para a deixar em paz. Não houve assim um choque horrível, nem nada. Com o passar dos dias, fui percebendo que ele não ia voltar. Acho que quando compreendi de facto, já o tinha aceite.

Fiz um sinal afirmativo. Peter Blue olhava para o ar vespertino, olhava para o nada.

— Bolas, lembro-me é de uma coisa, de quando *Chip* morreu. Fiquei mesmo desgostoso. — Continuou a falar no mesmo tom meditativo. — Recordo-me de que fui para o bosque, atrás da casa... sozinho. Sentei-me lá no chão, debaixo de uns pinheiros enormes. Chorei. Chorei tanto que até doeu... doeu mesmo... como se tivesse uma enorme cobra no estômago, às voltas, a tentar sair. Fiquei ali sentado, a balançar sem parar e a chorar sem parar. — Suspirou fundo e abanou a cabeça. — Amava mesmo aquele velho passarão.

OITO

Na tarde seguinte, um sábado, fui buscar o meu filho ao jogo de basquetebol e, quando cheguei, dei com o Chefe da Polícia, Orrin Hunnicut, à minha espera na entrada. Marie, de pé na orla do relvado, conversava com ele. Tot estava encostada à perna da mãe, enrolando-se timidamente na saia e desprendendo-se em seguida. O homenzarrão fazia-as parecer muito pequenas. Era a sua altura, a corpulência, os ombros. Bastava a sua *consistência,* o seu aspecto pesado, grosseiro e hirsuto. Fazia com que Marie e Tot, tão delicadas, parecessem ainda mais pequenas e delicadas.

Ao passar com a minha *minivan* pelo SUV do chefe, vi-o agarrar a mão de Marie e engoli-la entre as suas gigantescas manápulas, apertando-a calorosamente. Sabia que devia estar a agradecer-lhe mais uma vez ainda pelo tempo que ela passara à cabeceira da mulher moribunda. Vi-lhe o rosto de relance, um rosto enorme, com os lábios a tremer e os olhos a toldarem-se de emoção. Embaraçado, demorei um pouco a estacionar a carrinha.

J.R. levou o seu equipamento directamente para dentro de casa pela porta da garagem. Caminhei lentamente em direcção ao chefe e a Marie. Lembro-me de que estava um dia lindo. Os primeiros vermelhos e amarelos das folhas contrastavam nitidamente com o azul do céu. O ar estava frio e seco, repleto do cheiro das folhas. Um belo dia para estar em casa, para estar com a família. Até desejei que o chefe não tivesse vindo.

Ao aproximar-me deles, Hunnicut ajoelhou-se para falar a Tot. Era como observar uma máquina da construção a fazer uma manobra de posicionamento. «Querida», ouvi-o dizer, «espero que saibas que tens por mãe uma mulher maravilhosa. Espero que agradeças a Deus.» Eu e Marie trocámos um olhar, enquanto me aproximava. Era evidente que Hunnicut estava completamente piegas. Quase pensei que a pobre Tot fosse fugir, aos gritos, para dentro de casa, ao ver aquela cara enorme, qual penedo sentimental, pairar sobre ela.

Controlou-se, graças a Deus. Juntei-me ao grupo. Hunnicut pôs-se de pé ruidosamente, erguendo-se muito acima de mim, o cabelo à escovinha recortado contra o céu. O seu aperto de mão foi estranhamente mole e flácido, facto em que já reparara. Era como se fosse uma espécie de urso, ou coisa assim, que ainda não percebera muito bem o que era aquilo de apertar a mão.

Disse «Doutor», respondi-lhe com «Chefe». Convidei-o a entrar, mas respondeu-me com um grunhido.

— Não quero interromper a tarde de sábado da vossa família. Se pudesse dispensar-me meia hora, pensei que talvez pudéssemos dar uma voltinha de carro.

Hesitei. Prometera a Tot que brincaria com ela e esperava esse momento com vontade. Mas Hunnicut aproximou-se mais e falou-me em voz baixa, num tom que lembrava o ressonar.

— É sobre aquele rapaz, o Peter Blue.

Portanto, lá partimos no todo-o-terreno do departamento da polícia, subindo o longo caminho de entrada, com Marie e Tot a acenar-nos do relvado.

— As nossas mulheres! — exclamou o Chefe Hunnicut, dando uma olhadela pelo espelho retrovisor. — O bom Deus sabia bem o que estava a fazer no dia em que as fez, não sabia?

Disse exactamente aquilo; não é possível inventar uma coisa daquelas e pareceu aborrecido quando eu não respondi, quando não me juntei a ele numa apreciação solene da Espantosa Ideia Divina dos Sexos. Ficámos sentados num silêncio desconfortável, enquanto o SUV chegava à estrada, aos solavancos.

Seguimos pelos caminhos florestais que rodeiam a minha casa. As árvores apinhavam-se à beira da estrada e, de vez em quando, uma folha amarela flutuava até ao pavimento. Em breve fomos dar à parte superior de State Street. Passámos pelo Parque, pelas igrejas, pelas escolas primária e secundária. O jogo de futebol tinha acabado há pouco e os passeios estavam cheios de pais e filhos a caminho dos carros. Parecia que Hunnicut os conhecia a todos. Sorriam-lhe e acenavam-lhe. Ele retribuía o cumprimento e fazia-lhes um sorriso cru, corado e carnudo. De vez em quando, saíam-lhe da garganta ruídos de prazer.

— O senhor é um homem popular — comentei.
— São boas pessoas — respondeu-me. — Boas.

Seguimos para West Highbury, o seu bairro durante a maior parte da vida. Ele e a mulher tinham criado ali os dois filhos. As casas eram mais pequenas, algumas só com um andar e apenas uma tira de relva separava a chaminé de uma família da parabólica da outra. As mulheres varriam as varandas sob a bandeira americana, os miúdos andavam de triciclo na entrada e homens de grande barriga juntavam as folhas com ancinhos. Também acenaram ao chefe, pelo menos a maioria, e ele retribuiu. «Ah, ah, ah», ria amigavelmente.

Sorria, pela janela, para uma rapariguinha quando me disse: «Se o delegado público ou o juiz descobrirem que eu vim ter consigo por causa disto, há uma maldita de uma tempestade de merda, perdoe-me a expressão. Uma tempestade de merda!»

— Muito bem, compreendo perfeitamente — respondi. — E o senhor tem de compreender que a minha relação com Peter Blue é absolutamente confidencial. Não lhe posso dar uma única informação sobre ele, nem uma.

— Oh, claro, claro. Não faz mal. Sei o que preciso de saber. Só quero dizer uma coisa, mais nada. — Fez uma saudação informal a uma mulher que descarregava as compras da mala do carro. — Está a ver, para mim, um tipo bate numa rapariga, incendeia uma igreja, rouba uma arma, aponta essa arma a um agente da lei... bem, se quiser, chame-me um sacana de um velho duro, mas parece-me que arranjou uma dividazinha para com a sociedade. Devia ser obrigado a pagar essa dívida e não ir para uma casa de repouso qualquer para ser apaparicado durante umas semanas e depois posto cá fora e fazer a mesma coisa outra vez. Está a ver onde quero chegar?

— Claro, é claro que vejo. Mas o que é que eu tenho a ver com isso?

— Bem, do meu ponto de vista, tem muito. O juiz entregou--lhe Blue por trinta dias. Depois, vai perguntar-lhe o que pensa. A sua resposta... bem, vai ser praticamente o factor decisivo que dirá se Blue se safa ou cumpre o tempo que merece.

— Bem, provavelmente tem toda a razão, mas eu vou ter de ser objectivo — respondi.

O chefe acenou enfaticamente com a cabeça.

— Agradeço-lhe, a sério. Só queria ter a certeza de que vê a coisa com toda a clareza.

Deixámos as casas para trás e virámos para uma vereda longa e pardacenta, onde se viam algumas barracas deploráveis no meio de relva por cortar. Depois, até aquelas desapareceram e seguimos por uma paisagem sem cor: um cemitério, um campo cheio de lixo, uma central eléctrica. O *SUV* balançava sobre o macadame rachado. As bobinas, as torres e os cabos da central avolumavam-se, grossos e emaranhados, como uma floresta num conto de fadas marciano.

— Achei que, pelo menos, podia falar consigo — disse Hunnicut —, porque... bem, achei que uma mulher como Mrs. Bradley não casaria com alguém que não fosse altamente recomendável.

— Bem, obrigado. Por vezes, também digo isso a mim próprio, mas a verdade é simples: tive sorte.

Isto fê-lo rir... ou rosnar, num som semelhante ao riso.

— Bem, duvido — respondeu. — Duvido mesmo.

Virou o volante. Com um salto e uma nuvem de pó, o *SUV* deixou a estrada. Seguimos, aos saltos, por uma estrada de terra que volteava por entre a erva alta, que estalava e segredava contra os lados do carro. Não conseguia ver para onde nos dirigíamos.

Depois, mais um salto, a erva abriu-se e o *SUV* do chefe parou.

— Aqui — indicou. — Veja isto. — Segui o seu olhar.

Estávamos na berma de uma enorme pedreira antiga. Era um lugar estranho e isolado. O céu, apesar de não ter nuvens, parecia pairar baixo e pesado sobre o local. Comprimidos contra ele, grandes blocos de pedra branca jaziam, como ruínas, no pó. No meio daquilo, a terra abria-se num poço amplo. As paredes argilosas do poço esboroavam-se. No fundo, mais blocos e pedregulhos erguiam-se de poças estagnadas de água da chuva, de um verde oleoso. Era como chegar a um local pré-histórico, um vestígio de algo há muito abandonado.

Mas não estava abandonado. Havia lá pessoas. Diria aí umas vinte ou vinte cinco. Adolescentes e jovens, recostados por entre as rochas ou de encontro aos carros, os motociclos e as carrinhas que tinham estacionado não muito longe, no meio da erva. Viam-se rapazes musculosos com camisolas justas ou impermeáveis. Raparigas pálidas a transbordar dos *tops*, com as costuras dos *jeans* quase a rebentar. Fumavam — droga e cigarros. Emborcavam garrafas de cerveja. Alguns pares, com as ancas juntas, esfregavam-se um no outro.

E depois pararam. Todos. Assim que o *SUV* do chefe apareceu. Interromperam o que estavam a fazer e ficaram a olhar para nós, com um ar aborrecido e maléfico. Um miúdo, num gesto de grande arrogância, atirou o charro para o charco. Outro coçou a cara com o dedo do meio erguido. Um terceiro apertou tanto o seio da namorada que ela deu um salto, torcendo-se depois contra ele, num riso abafado.

— Já tinha visto este local? — perguntou o chefe solenemente.

— Acho que sim. Já devo ter passado aqui de carro, mas nunca tinha parado assim. Mas sempre ouvi dizer que era uma espécie de ponto de encontro.

— Piora de ano para ano — contou-me o chefe. — Doutor, eu e o senhor crescemos em zonas diferentes da cidade. Eu conheço este local desde miúdo e deixe-me que lhe diga: não tem parado de piorar. Os mais velhos corrompem os mais novos que aqui chegam. Merda, com tantos divórcios e mães a trabalhar fora, com a pornografia em todo o tipo de filmes e todos esses jogos, esses jogos de vídeo, onde rebentam as pessoas a torto e a direito, assim que aqui chegam, os mais novos ficam tão maus como os mais velhos. Não admira que acabem a roubar, a assaltar casas, a atacar pessoas. Tivemos uma violação aqui neste bosque, ali mesmo, não há muito tempo. Uma montanhista. Um destes *punks* da pedreira encheu-se de cocaína e foi atrás dela. Agora, temos miúdos a incendiar igrejas e a apontar armas aos polícias. O que acha que vai acontecer se não fizermos nada? Perdem todo o respeito por mim, pela autoridade. Que diabo, não me surpreenderia nada se, um dia, um deles puser as mãos num arma de guerra, entrar por uma escola ou um McDonald's qualquer e abrir fogo.

Fiquei a olhar para ele, sem palavras.

— Toda aquela gente que viu a cumprimentar-me — continuou —, da zona oeste, da zona norte, não interessa, ricos, pobres, não acenam e sorriem assim por me acharem muito bonito, deixe que lhe diga. Se sou popular por estas bandas, é porque as pessoas sabem que, enquanto estão na igreja, na reunião da Associação de Pais, no jogo da Liga Infantil, noutro sítio qualquer, ou apenas em casa, em segurança, sabem que ando cá fora e mantenho os animais dentro da jaula. Faço com que as coisas não se desmoronem, para que não fique tudo como esta porcaria aqui.

— Hã, hã — consegui dizer por fim, mas pensava *O quê?* Quero dizer, de que diabo estaria ele a falar? Voltei-me para olhar novamente para a pedreira. Era um local de encontro de adolescentes, mais nada. A maior parte das cidades têm um sítio assim. Era verdade que aqueles miúdos tinham um ar duro. Sem escolaridade, sem habilitações. Provavelmente, havia uns quantos ladrões, alguns vândalos e toxicodependentes. Algumas miúdas que engravidavam cedo demais. Mas não parecia a antecâmara do apocalipse ou coisa assim. E quanto a Highbury, no seu conjunto, é claro que tínhamos divórcios e pais que trabalhavam demais e maus filmes, como toda a gente, mas era uma comunidade de famílias sólida e antiquada. A taxa de crime juvenil era baixa e há séculos que descia continuamente. A violação a que ele se referira passara-se há três ou quatro anos e ao contrário de andarem a matar pessoas com armas de guerra, há séculos que ninguém disparava ali uma arma, levado pela fúria.

Portanto, de que estava ele a falar? Manter os animais dentro da jaula? Parecia-me que forçar um guaxinim com raiva a sair de um contentor do lixo era mais o género de coisa que a polícia local tinha para fazer. Quanto mais ali ficava sentado — olhando para Hunnicut, para a pedreira e novamente para Hunnicut — mais me interrogava se o chefe estaria a referir-se à realidade. Talvez estivesse a falar de qualquer outra coisa. Talvez da morte da mulher, do seu sofrimento. Talvez se referisse ao *seu* mundo, ao seu mundo interior, que se desmoronava em seu redor. Talvez estivesse a projectar esse apocalipse na cidade, relativamente plácida e próspera, em que vivíamos.

— O que é que isto tem a ver com Peter Blue? — perguntei-lhe por fim.

Foi a vez de Hunnicut ficar pasmado. Os olhos duros, afundados no rosto carnudo, faiscaram ao olhar-me.

— Ele é um destes vagabundos, nem mais, nem menos. Passa aqui todo o seu tempo livre.

— Peter? — gaguejei, espantado. — A sério?

— Sim, senhor. — O chefe estava claramente satisfeito com a minha surpresa. — Pois é, é isso que eu quero dizer. Eis algo que o senhor, vivendo no mundo em que vive, talvez não saiba. Mas eu sei. Ando cá fora. É isso que eu faço, enquanto o senhor cria a sua família e vai trabalhar na sua clínica e por aí fora. É por isso que alguém como o Blue pode ir ter com o juiz, pode ir ter consigo e enganá-los. Fazer de vocês gato-sapato. Fazê-los pensar que não passa de um pobre rapaz negligenciado, maltratado pelo mundo. Só precisa de um pouco de compreensão, mais nada. Mas a mim não me engana. Se quiser saber quem é Peter Blue na realidade, olhe para ali. Para ali mesmo. Estão ali alguns dos seus amigos.

Segui o seu gesto, em direcção ao lado de lá do poço, onde estavam estacionados alguns carros, por entre as pedras. Vi um pequeno grupo de homens, sozinhos. Mais velhos que a maioria dos outros. E, pelo seu aspecto, pareciam uma malta muito desagradável. Havia um motociclista enorme, com uma barba amarelada, dois bêbedos de olhos turvos, a falar junto de uma *pickup,* um tipo aí com vinte anos, esfomeado, nervoso como um traficante de *crack,* observando-nos atentamente, pronto a fugir.

Tenho de o admitir, fiquei mesmo surpreendido. Era difícil imaginar Peter, tão sonhador, no meio de vagabundos daqueles.

Estava quase a perguntar se tinha a certeza de ser a mesma pessoa, mas, antes de falar, um movimento prendeu-me a atenção, alguém no meio das pedras, mais ao longe, cercado de erva alta, quase a meio caminho da orla do bosque. Estava escondido atrás de uma rocha, encostando-se a ela, mas rodeou-a para olhar para nós e foi então que o vi. Um rosto duro, de feições desagradáveis. O cabelo preto, penteado para trás, sobre a testa com rugas. Faces magras, marcadas, bronzeadas, duras como couro. O cigarro, entalado entre o polegar e o indicador, veio de encontro aos lábios esticados. Espirais de fumo subiam em seu redor. Olhou para nós, um olhar longo, demorado, arrogante. Depois, voltou a esconder-se atrás da rocha.

— Aquele homem — disse baixinho, quase sem mexer os lábios —, ali, conhece-o? Aquele atrás da rocha! Sabe quem é?

O chefe espreitou através do pára-brisas.

— Não o vi lá muito bem. Por que pergunta?

— Por nada — respondi. — Só que pensei reconhecê-lo, mais nada.

Continuei a olhar por mais um bocado, mas o homem não se voltou a mostrar. Na realidade, apenas o vira por um segundo, nem isso.

Mas não importava. Reconheci-o perfeitamente. Era o mesmo homem que vira na floresta, junto da queda de água. Tinha a certeza. Era o mesmo homem.

NOVE

— É esquisito — comentou Gould —, aquele tipo da tua Cama Cooper, o tal Peter Blue.

Com o dedo estendido, alisava o recheio de creme de queijo em volta do rebordo do pão. Estava recostado na cadeira — na minha cadeira — com os pés em cima da minha secretária. Eu estava sentado na cadeira em frente, com os pés também para cima, e as solas dos meus sapatos faziam um ângulo com as dele.

Era a reunião do pequeno-almoço no meu gabinete, na quinta--feira seguinte. Na outra cadeira, O'Hara curvava-se, atarefado, sobre a própria barriga, revistando o saco de papel, à procura de migalhas do seu pão com ovo. Hirschfeld ocupava o sofá, balançando a perna longa, cruzada sobre o joelho ossudo, enquanto bebia um sumo. Holden postara-se à janela, direito e hirto, as mãos enfiadas nos bolsos, com a parte de trás da sua cabeça calva e pálida virada para nós. Tinha o hábito de inspeccionar o exterior com uma suspeita sinistra, como se esperasse sempre que os exércitos da noite surgissem da colina ao fundo e atacassem.

Eu estava desatento, absorto no café. Continuava a pensar no homem da pedreira, o homem que vira no bosque. Seria realmente um dos amigos de Peter? Saberia Peter o motivo da sua presença na floresta... e com quem estava? Claro que eu não podia simplesmente perguntar-lho. Seria totalmente contra a ética. Para que um paciente exponha as suas emoções mais profundas ao terapeuta, é preciso que sinta nele uma forte confiança e, no caso de Peter, eu já começara a ganhar essa confiança. Nas sessões, já começara a falar-

-me sobre a perda do pai, o alcoolismo da mãe. Estávamos a fazer bons progressos. Neste momento, todas as palavras que eu lhe dissesse tinham de reforçar a sua fé em mim e guiar a compreensão de si próprio. Não podia arriscar o nosso relacionamento, fazendo--lhe perguntas sobre assuntos de interesse puramente pessoal.

No entanto, não deixava de me sentir incomodado com aquilo. Que esquisito! O sonho de Peter, o homem da queda de água, a mulher com quem estava — e que eu tomara pela minha mulher... — eram como um punho cerrado no meu âmago, uma dúvida que me dilacerava. Não era possível que Marie me tivesse mentido... mas, se eu reconhecera o homem da pedreira tão facilmente, como poderia ter-me enganado quanto a ela?

Eram estes os meus pensamentos quando Gould interveio.

— É esquisito, aquele tipo da tua Cama Cooper, o tal Peter Blue.

Pestanejando, desviei o olhar do café e dirigi-o a ele. Após ter preparado o pão, atirara-se a ele, mastigando com força e limpando esmeradamente da barba o excesso de creme de queijo. Os óculos reflectiram a luz e cintilaram, enquanto esperava pela minha resposta.

— O que é que ele tem? — perguntei. — Não se está a integrar em Cade?

— Oh, isso está, não há qualquer problema.

— Os outros miúdos aceitam-no.

— Bem, na verdade, é isso que é um tanto esquisito.

— Que queres dizer?

— Bem, por exemplo, ontem à noite, vi-o a jantar com Nora Treacy.

— Nora... — tentei lembrar-me de quem era.

— A minha Doença Alimentar — esclareceu-me Gould, mastigando. — Anoréctica.

— Ah, pois. — Lembrei-me da jovem esfomeada da sala, com a *T-shirt* pendurada no corpo esquelético. — Portanto, jantaram juntos. E o que é que isso tem de esquisito?

Gould soltou uma gargalhada e fez um gesto com as mãos, como se a resposta fosse tão óbvia que não fossem necessárias palavras.

Holden, que continuava à janela, olhou para ele de relance, por cima do ombro.

— Queres dizer que estavam a *comer?* — perguntou.

— Costeletas de porco — disse Gould, encolhendo os ombros, confuso. Deu outra dentada no pão e falou com a boca cheia. — Com ela, há dramas e negociações quase todos os dias: «Não pertenço aqui, não posso comer isto, sou vegetariana, não posso comer aquilo, fico doente, a minha mãe vem buscar-me a qualquer momento para me levar para casa, etc., etc.» O costume. A maior parte dos dias, um de nós tem de gastar meia hora de lábia só para conseguir enfiar-lhe as calorias básicas.

— Comeu costeletas de porco? — perguntou Jane Hirshfeld lentamente, do sofá.

Gould — deliciado com o interesse da assistência — meteu rapidamente o resto do pão na boca, tirou as migalhas da barba e sacudiu as mãos.

— Umm, umm — assentiu, mastigando. — Comeu e pronto. Entrou na cantina com o teu rapaz, o Peter, a falar e a rir como se fossem velhos amigos. Pôs-se na fila e, assim como quem não quer a coisa, pediu o mesmo que ele. Sabem, costeleta, vegetais e puré de batata. Eu estava a jantar, não é, e fiquei a ver aquilo. Sentaram-se juntos. Vi a assistente social, Karen Chu, a dirigir-se para eles. Fiz-lhe sinal que não fosse, pois estava a observá-los. Ao princípio, estavam os dois, Peter e Nora, só a falar pelos cotovelos. Vi Nora a falar com as mãos... sabem como é, as adolescentes, quando se sentem bem, ficam agitadas e exprimem-se com as mãos. — Fez uma excelente imitação da coisa, hilariante, erguendo ambas as mãos, com os dedos rígidos e abertos, como se estivesse a ser electrocutada, enquanto exclamava em voz de falsete: «Oh! É absolutamente, totalmente *verdade!*». — Bem, ela estava a fazer isto e quando *ele,* Peter, começou a falar, *ela* começou a depenicar a comida. Assim como que distraída. Pegou num feijão-verde com a mão, mastigou-o, molhou-o no puré. Só gostava de ter ouvido o que o puto Blue estava a dizer, porque ela escutava, dizia que sim com a cabeça e ria; ao mesmo tempo, quase como se nem pensasse, pegou na faca e no garfo e começou a cortar a costeleta. E eu a ver. E começou a comer a costeleta e as batatas, enquanto ele falava.

Escutava, acenava e comia. Bem, a certa altura, virei-me para olhar para Karen e parecia que ela tinha levado um soco! — Fez a sua imitação de Karen Chu, com a boca escancarada, os olhos esbugalhados. — Bem, coitada da Karen, tem-se esforçado tanto com aquela rapariga! Por vezes, até gozo com ela e digo-lhe que precisa de apoio. E nós dois ali, a ver aquilo, não é? E Nora... limpou completamente o prato.

Neste momento, até O'Hara ergueu o nariz do saco da comida.

— Tens a certeza de que, a seguir, não vomitou tudo?

Gould ergueu ambas as mãos.

— A seguir, ficaram todos na sala cerca de uma hora e fiquei de olho nela. Ela nem sequer foi lá dentro.

Fez-se um segundo de silêncio, seguido de outro. Olhei para Holden que, impressionado, fez uma careta. Olhei para O'Hara que fez a mesma cara, com a cabeça de lado. Eu também. Olhei para Hirschfeld que passou a língua sob o lábio superior e bateu pensativamente no queixo com a garrafa de sumo.

— É, obviamente, a terapia comportamental a ter, por fim, efeito — murmurou.

— Claro, ajudada por alguma atracção sexual — disse eu. — Ela gosta de Peter, quer agradar-lhe, quer parecer bonita.

Holden fez um gesto de cabeça afirmativo para a vidraça.

— Claro — anuiu O'Hara. — É isso obviamente.

— Provavelmente — comentou Gould. — Mas se não for, Cal, o melhor é curares esse miúdo bem depressa para o podermos contratar para a equipa.

O tempo aguentara-se toda a semana. Estivera fresco e límpido como cristal. Sempre que podia, ia e regressava do trabalho pelo bosque, sabendo que em breve os dias se tornariam demasiado pequenos para isso. Por muito bem que se conheçam os trilhos, é muito difícil achar o caminho pela floresta à noite.

Naquele dia, porém, demorei-me na clínica, devido a uma reunião bem ridícula com o Director Oakem. Foi uma daquelas ocasiões em que ele tentou conquistar-me, mostrando-se um Tipo Normal, coisa que eu detestava. Não parava de falar sobre basquetebol e automóveis e sabe Deus que mais. Apetecia-me agarrá-lo pela camisa e dizer *Pare, pare de ser um Tipo Normal. Não consegue, é demasiado esquisito. Aceite isso e despachemo-nos.* Infelizmente, não consegui arranjar uma forma mais diplomática de o dizer. Portanto, em nome da paz, mantive a boca fechada e vi-me obrigado a ficar no gabinete dele durante quarenta minutos, fingindo que éramos amigos.

Quando me consegui safar, já era tarde. Em campo aberto, o céu estava ainda bastante claro — ainda se via o sol, já baixo, por entre os prédios — mas sabia que no bosque em breve escureceria. Hesitei. Pensei em ir para casa num dos carros da clínica, mas precisava do exercício. Era o único que praticava, portanto mudei rapidamente para o fato de treino e apressei-me a sair.

Segui pelo trilho que levava ao fundo do desfiladeiro e, como esperara, à medida que descia, via desvanecer a cor das folhas, de tudo. O ar adensou-se de sombras que começaram a envolver-me.

Durante bastante tempo, ainda conseguia distinguir bastante bem o trilho à minha frente, ainda conseguia ver o caminho. Foi só quando olhei para cima, para longe, que comecei a sentir-me um pouco nervoso. As zonas mais distantes da floresta começavam a tornar-se informes, transformando-se numa massa emaranhada de silhuetas enoveladas que se aproximavam de todos os lados. Em breve estaria completamente escuro.

Caminhei mais depressa. Queria atravessar a garganta o mais rapidamente possível, pois sabia que haveria mais luz assim que subisse para terreno mais alto. Calculei que, se me apressasse, conseguiria avistar a minha casa antes de desaparecer a última claridade.

Cheguei ao fundo do desfiladeiro. Atravessei o riacho, escolhendo cuidadosamente o caminho no lusco-fusco. Ali, o ar era quase breu. Os rochedos negros, as árvores negras, as gavinhas negras das trepadeiras, tudo parecia cercar-me. As folhas negras nos ramos igualmente negros pareciam atormentar-me do alto.

Alegrei-me quando senti o trilho começar a elevar-se sob os meus pés. Tinha agora de me esforçar para o distinguir, mesmo ali, à minha frente. Os sons nocturnos avolumaram-se, subindo de tom por todos os lados: os sapos que coaxavam junto à água, as folhas

95

que sussurravam ao vento, os ramos que balouçavam, rangendo como as portas de uma casa assombrada e depois, subitamente...

Subitamente ouvi um passo. Parei de repente e voltei-me. Fiquei à escuta. Nada. Mas tinha a certeza de que ouvira um passo nas folhas, atrás de mim.

Perscrutei a escuridão, imóvel, observando. Sentia a respiração acelerar. O coaxar das rãs, o gorgolejar do rio, sons vulgares da floresta. Talvez fosse só um simples animal. Sim, devia ter sido isso. Ia virar-me para continuar quando um ramo estalou ruidosamente. Os meus olhos precipitaram-se na direcção do ruído e um travo metálico afluiu-me à garganta. Havia um homem de pé, entre as árvores, a observar-me.

Ao princípio, olhei mas não o vi. Era apenas mais uma forma entre as formas da floresta. Depois, a minha mente registou-o. O meu olhar recuou e encontrou-o. A pulsação acelerou no meu cérebro.

Estava de pé, fora do trilho, no meio de um emaranhado de ramos baixos. Muito quieto, a forma como que se mantinha imóvel e era enervante e assustadora. A julgar pela posição dos braços, tinha os polegares enfiados no cinto. Descontraído, imóvel, absolutamente imóvel. Estava ali, a observar-me.

Não conseguia distinguir as suas feições, mas o meu pensamento foi instantaneamente para o homem da pedreira. Talvez fosse apenas a minha imaginação, mas aquele vulto era, de certa maneira, semelhante a ele. Podia imaginá-lo, embora não o conseguisse ver: o rosto arrogante, duro como couro.

Gritei:

— Está aí alguém? — A minha voz soou-me fraca e ridícula. Ele não disse nada.

— Que deseja? — Falei com mais força.

Desta vez, respondeu. Resfolegou, num som duro, de escárnio inconfundível. Quase conseguia ouvir o seu riso de desdém. Depois, muito lentamente, disse:

— Desejo ver-te morto.

Senti o medo.

Logo no início, confessei-vos que não era nenhum herói. Filho de um pastor, sou um homem de ideias e nunca na minha vida andei ao murro. Oh, claro que imagino, como todos os homens, as mesmas aventuras violentas. Imagino-me a esquivar-me a balas, a escapar aos maus e a salvar damas em perigo. Independentemente do que possa filosoficamente dizer às senhoras nas festas, no fundo do coração sei, como todos os homens, que a coragem física é o critério mínimo da masculinidade. Mas isto é uma confissão. Comprometi-me a contar a verdade, por mais temível que seja, e tenho de vos dizer que, naquele momento, fiquei tão aterrorizado que a minha incapacidade de me mostrar à altura desse critério mínimo de masculinidade não me incomodou absolutamente nada.

Tentei eliminar o tremor da voz e falar com alguma autoridade.
— Você conhece-me?
— Claro que te conheço, meu merdoso. Não passas de um merdoso.

Disse aquilo baixinho, devagar. A sua voz era apenas mais um dos sons nocturnos na escuridão cerúlea, que se adensava.
— Pois bem, e por que é que não me diz logo o que é que quer? — disse eu.

Soltou uma gargalhada curta e descontraída.
— Pois, e que tal se eu te arrancar a merda da cabeça? Como é?

E, contudo, nunca se mexeu. Estava tão imóvel que, à medida que a noite ficava cada vez mais escura, pareceu começar a desaparecer, de tal forma que eu pensei que em breve, muito em breve, ele ficaria invisível e saltaria sobre mim, vindo do nada. A escuridão cerrava-se e podia sentir esse terrível momento cada vez mais perto. Podia adivinhá-lo à espera, dando tempo ao tempo. Sentia-me tão fraco devido ao medo que as pernas mal me sustentavam.

Então, vi um tronco no chão. E, a determinada altura, apercebi-me do pau. Era grosso, com um metro de comprimento. Sobressaía de um pequeno arbusto junto do trilho. Quase em pânico, precipitei-me e agarrei-o. *Merda*, pressenti de imediato. Estava podre, era fraco e leve. Mesmo assim, brandi-o na direcção dele. E rosnei-lhe com toda a ferocidade que possuía.
— Afaste-se, mantenha-se afastado!

Isso fê-lo novamente rir, um rosnido baixo, do fundo da garganta. E, sem qualquer outro aviso, saltou.

Ergueu as mãos com uma velocidade incrível e avançou na minha direcção com os braços estendidos. Lançou um rugido animalesco, curto e rouco.

Cambaleei para trás. Brandi como um louco o pau podre que segurava na mão, mas partiu-se ao meio. Toda a força se me esvaiu das pernas e dos braços. Mais um segundo e estava certo de que daria um salto e fugiria — fugiria inutilmente, até que ele me derrubasse.

Mas, então, compreendi que não se movera. Já deixara cair os braços e reassumira a sua posição descontraída. Afinal, tentara apenas assustar-me. E agora ria-se de mim, ria-se por eu me ter assustado tanto.

— Foda-se — disse ele lentamente após um momento. — Que grande merda!

E virou-me as costas. Afastou-se e desapareceu na escuridão. Podia ouvir os seus passos, cada vez mais leves, sobre as folhas.

DEZ

Comprometi-me com essa temível verdade e, contudo, detesto contá-la, detesto recordar a forma como cheguei a casa naquela noite, como estava amedrontado ao subir o trilho para sair daquele desfiladeiro. Correndo, por vezes, e tropeçando em raízes e pedras. Deixava escapar pequenos sons amedrontados, enquanto perscrutava o bosque negro em meu redor. Estava meio convencido de que o atacante daria meia volta e me cairia em cima, vindo do escuro. Imaginava a cena incessantemente, aterrorizando-me ainda mais.

Por fim, vi as luzes da minha casa em frente, através da cortina de árvores. O medo diminuiu um pouco e, à medida que me acalmava, comecei a sentir-me envergonhado. Que cobarde, que fraco eu era! Graças a Deus, ninguém me vira.

Respirando a custo, com a cabeça pendente, abrandei o passo e atravessei o relvado em direcção a casa.

Alcancei por fim a luz vibrante da cozinha, donde vinha o aroma de carne a assar. Tot enrolou-se na minha perna, Eva abraçou-me e Marie deu-me um beijo.

— Que nojo, estás todo suado — observou Eva.

— Tive de me apressar para vencer o escuro — disse-lhe. Preparara a história antes de entrar. Falei com naturalidade e ninguém deve ter notado como estava abalado. — Vou num instante lá acima, mudar-me.

Do quarto, telefonei à polícia. Falei com o agente Stone, que foi muito amável, profissional e compreensivo. Expliquei que não vira bem o homem que me confrontara, que não poderia descrevê--lo bem. Não havia motivo para enviar um agente, isso só assustaria a minha família. Já fora ameaçado por doentes violentos, expliquei, e, amavelmente, a polícia enviara sempre um carro-patrulha para junto da minha casa durante algumas noites. O agente Stone prometeu-me que trataria disso.

Depois de desligar, fiquei sentado na cama por um momento. Agora, não estava apenas envergonhado, estava também furioso. Mais, até. Estava a espumar de raiva. *O sacana!*, pensava *O sacana!* Era, evidentemente, uma reacção natural após um incidente daqueles. Achei que devia poder analisá-la de uma forma racional e terapêutica.

Depois, como isso não deu resultado, levantei-me, fui ao armário e peguei na minha arma.

Era um revólver leve, de calibre .22, fabricado pela *Smith & Wesson*. Era tudo o que sabia. Não sou conhecedor de armas, nem sequer gosto delas. Mas há três anos, um antigo doente fugira do hospital e assaltara-me a casa. Felizmente, não estava ninguém quando isso aconteceu. O culpado, um rapaz de quinze anos, entregou-se no dia seguinte à polícia, que veio ter connosco e nos devolveu o que ele roubara: dois pares de cuecas pertencentes a Eva, cuecas brancas com florinhas cor-de-rosa e lilases. Nessa altura, Eva tinha apenas oito anos.

Cerca de um mês mais tarde, fomos de férias para Vermont. Aí, descobri que podíamos entrar numa loja discreta e comprar uma arma sem licença. Lembro-me de, um dia, ter dado uma desculpa qualquer e de me ter escapulido da nossa cabana à beira do lago, enfiando-me numa loja chamada Green Mountain Guns' Ammo. Tal qual como um adolescente a comprar pornografia. Na verdade, o dono da loja era exactamente como um vendedor de pornografia. Um homem gordo, de uma perversidade suave, com a usual camisa axadrezada, piscara-me o olho e, com o dedo, chamara-me para o extremo da vitrina para me mostrar o material verdadeiramente bom.

— Bem, o tambor de oito cartuchos dar-lhe-á toda a potência de fogo de que precisa — murmurou num tom intimista —, mas com a estrutura de alumínio pesa menos de 300 gramas. A desvantagem, é claro — acrescentou, com um sorriso malicioso de homem para homem —, é que o seu coice talvez seja um pouco forte demais para a esposa. *O seu* coice. *A* esposa. Lembro-me especificamente disto. Seja como for, só sabia que queria largar os meus quatrocentos e tal dólares e pôr-me a andar dali. Assim fiz. Seguidamente, levei a arma para casa, escondida no meio da bagagem, enquanto, a transpirar, imaginava cenas em que era mandado encostar pela polícia estadual do Connecticut.

É claro, quando a *esposa* descobriu a *minha* arma, tivemos a única discussão séria do nosso casamento. Como resultado, tive de guardar a coisa na caixa, trancada, na prateleira mais alta do meu roupeiro. Em todos estes anos, só me atrevi a dar-lhe uma espreitadela duas vezes — e ambas quando o resto da família estava fora.

Mas agora, caramba, fui buscar a caixa, pousei-a na cómoda, inseri a combinação, abri a fechadura e levantei a tampa. Ali estava o revólver, o cano de prata a brilhar, a coronha de um negro áspero. As oito balas estavam guardadas em oito cavidades feitas à medida, numa fileira por baixo. Pareceu-me agradavelmente mortífero — uma visão muito reconfortante. A única nota discordante era o nome — *AirLite* — gravado em letras delicadas logo atrás do tambor. Num momento daqueles, teria preferido um nome com mais poder, algo como *ButchKill* ou *DeathGod*, digamos[2]. Mas isso era o menos.

Fiquei ali, debruçado sobre a arma, estranhamente fascinado. Não demorou a que, olhando para ela, desse comigo inspirado, criando reconfortantes fantasias homicidas. Via um pequeno filme imaginário em que me confrontava novamente com aquela sombra ultrajante no bosque. Só que, desta vez, estava armado. Pois! Estão a ver, levara o revólver para ser limpo e, por acaso, transportara-o para casa na mochila. E quando o bandido me ameaçou, no fundo escuro daquela garganta, quando disse *E que tal se eu te arrancar a merda da cabeça?*, bem, limitei-me a puxar do meu cintilante calibre .22 e *Bum! E esta, seu merdoso, seu cabrão! E que tal provares um pouco da minha* AirLite DeathGod? *Seu grande cabrão de merda! Bum! Bum!*

— Cal? Cal, que estás a fazer? Guarda lá essa coisa horrorosa.

---

[2] «Airlite» pode traduzir-se por «leve como o ar». «Butchkill» e «DeathGod» são designações que sugerem morte e destruição. *(NT)*

A esposa. A minha mulher. Aproximara-se por detrás de mim. Virei-me lentamente e olhei-a por cima do ombro. Tinha o coração em fogo. *Bum!*

— Cal, sentes-te bem? — perguntou. — Oh, querido, que se passa?

Uma golfada de ar há muito sustida escapou-se-me da boca e recuperei a compostura. Fechei a caixa com um estalido e tranquei-a, enfiando aquela porcaria no fundo da prateleira de cima do roupeiro.

— Querido? — insistiu a minha mulher, tocando-me no ombro. Não consegui olhar para ela.

— Os miúdos notaram que eu estava incomodado? — perguntei.

— Não! Não, estavas como é costume. — Acenei com a cabeça, grato por isso. — Que se passa?

Deixei cair a cabeça e arrastei-me, curvado, para a cama, sentando-me pesadamente na beira. Fiquei a olhar para o chão.

— Fui atacado na floresta.

— Atacado? Oh, meu Deus! Estás ferido? Que aconteceu?

Ergui o olhar para o seu rosto e senti a cabeça à roda, numa confusão. Ela era tão concreta e familiar, tão bonita, ali à minha volta, toda preocupada, os olhos azuis cristalinos, as linhas do rosto mostrando a sua tristeza. Parecia que ela existia neste mundo, um mundo verdadeiro e seguro, e que havia um outro mundo na minha cabeça, um lugar vago e fantástico, onde o homem do bosque era o homem da pedreira e este era o homem da queda de água, que estivera com Marie — a minha Marie — e, não sei bem como, tudo se centrava nela, tudo estava relacionado com ela...

Fechei os olhos e abanei a cabeça para desanuviar.

— Não foi nada. Só me insultou, ameaçou-me. Estava tão escuro que nem o consegui ver.

— Oh, pobrezinho, deves ter ficado aterrorizado. — Sentou-se ao meu lado e agarrou-me no braço, caído sem vida sobre a perna. Sentia o seu hálito sobre o meu rosto. — Temos de chamar a polícia imediatamente.

— Já chamei. Vão patrulhar a casa durante umas noites...

— E sabes quem era? Era um doente? Deve ter sido um dos teus antigos doentes.

— Já te disse — respondi com uma ponta de irritação —, estava escuro, não consegui vê-lo. — E depois acrescentei, com mais suavidade: — Pode ter sido um sem-abrigo qualquer. Nem sequer tenho a certeza se sabia quem eu era.

— Oh, pobre querido. Dar assim com ele no escuro, no bosque! Deves ter ficado muito assustado.

— Não sei — resmunguei. — Apanhei um pau, uma porcaria de um pau podre, para me defender, mas partiu-se-me na mão. — Não lhe contei como o tipo rugira para mim, como eu saltara para trás e quase fugira. Não conseguia contar-lhe isso. — Senti-me verdadeiramente idiota.

— Mas foste muito corajoso — disse ela.

— Corajoso! — Resfoleguei, tal como o homem do bosque fizera, com o mesmo desprezo. — Não fui nada corajoso, estava completamente aterrorizado. Completamente perdido de medo.

— Bem, é claro que sim. Ele podia ter uma faca, ou uma arma, ou... uma coisa qualquer! E enfrentaste-o sem mais?

— Não o enfrentei.

— Enfrentaste, sim. — Encostou a cabeça contra mim, para eu poder cheirá-la e sentir o seu cabelo de encontro ao meu rosto. Para eu poder encostar a face ao seu cabelo suave. — Não és tu quem anda sempre a dizer a J.R. que ter coragem não é não ter medo, é aquilo que se faz quando temos medo?

— Não sei. Eu digo isso? Santo Deus, sou muito sabedor, não sou? Quem me dera ser o *meu* pai!

Marie riu-se. Pegou-me na mão e entrelaçou os dedos nos meus.

— Bem, toda a gente se assusta — disse. — Mas nunca te vi fugir fosse do que fosse. É por isso que sempre foste o meu herói.

Fechei os olhos, repousando contra o seu cabelo suave. Apertei-lhe levemente a mão.

— Que porcaria de pau — exclamei.

— A verdade é que toda a vida me senti só — confessou Peter Blue. — Depois de o meu pai partir... Quando era pequeno, os outros miúdos, os outros rapazes, nunca tiveram muito a ver comigo. Acho que pensavam que eu era esquisito. E eu acho que era. Metido no bosque, a comungar com Deus. Nunca pratiquei desportos, nem nada. — Riu-se. — Comungar com Deus era a única coisa para que tinha jeito. — Fez-se um silêncio, enquanto ele analisava o tapete do gabinete. O sol do entardecer formava uma mancha de luz pálida e suave a seus pés. Contava-me agora coisas que nunca contara a ninguém. — Acontece que ser homem é uma coisa surpreendentemente complicada — continuou baixinho. — Seria de pensar que era fácil, mas... não sei. Penso muito nisso. Acho que não me sinto muito... *masculino*. Nunca senti. E sempre me senti mal em relação a isso. *Mesmo* mal. E continuo a sentir. Mas, sabe, quando penso nisso, nem sequer sei bem o que é. Ser homem! Quero dizer, o que é ser homem? Toda a gente nos diz o que não é... que não é andarmos a pavonear-nos e a esmurrar as pessoas... pelo menos, é isso que dizem, mas... penso que, se o meu pai tem cá ficado, talvez pudesse olhar para ele e dizer: «É aquilo. É o que significa ser homem. Eis o que um homem deve ser.» Mas assim... para mim é apenas uma abstracção. É como, bem dou volta à cabeça... o que é, é o quê? E depois parece que todos os outros tipos sabem, e pronto. Sem mesmo pensarem nisso. Por vezes, olho para um tipo, mesmo que seja um idiota chapado, está a ver, olho para ele e invejo-o; e fico ali sentado a invejá-lo porque me parece que ele sabe perfeitamente o que é isso de ser homem.

Acenei com a cabeça, pensativamente. Como se o estivesse a escutar, mas não estava. Estava a pensar. *Bum!* Estava a pensar no sacana do bosque. E ao imaginá-lo nesse momento, via-o com o rosto do outro homem, do homem da pedreira. Ouvia-o dizer *E que tal se eu te arrancar a merda da cabeça?* Tinha as feições maldosas, vincadas e duras do homem da pedreira — o mesmo olhar frio, cruel e provocador, os mesmos músculos fortes e o cabelo preto penteado para trás. E, com uma satisfação sinistra, vi o medo atravessá-lo como um raio ao apontar-lhe a minha .22...

— Que foi? — perguntou Peter Blue. Parou a meio de uma frase com um sorriso vago e confuso. — Em que está a pensar? Por que faz essa expressão?

Apanhado nos meus pensamentos secretos, adoptei rapidamente um ar de nobre sabedoria.

— Estou a escutá-lo — menti. — Continue.

Peter continuou.

— O problema é que as únicas pessoas que falam sobre masculinidade são aquelas que não sabem. É que boa parte de ser homem implica não ter de falar nisso. As mulheres... bem, nessa questão não podemos confiar nas mulheres. Para começar, mentem. Dizem-nos que acham que um homem deve ser amável e ter consideração e coisas assim, mas o que lá no fundo querem é mesmo um homem a sério. Prefeririam arranjar um que fosse másculo e amável, se conseguissem... pelo menos, acho que sim... mas aceitam-no másculo e cruel, se tiver de ser. Ou então, aceitam o amável, desejando que seja másculo e passam toda a vida a sonhar com isso. Mas se lhes perguntarem o que isso é, o que é ser másculo, o que é ser um homem, começam a balbuciar e a mentir, porque na verdade realmente não sabem. Porque isso é uma abstracção, que alguns homens compreendem no seu íntimo, mas as mulheres não, porque são mulheres. Quero dizer, é esta a questão — se temos de falar sobre isso, não somos melhores que uma mulher.

Com as pernas cruzadas e os dedos a tamborilar sobre o joelho, olhou nervosamente para os cantos da sala, que escureciam. As suas feições suaves contraíram-se por um segundo, como se sentisse dor. Puxou o cabelo para trás e estremeceu.

E eu continuava a acenar com a cabeça, como se compreendesse. Mas estava a pensar. Estava a pensar no facto de Peter conhecer aquele tipo, o bandido da pedreira. Se fosse o mesmo homem e se o chefe Hunnicut tivesse razão, então Peter conhecia-o, seriam até amigos. Parecia difícil de acreditar: uma amizade entre um tal sonhador e um bandido. Mas se fosse verdade, então talvez Peter soubesse por que motivo o homem me abordara no bosque. E, nesse caso, tinha o direito de o questionar sobre isso. Não tinha? Se não se tratasse apenas do facto de a minha mulher poder ter tido um encontro secreto, e se isso envolvesse a minha segurança e a segurança da minha família. Certamente que neste caso seria ético questioná-lo.

Bem, claro que não, que não seria nada ético. Seria uma infracção estúpida. O miúdo estava ali sentado, abrindo-me a sua alma, dependendo de mim para que eu me focalizasse nele, o deixasse fazer associações livres, o ajudasse a descobrir e a enquadrar as suas próprias percepções. Confiava em mim com o que tinha de mais profundo. Seria o pior momento possível, interromper a sua corrente de pensamento com os meus próprios pensamentos, por razões que só a mim diziam respeito.

Peter olhava-me novamente. Sorriu — forçou um sorriso —, mas o seu olhar continuava magoado, com uma dor que lhe fazia brilhar os olhos cinzentos, cheios de tristeza e ironia.

— Sabe, é como Jenny — disse. — Jenny é... é a única verdadeira namorada que tive. Refiro-me, sabe, a ter sexo e essas coisas. — Engoliu e continuou hesitantemente. — E, a princípio, sabe, foi... foi difícil. Pôr a coisa a andar... O... estou a falar de sexo. Preocupava-me muito com isso e era-me difícil... sabe... fazer. Mas Jenny estava sempre a dizer-me que era bom. E depois, passado um tempo, consegui descontrair-me com ela e então... bem, aí era bom. O sexo juntos era bom. Durante algum tempo, passámos bons momentos... — Olhou para mim através daquela dor durante um longo segundo. Tentou rir, mas soou a falso. — Pelo menos, achei que era bom. Mas as mulheres... mentem imenso. A sério. Podem fingir tudo aquilo sempre que quiserem, não podem? Quero dizer, ela dizia que estava feliz, mas pareceu-me muito fácil para ela deixar-me assim. Isto é, quando a universidade a aceitou, pronto, foi-se. Para falar verdade, nem me pareceu chateada. Estava era contente. Não parava de dizer que era a primeira da família a ir para a universidade, estava entusiasmada. Em breve há-de arranjar um namorado, um desses tipos que sabem, que não precisam de perguntar como é que é isso de ser homem, que não se preocupam com isso. E não precisa de estar sempre a incutir-lhe confiança e a desejar outro em segredo. E será feliz... mais feliz, sem mim.

Calou-se. E, por um segundo, eu estava tão envolvido nos meus próprios pensamentos que me limitei a olhar para ele, não dando por isso. A outro nível, porém, algures na minha mente, acho que devo tê-lo escutado o tempo inteiro, porque, de súbito, tudo o que estivera a dizer se tornou lógico e parte da sua história desvendou-se e ficou exposta perante mim.

Senti uma corrente de excitação percorrer-me. Cheguei-me à frente na cadeira, pois não era apenas a história dele que fazia sentido — era também parte da minha.

— Achou que o facto de Jenny o deixar para ir para a universidade confirmava, de certa forma, a sensação de que não era um verdadeiro homem? — perguntei.

Peter desviou o olhar, encolhendo os ombros.

— Foi por isso que se irritou? — perguntei. — Foi por isso que a deitou ao chão?

— Não a deitei ao chão. Já lhe disse que foi um acidente.

— Sim, disse-me isso, mas ambos sabemos que não foi realmente um acidente, Peter. Estava zangado com ela. E depois, quando ela pousou a mão em si, a compreensão que demonstrou ainda o fez ficar mais zangado. Portanto, deu-lhe um murro... deu-lhe um murro e ela caiu. Não foi isso que aconteceu? — Mantive a voz baixa, mas a corrente de excitação percorria-me, ainda mais intensa. Peter evitava olhar para mim. — Vamos pôr as cartas na mesa — propus. — Ora aí está você, um tipo sensível que nunca esteve com uma rapariga. Precisa de se sentir bem com ela, conseguir descontrair-se o suficiente para fazer amor. Muito bem, nada de estranho até agora. Dado o seu temperamento e falta de experiência, diria que é normalíssimo. Mas, para si, pareceu-lhe humilhante. Confirmava a sua sensação de incapacidade: não era um macho típico, sem hesitações. Mas Jenny era compreensiva, começou a confiar nela e acabou por ser capaz de consumar a relação, passando a sentir-se muito melhor consigo próprio. E subitamente... passo a citar, ela deixa-o... fim de citação, vai para a universidade. E você fica magoado, assustado e começa a interrogar-se: seria tudo mentira? Talvez ela tivesse estado sempre a fingir! Talvez tenha estado só à procura de uma desculpa para se pôr a andar e arranjar um homem *a sério*.

Peter gemeu alto. Levou uma mão à testa e cobriu os olhos.

— Oh, meu Deus, lamento muito, foi imperdoável.

— Portanto, queria provar-lhe que *era* um homem a sério...

— Oh, santo Deus!

— Portanto, bateu-lhe.

— Sim, sim, meu Deus, meu Deus, foi imperdoável!

— Deu-lhe uma estalada, não foi?

— Que Deus me amaldiçoe... não sei o que... Acho que pensei...

— Pensou... o quê? O que é que pensou?

— Não sei... não sei.
— Sabe, sim, Peter.
— Não.
— Pensou que um homem a sério agiria assim, não foi?
— Oh, meu Deus, maldito seja eu. — Abanou a cabeça, infeliz. Fiquei sentado, imóvel, inclinado para a frente. Hesitei, sem saber se devia continuar. O sangue fervia-me e tudo se misturava, a história dele e a minha tinham-se fundido. Como poderia ter a certeza de as distinguir? Como poderia saber qual a melhor forma de actuar?

— Quem é que lhe disse — perguntei-lhe — que era másculo bater nas mulheres?

Massajou a testa, ainda com os olhos tapados.

— O que quer dizer? Não sei, ninguém. Ninguém, fui eu, que idiota!

— Vá lá, Peter — insisti. O sangue pulsava-me no pescoço. — Não foi sozinho, que isso não me parece nada seu. Alguém lhe deve ter dito, alguém que você admirava, que respeitava, que tinha influência sobre si.

Lentamente, Peter baixou a mão. Semicerrou os olhos e olhou para mim de frente.

— Eu... Como...?

— Queria saber como se é um homem, um homem a sério — afirmei. — A sua namorada estava a escapar-lhe e não sabia como o impedir. O seu pai partira, portanto não podia ajudá-lo. Mas conhecia outra pessoa, um tipo bem duro, um desses tipos de que me falou, dos que sabem ser homens sem terem de perguntar. Como disse, talvez fosse um idiota, mas era um homem e você admirava-o, invejava-o, escutava o que ele lhe dizia...

Os lábios de Peter abriram-se.

— Como é que sabe isso?

— Ele disse-lhe: Não podes permitir que uma mulher te abandone assim! É assim que se apanhar na universidade, vai pensar que é melhor que tu! Não a deixes fazer de ti gato-sapato. Tens de lhe dar uma lição, tens de lhe mostrar como elas doem. Não foi isto que ele disse? Ele incitou-o, não foi?

— Como é que sabe? Como é que sabe isso tudo?

— Quem era ele, Peter? — Agora, já não conseguia parar, não conseguia estabelecer a fronteira entre a história dele e a minha. — Quem é que lhe disse isso?

Peter abanou a cabeça, e olhava para mim embasbacado.

— Como é que sabe?

— Quem era ele? — voltei a perguntar.

Abriu a boca como se fosse falar e depois fechou-a novamente, como se se recusasse. Depois disse:

— Ele disse que me matava, se eu lhe contasse.

Ia a falar, mas as palavras morreram-me nos lábios. Recostei-me na cadeira, sentindo-me enjoado.

— Que o matava? Disse que o matava?

Peter acenou afirmativamente com a cabeça, mas depois acrescentou:

— Mas acho que... acho que, se lhe contar... não pode dizer a ninguém, não é?

Distraído, não respondi.

— Não é? — perguntou novamente. — Não pode dizer a ninguém.

— O quê? — perguntei. — Oh, sim, sim, é claro.

— Portanto, se lhe contar, ele não terá forma de saber.

— Será totalmente confidencial — assegurei-lhe.

Passou um longo momento. Libertou devagar um suspiro fundo e ansioso e depois contou-me.

Chamava-se Lester Marshall e pertencia ao pior tipo de escumalha. Aparecera na cidade há vários meses e começara a trabalhar na lixeira, em *part-time*, sem contrato. Foi aí que Peter o conheceu.

Viu logo que Marshall impressionava. As pessoas falavam-lhe com respeito, ou talvez apenas com cautela. Talvez até fosse medo. O patrão da lixeira, Jason Roberts, nunca lhe rosnava as ordens, nem lhe gritava como fazia com Peter. E quando Marshall começou a andar com Peter, quando passou a entrar com ele, fingindo que desafiava para lutar, o patrão também deixou de gritar com Peter.

Passado algum tempo, Marshall deixou de ir à lixeira e Peter descobriu que tinha pena, que sentia a falta dele. Nunca conhecera ninguém como ele. Então, um dia, quando andava a passear pelo bosque, encontrou Marshall. Falaram-se, conversaram, e assim lá foram andando até à pedreira.

Depois disso, Peter começou a ir mais vezes à pedreira. Marshall tinha histórias incríveis e até os garanhões mais duros gostavam de o ouvir. Tomara parte em lutas de bares, perseguições de carro, até em tiroteios por toda a região centro e ocidental. Até cumprira uma pena de prisão no Missouri. Por assalto à mão armada, contara. Sem saber como, Peter deu consigo fascinado pelo tipo. E Marshall gostava disso, gostava de ser O Maior. Gostava de distribuir conselhos: como bater num homem de forma a derrubá--lo e a deixá-lo no chão, como tratar uma mulher de forma a ensinar-lhe quem manda. Na realidade, Peter nunca tivera nenhuma conversa assim, de homem para homem.

É claro que Peter era um miúdo inteligente. Via muito bem quem era Marshall, um criminoso, um mandão, brutal, sem remorsos. No entanto, enganou-se a si próprio, dizendo que não levaria os seus conselhos a sério. Andava apenas a estudá-lo, a divertir-se com aquelas histórias exóticas. Dizia para si mesmo que era muito superior ao canalha e que aquele tipo não lhe interessava. Pensava isso, mas na verdade, interessava-se. Estava fascinado. Lá no fundo, não se sentia nada superior a Marshall. Lá no fundo, invejava-o: a sua arrogância, a sua aura de perigo, o seu conhecimento do mundo. Até lhe admirava a violência, que ambos tomavam por masculinidade. Ali estava alguém que não precisava de perguntar o que era ser homem. Não senhor, sabia e pronto.

Peter não compreendeu até que ponto estava enfeitiçado até à noite em que discutiu com Jenny.

— Foi como se Lester aparecesse de repente no meu espírito e, de súbito, só tive vontade... de lhe mostrar — contou Peter. — De lhe mostrar que era... e então, de repente, bati-lhe. Subitamente, caiu no chão. Foi *horrível*. Tive vontade de me matar. Foi por isso que roubei a arma... queria matar-me. E depois aquele sacana gordo do Hunnicut... — As suas gargalhadas soaram como um eco num túmulo.

— Acho que podemos dizer que lixei completamente aquela história toda da masculinidade, não foi?

Com isto, calou-se, encostando o queixo ao peito e deixando cair os braços sobre os braços do cadeirão. A mancha de luz aos seus pés ampliava-se e enfraquecia. Terminara o tempo da nossa sessão.

Deixei-me ficar sentado na cadeira de couro, em frente dele, igualmente exausto, esvaído, sem forças. Ainda me sentia um pouco enjoado. Não sabia se agira bem ou não. As nossas histórias tinham-se tornado demasiado confusas, demasiado enredadas e agora ali estava ante nós aquele tipo, aquele bandalho, o tal Lester Marshall — uma presença quase sólida nas sombras que se iam apoderando da sala, quase como na floresta, ao manter-se tão imóvel que se confundia com as sombras cada vez mais escuras que o iam rodeando — ali, parado, a observar-me, a observar-nos a ambos.

— E ele disse... — principiei, forçado a pigarrear. — O tal Marshall disse que o matava se me contasse isso?

O queixo de Peter ergueu-se e caiu quase imperceptivelmente.

— Se contasse a quem quer que fosse. Foi a minha casa depois de eu sair da prisão e perguntou-me se lhe mencionara o nome dele, a si ou à polícia. Disse-lhe que não e aconselhou-me que era melhor não o fazer.

— Explicou porquê?

Fez um esgar para o chão. Estava exausto. Era altura de o deixar ir embora.

— Agiu de uma forma muito misteriosa — disse. — Lester gostava de fazer isso, de agir misteriosamente. Pensava que o fazia parecer importante ou coisa assim.

— Bem, acha que é um fugitivo? Acha que anda escondido da polícia?

— Não sei, provavelmente anda. É esse tipo de pessoa, mas nunca o vi fazer nada de mal. Na maior parte do tempo, andava pela pedreira. Bebia, fumava erva. Disse que veio até cá à procura da namorada.

Esbocei um sinal afirmativo.

— Da namorada? — E, mais uma vez, fui percorrido por aquele arrepiozinho, aquela ferroada gelada de sincronismo, coincidência e mistério. Um pavor enjoativo, uma estranha certeza repulsiva, mesmo antes de Peter dizer baixinho:

— Pois, da namorada. Uma tal de Marie.

ONZE

Há cerca de catorze anos, mesmo antes de me casar, fui dar um passeio com a minha irmã. Mina fora a Highbury passar a semana do casamento e, uma tarde, escapámo-nos os dois para fugir ao pânico dos preparativos. A minha irmã estava sempre no seu melhor no Connecticut, porque na presença dos pais cortava no consumo de álcool. Livrara-se do seu último namorado deplorável — deixava-os sempre na cidade — e descartara aquele seu guarda-roupa artístico, de um preto deprimente. Era demasiado pálida para aquela cor, que a fazia parecer um mímico. Costumava ir ao seu antigo quarto e desencantava da cómoda umas blusas com botões e uns caquis amarrotados. Colocava um casaco de malha sobre os ombros e assumia toda a dignidade da aristocrata da Nova Inglaterra que na realidade era. E assim, subitamente, era como se toda ela ganhasse mais sentido. As feições belas e fortes, a silhueta elegante, aquele sotaque sardónico — sentíamos que tudo isso, por fim, era usado no seu ambiente natural. Costumava pensar que se voltasse para casa definitivamente, os habitantes da cidade seriam capazes de a eleger rainha.

Havia um caminho campestre que adorávamos, à beira de um grande prado, chamado Sunset Road. Fomos dar uma volta. Estávamos no fim de Junho e as rainhas-do-prado transformavam a extensão ondulada de erva alta num manto de neve. Numa pequena colina não muito longe vagueavam algumas vacas e na colina seguinte erguia-se um silo. O céu era como um pano de fundo azul-pálido, com pequenas nuvens que deslizavam preguiçosamente por sobre a linha do horizonte. Era lindo! E estar ali com ela era pungente e nostálgico.

Trazia um chicote na mão, recordo-me, e à medida que caminhávamos roçava-o nas ervas que bordejavam a estrada.

— Portanto... chegou a altura — disse ela. — Lá vais tu.

— Para o horizonte desconhecido. Assim parece!

— Nervoso?

— Sim, um bocado, por causa da cerimónia. Não por causa da rapariga.

— Não. — Mina parou para contemplar a vista. — Não, ela é perfeita para ti. A sério, perfeita. — Passara mais de um ano desde aquele dia em que fora ao seu apartamento para lhe falar de Marie. O medo que tivera em relação ao facto de a minha família poder não aceitar Marie tinha passado há muito. Era tão paciente com a minha mãe, tão solícita com o meu pai (sabia sempre onde estavam os óculos dele, trazia-lhe sopa quando estava a ver televisão, à noite) que ambos a adoravam. — Acertaste em cheio com esta, menino — continuou Mina. — Vais ser indecentemente feliz.

— Gostava de pensar que é a inveja e a hostilidade fraternal a falarem.

— Não, que diabo, claro que não. Estás a brincar? Um de nós tem de viver o lado feliz da vida. Assim, posso, pelo menos, visitá-los de vez em quando para ver como é. — Sorri. — E para não estragares tudo, deixa-me que te dê um conselho de irmã não solicitado.

— Claro, tu é que tens o chicote.

— Não mates a mulher com ideias, querido.

— Oh, Minerva, deixa-me em paz. Que quer isso dizer?

Havia muitas ocasiões em que Minerva virava para mim aqueles seus olhos de um verde dinamite, fazendo-me sentir não exactamente como uma criança, mas como um inocente, como o irmãozinho mais novo. E isto apesar de a minha vida estar em ordem e a dela ser uma confusão. Parámos na berma da estrada, junto ao prado, de frente um para o outro. Ela segurava no chicote como uma palmatória, com as duas mãos, junto às coxas.

— Ela é-te extremamente devotada. Sabes isso, não sabes?

— Sei. Bem, eu também lhe sou extremamente devotado.

— Sim, mas... bem, sabes o que quero dizer. Não é a mesma coisa. Não há um único homem na terra que consiga amar alguém assim e também não há muitas mulheres. És um felizardo dum filho da mãe. Se eu fosse feminista, via-me forçada a matá-la.

— Pensei que eras.

— Bem, não me lembres isso. Isto é, de momento eu própria estou meia apaixonada por ela. — Ri-me, mas Mina continuou, olhando para mim intensamente. — Aquela mulher era capaz de atravessar o Inferno para te trazer uma chávena de café.

Senti um calor no rosto.

— Eu sei.

— Bem, trata de beber esse café, Cal. É isso que estou a tentar dizer-te. Bebe a porcaria do café e cala a merda da boca, está bem?

E, com aquelas palavras, recomeçou a andar, fustigando as ervas com o chicote.

Bem, devem estar a perguntar a vós próprios o que ela quereria dizer com aquilo. Posso responder-vos: não faço a mínima ideia, mas à semelhança de tantas outras afirmações místicas de Minerva, essa voltou-me ao pensamento. Lembrei-me disso enquanto guiava de *The Manor* para casa, à tardinha, a tarde em que Peter Blue me contou sobre Lester Marshall e a sua namorada. Marie.

Ia de carro porque tinha medo de atravessar novamente o bosque. Ia de carro e continuava com medo; um medo ainda maior. O coração caíra-me ao estômago. O entardecer enchera de sombras os relvados e as casas dos subúrbios e os meus faróis iluminavam uma estreita faixa de estrada por entre a silhueta das árvores. Olhava para essa faixa e pensava: *Não pode ser a minha Marie. É ridículo. Ela não me ia mentir assim. Conheço-a.* E depois lembrei-me da minha irmã e daquele passeio por Sunset Road. *Bebe o café e cala-te.*

Ela não devia ter casado comigo. Nunca tive jeito para mulheres e subitamente eis aquela rapariga — tão bonita —, uma autêntica visão, apaixonada por mim. Veio para a cama comigo e que sexo fizemos! Mesmo agora, passados quinze anos... nunca teria imaginado: fez com que cada neurónio do meu corpo dançasse como louco, olhando para o meu insípido rosto como se eu fosse uma estrela de cinema. E, de manhã, trouxe-me o café à cama. *Aquela mulher era capaz de atravessar o Inferno...*

Portanto, talvez fosse essa a questão: tê-lo-ia feito? O que quero dizer é se teria, de facto, atravessado o Inferno. Nunca lhe perguntei. Bebi a porcaria do café e calei a merda da boca. Nunca insisti para que me falasse da sua família abusiva, do seu passado de fugitiva. Nunca lhe implorei que me contasse por que motivo não conseguia dormir, por que motivo chorava, por vezes, de noite. Nunca lhe disse: *Sou teu marido! Conta-me, por favor!* Disse-me que não gostava de falar nisso e eu fui deixando passar porque queria que ela fosse feliz. Ou porque era eu que me sentia feliz. Não sei bem porquê. Limitei-me a beber o café e a calar-me.

Portanto, ao dizer *Conheço-a*, tive de perguntar a mim próprio: *Conheço-a? Conheço-a mesmo?*

A resposta veio-me enquanto guiava: conhecê-la-ia certamente melhor, tê-la-ia visto com muito mais clareza se a amasse menos.

— Conheces um homem chamado Lester Marshall?

Estava na cozinha quando lhe fiz a pergunta. A lavar a loiça do jantar. Tot estava na cama e os miúdos mais velhos faziam os trabalhos de casa nos seus quartos. Eu e Marie estávamos sós e a água a correr abafava-nos a voz. Trouxera-lhe dois pratos da mesa e estendi-lhos, enquanto ela passava um copo por água e o colocava na máquina.

— Não faças isso — disse ela. — Se não tens trabalho, vai descansar.

— Conheces um homem chamado Lester Marshall?

Observava-a, ansioso. Observava-a atentamente, como o faria a um doente, atento a todos os gestos e expressões. Não houve nada. Tirou-me os pratos sujos e ficou parada com eles na mão.

— Lester Marshall... — ficou a pensar. Um caracol claro pendia-lhe, solto, ao longo do rosto meigo. — Acho que não. É um pai de uma das escolas? Ou é da igreja?

— Não, nada disso. É só um tipo... disse que passou algum tempo no Missouri e conheceu alguém na cidade de nome Marie...

Arregalou os olhos.

— Oh! No Missouri! Não sei se me lembro, foi há *tanto* tempo! Disse que me conheceu, a mim, nalgum sítio?

Nesse momento ela voltou-se, mas só para segurar nos pratos por baixo da torneira. Eu é que desviei o olhar. Envergonhado, fiquei a olhar para as suas mãos avermelhadas, enquanto a água escorria por elas.

— Esteve preso no Missouri — acrescentei baixinho. — Esteve lá na prisão.

— O quê? — Riu-se. — Bem, então acho que estávamos em sítios diferentes, não é?

— Não sei. Querida, não sei em que sítios do Missouri estiveste. Nunca me contas nada sobre essa parte da tua vida, não é?

— Bem, eu não estive na prisão, tolinho! Por amor de Deus! — Riu-se novamente, dando-me uma olhadela. — Cal, por que estás a olhar assim para mim? Em que estás a pensar?

Não consigo dizer-vos como ansiava por terminar aquela conversa. Só tinha de acreditar nela e tudo ficaria bem, tudo continuaria como sempre. E como podia não acreditar nela? Era só olhá-la, o rosto meigo, olhando para mim numa incompreensão vazia. A água da torneira silvou longamente.

— Foi este o tipo... acho que foi este tipo que... hã... me enfrentou, que me abordou no trilho, no outro dia... — disse eu por fim.

— Oh, apanharam-no?

— Não. Não, mas... — Tive de obrigar as palavras a sair, o que me pôs o estômago às voltas. — É que ele é... parece que é o mesmo homem que pensei ter visto contigo, junto da queda de água.

— Comigo? — Disse aquilo como se nem sequer se lembrasse da nossa conversa anterior. — O quê...? Oh, isso! Mas eu já te disse que não era eu.

— Eu sei.

— Não continuas com ciúmes, pois não? Estás a pensar... que eu menti?

— Não, não, claro que não. — Mas eu não pensava em mais nada. — Foi só que, ao saber que ele conhecia alguém de nome Marie...

— Bem, Cal, não é um nome assim tão invulgar...

— Eu sei, eu sei.

— Oh, querido, pára com isso, está bem? Sei que o homem do bosque te perturbou, mas estás a ser pateta. Sabes que não te minto.

— Sei que tinha... que tinha de te perguntar. — Obriguei-me a olhá-la nos olhos, uns olhos inquisidores. — Isto é, tu não... tu dizias-me, não era?

— Se andasse aí pelo bosque com um condenado qualquer? Serias o primeiro a saber, está bem? Francamente, Cal!

— Está bem, só queria dizer que se houvesse qualquer coisa... qualquer coisa que te preocupasse, dizias-me, não é? Para eu te poder ajudar, para podermos tratar juntos da situação.

Curvou-se para pôr os pratos enxaguados na máquina de lavar. O cabelo caiu-lhe para a frente, ocultando-lhe o rosto e pensei haver qualquer coisa... Por um instante, uma hesitação na postura, na inclinação dos ombros... Endureci por dentro, preparando-me para o que pudesse dizer.

Mas devo ter imaginado, pois ela ergueu-se de súbito, atirando o cabelo para trás. O olhar que me lançou era o seu velho olhar, caloroso, familiar e excitante.

— Claro que sim, meu parvinho. Sabes bem que sim. — Inclinou-se, afastando-se do lava-loiças, e beijou-me nos lábios. — Mas, de momento, a única coisa que me preocupa és tu. Portanto, vai ler o teu jornal para eu poder acabar isto aqui.

Na sexta, encontrava-me no topo de uma colina, a pequena colina ondulada no terreno de *The Manor*. Estava logo acima de Cade House, a unidade dos jovens, que se erguia no meio da mata de áceres. Olhava para além dela, para o campo que se estendia até à orla da floresta. Eram horas de almoço de mais um daqueles dias cristalinos de princípios de Outono. Os bosques verdes, amarelos e vermelhos comprimiam-se de encontro ao céu muito azul.

E além, sobre o relvado, perto da orla e junto às árvores, os seis pacientes de Cade estavam a começar um piquenique. Conseguia ouvir as suas vozes e o seu riso através do ar levemente frio. Lá estava Peter, no meio deles. Exibia o seu mais belo sorriso.

Segurava no que pensei ser uma lancheira. Do ponto onde me encontrava, não a conseguia ver bem. Parecia muito pequena, mas ele não parava de tirar sanduíches lá de dentro. Sanduíches e depois pacotes de batatas, como se estivesse a executar um truque de magia. E as sanduíches lá continuavam a sair, uma após outra, da pequena lancheira muito depois de pensarmos que já estaria vazia. Mas Peter continuava a pôr a comida nas mãos estendidas dos outros.

— Estás a ver aquilo? — perguntou Gould. Avistara-me ao longe e caminhara até lá cima, até ao pé de mim. — É daquilo que te tenho falado.

Sabia o que ele queria dizer, mas por qualquer razão não ousei admitir. Perguntei:

— O quê? Que deveria ser suposto eu estar a ver?

Gould tirou os óculos de metal e limpou as lentes na ponta do casaco de bombazina.

— O tipo da tua Cama Cooper. O que é ele, algum daqueles curandeiros pela fé? Olha o ascendente que tem sobre eles! Olha para Nora. Tem andado a comer normalmente quase desde o dia em que ele chegou. Shane... bem, é uma depressiva; Austin era suicida. Olha para eles, a rir, felizes, Brad, Ângela, todos.

— Bem, estão a fazer um piquenique, Larry. — Gould fez-me uma careta, dando a entender que não enfiava essa. — E, seja como for — continuei —, se tem havido alguma mudança, duvido que tenha assim tanto a ver directamente com o Peter. Se calhar, é uma espécie de soma potenciadora do tratamento, que está a fazer efeito, e uma... uma dinâmica de grupo para que ele tem contribuído.

— Claro, claro, uma confluência, na própria dinâmica de grupo. Claro. Vou engolir essa. É que não é propriamente isso que eles dizem.

— Quem, os miúdos? Porquê? O que é que eles dizem? Ele anda a dizer-lhes alguma coisa? Não anda a orientá-los, andará a pregar-lhes ou coisa parecida?

Gould emitiu vários ruídos que se assemelharam ao início de palavras que não conseguiu terminar. Depois, voltou a passar os aros dos óculos por trás das orelhas e encolheu os ombros.

— Bem, se anda, eles não contam nada. Aqueles a quem perguntei dizem que, simplesmente, se sentem melhor na presença dele. É... um tipo fixe, citação, fim de citação.

Ficámos os dois a observar os miúdos. Depois, passado algum tempo, Gould afastou-se, abanando a cabeça para o chão. Deixei-me ficar ali, continuando a observar o grupo no relvado, lá em baixo. As gargalhadas e a tagarelice das suas vozes subiam até mim, mas sentia-me muito distante deles e muito só.

As coisas não significam nada para mim. Não fora isso que Peter dissera? O evangelho segundo Peter Blue! *As coisas são como são. São a forma de cantar de Deus.* Era um disparate, claro. O tipo de teologia absurda e cativante que só um adolescente pode seguir. E, contudo, desejava... Fiquei a ver os jovens a rir, a falar e a comer e, por um minuto, desejei poder sentir-me assim, poder parar, parar de pensar, parar de analisar as coisas. As ligações, as coincidências, o sincronismo. A expressão no olhar de Peter e no olhar da minha irmã. O sonho dele e o lugar onde Mina fez amor pela primeira vez. Esse lugar e o homem no fundo da queda de água. O homem da pedreira. Peter. Marie. Continuava a tentar que aquilo fizesse sentido, a tentar perceber o seu significado. E continuava tudo às voltas no meu espírito, contorcendo-me por dentro, torcendo-me como a um trapo. E não conseguia fazê-lo parar porque...

Porque, cá bem no fundo, achava que Marie estava a mentir. Não sei bem por que motivo assim era, mas achava. Achava que estava a mentir-me com aquele seu rosto doce que eu conhecia, com a mesma voz suave de sempre. E se isso fosse verdade... Se isso fosse verdade, então eu vivia uma vida muito diferente daquilo que pensava. Uma vida completamente diferente, com uma mulher diferente, num mundo diferente. Estava só, num mundo diferente.

É engraçado. Agora, lembro-me por vezes desse dia e fico melancólico, nostálgico. Vejo-me como se estivesse a olhar para outra pessoa. Ali estou eu, na colina, com as mãos nos bolsos, cismando sombriamente sobre o piquenique lá em baixo. Peter está deitado na relva, junto das árvores, com os outros miúdos, a tirar sanduíches da pequena lancheira até parecer que o ia fazendo de uma coisa sem fundo. O bom tempo, o som das gargalhadas — hoje aquela cena tem para mim algo de encantador. Lembro-me de como me sentia só. Lembro-me de sentir um nó dentro de mim e de ter medo. Mas agora já não me sinto assim. Vejo-me apenas na colina e os miúdos a fazerem o piquenique lá em baixo. E fico saudoso. Faz-me ter vontade de regressar a esse dia, àquele sítio, e a Peter e a Marie.

É que, em retrospectiva, foi o último dia pacífico para todos nós.

* * *

Na manhã seguinte, levei a minha filha ao parque infantil. Em retrospectiva, suponho que o sacana nos tenha seguido até lá, mas não tenho a certeza. Não o vi quando chegámos. Nem sequer o vi até ser demasiado tarde.

O parque infantil ficava nas traseiras de uma das escolas primárias, a Escola Básica Madison, em Flowers Street. Tínhamos de parar no parque de estacionamento e atravessar depois a larga entrada para chegar ao pátio da escola. Portanto, enquanto ajudava Tot a sair do assento no banco de trás do *Volvo*, observei cuidadosamente a área para me certificar de que não havia mais carros. Não havia, tenho a certeza. Lembro-me com exactidão. Até deixei Tot atravessar sozinha a entrada, a correr, para chegar à relva.

Ela adorava ir ali comigo, especialmente em dias como aquele, em que não havia outros miúdos e estávamos os dois sozinhos. Nos cerca de quarenta e cinco minutos seguintes, Tot correu por ali como um furacão, guinchando e rindo, comigo a cambalear atrás dela, tentando acompanhá-la. Perseguia-a, enquanto se contorcia pelos grandes canos de plástico, empurrei-a no baloiço, no meio de gritos estridentes. Segurei-a quando se pendurava das grades e apanhei-a no fundo do grande escorrega. «Papá, papá, papá!», gritava sem parar, enquanto corria de um sítio para outro. Os olhos azuis brilhavam e as grandes bochechas estavam vermelhíssimas. Os caracóis louros esvoaçavam atrás dela, enquanto corria. Parou finalmente para descansar, aterrando no banco isolado junto da caixa de areia. Seguia-a aos tropeções e deixei-me cair ao seu lado.

— Espero que saibas fazer respiração artificial — disse-lhe.

— Olha para as nuvens, papá — respondeu Tot.

Sentado acima dela, tirei o lanche do saco de papel. Esvaziou o pacote de sumo de uva com alguns tragos fundos na palhinha e segurou, então, uma enorme bolacha *Toll House* em ambas as mãozinhas. Finalmente sossegada, mastigou a bolacha, observando as nuvens em movimento.

Por um instante, quase esqueci tudo o mais. Ao correr pelo parque atrás de Tot, quase esquecera Marie, Lester Marshall e todo aquele assunto. Mas depois, ali sentado com a minha filha, olhando de cima para ela e vendo-a a comer e a olhar para o céu, estiquei a mão e toquei-lhe no cabelo. Era tão suave, tão fino, um sopro de encontro aos meus dedos. Parecia tão plácida, ali sentada, tão feliz.

Oh, sabia bem que estava a ser mórbido, mas lidava com filhos de divórcios todos os dias. Filhos de casamentos infelizes. Era na porcaria do meu gabinete que eles acabavam por chorar... E se Marie me andasse a mentir, se tivesse um caso...

Tot apontou com um dedo gordinho:

— Aquela nuvem parece um cavalo marinho — afirmou.

Marshall devia ter sido seu amante, pensei. Que mais o traria tão longe? Devia ser um antigo amante do Missouri que regressara, que viera procurá-la. E, claro, talvez fosse um canalha, um ex--condenado, mas talvez ela o achasse excitante. Talvez fosse emocionante estar com alguém assim, após quinze anos com um homem como eu, um tipo monótono, humilde, chato...

— Dá uma dentada na minha bolacha, papá.

Ergueu-a e eu inclinei-me para dar uma dentadinha no canto.

— Mmm — saboreei, pensando: *Que ridículo!* É impossível ter--me enganado tanto sobre ela durante estes anos todos. Ou não? Não poderá haver outra explicação? Quero dizer, bem, talvez o tipo fosse um ex-amante, ou um velho amigo ou coisa assim. Mas talvez que, ao voltar, Marie tivesse medo dele. Era perigoso, um condenado. Violento. Talvez Marie estivesse a ser corajosa, até mesmo heróica, de uma forma mal orientada. Talvez estivesse a tentar proteger-me do tipo. Ou talvez ele a tivesse ameaçado e ela pensasse que tinha de tratar da coisa sozinha ou...

Tot enfiou o resto da bolacha na boca. Tinha o queixo cheio de migalhas e os lábios sujos de chocolate. Limpei-a com um guardanapo de papel e pensei:

Chantagem! Parecia ridículo. Só aquela palavra soava a melodrama, como uma coisa saída de um filme. Mas, e se ele andasse a fazer chantagem com ela e ela não me pudesse dizer porque...

— Podemos ir para casa para andar no triciclo? — perguntou Tot.

— Claro que sim — murmurei.

— Boa! — respondeu.

E antes de a poder impedir, deu um salto do banco, atravessou o pátio a correr, em direcção à borda do passeio, direitinha à estrada.

Ouvi um motor resfolegar e rugir.

— Tot, espera! — gritei.

Olhei para a entrada e vi imediatamente o carro. Uma velha máquina de guerra ferrugenta — um *Chevrolet*, penso, nunca soube bem. Deve ter chegado enquanto brincávamos. Estava parado ao fundo, virado para a saída. Virado para Tot.

Eu estava já de pé, correndo já para ela. Mas não servia de nada. Tot chegou ao passeio um pouco antes de mim. Estiquei os braços para ela, senti o toque suave dos seus cabelos na ponta dos dedos e depois foi-se.

— Tot!

Assim que pôs os pés na estrada, ouviu-se um estridente guinchar de pneus. O *Chevy* saltou do lugar e avançou para ela.

Tot ficou imóvel. Ficou ali parada, olhando de boca aberta para o carro que avançava. Até eu não compreendia, não *acreditava* no que estava a acontecer. Pensei que o condutor iria virar, iria tentar parar. Mas o seu objectivo era ela. Disparava o *Chevy* como uma bala, em direcção à minha filha.

Vejo agora esse momento, esse momento interminável. O carro avançando rapidamente pela estrada. A minha filha, paralisada em frente dele, à espera do impacto. O meu espírito estava de tal forma com ela que era como se estivesse dentro do seu corpo, vendo através dos seus olhos, impotente, o carro a ficar cada vez maior. Fazia de tal forma parte dela que mal dava por mim. Mal notei que saltara, atirando-me pelo ar na sua direcção.

Um segundo de imobilidade. Um quadro. Tot ali de pé. Eu a voar para ela. O carro. Depois, de súbito, tudo se acelerou. Tudo convergiu simultaneamente. Agarrei-a. Por um segundo, as minhas mãos seguraram-na. Os faróis do carro, fixos sobre nós, a grelha sorridente, eram enormes, precipitando-se na nossa direcção.

Então, tudo se tornou confuso. Rolei sem parar, e logo de seguida, a concussão, uma terrível pancada indolor na testa, de lado. Estrelas brancas explodiram na minha frente e apagaram-se. Ouvi os pneus do *Chevy* novamente a guinchar e senti, mais do que vi, o grande carro a passar por mim velozmente, rumando para a rua, e afastando--se num ápice. Senti uma onda de negrume turvo a invadir-me.

— Não! — exclamei. Forcei-me a manter-me consciente. Pus-me de joelhos, mas voltei a cair no asfalto. Tornei a pôr-me de joelhos.

— Tot!

A minha voz soava pastosa e muito distante. As nuvens rolavam por cima, desfocadas. Tinha os braços e as mãos vazias. Estendi-os na minha frente. Mas ela desaparecera.

— Tot!

Agarrara-a. Agarrara-a por um segundo. Rolara com ela, tentara desviar-me do *Chevy* e, ao cair, batera com a cabeça no lancil do passeio. Perdera-a.

— Oh, meu Deus! Que Deus me ajude! Tot!

Ainda de joelhos, virei-me para a esquerda e para a direita. Lá estava ela, ali, no chão. Deitada de costas, no asfalto, atrás de mim. Tinha a boca aberta, os olhos fixos e vazios. O rosto estava cinzento, cor de cinza. Não respirava.

E depois, começou a respirar. Inspirou, um enorme gole de ar, ofegante. Aguentou um segundo, e outro. As bochechas arroxearam-se. Sentou-se. Depois, a sua respiração tornou-se convulsiva, aos borbotões, num uivo ensurdecedor e cortante de terror e sofrimento.

Ri-me, transido, como um louco, cambaleando até ela. E aquele uivo — apenas um — prolongou-se, sem fim. Ainda o consigo ouvir. O seu medo, o seu sofrimento. Tão linda. Tão incrivelmente linda. Estava viva.

PARTE TRÊS

DOZE

Sentei-me numa cadeira junto da janela, com a minha filha, adormecida, nos braços. As persianas estavam corridas e a sala escura e sombria. A porta fora fechada e apenas um murmúrio baixo nos chegava dos corredores do hospital.

Tot dormia profundamente, com a boca aberta e o polegar, flácido, encostado à bochecha, repuxando-lhe os lábios. Encostara a cabeça afogueada contra mim e a camisola cor-de-rosa subia e descia placidamente. Olhei para ela. Tinha a roupa suja devido à queda e as mãos arranhadas e vermelhas. No sítio onde rasgara as calças cor-de-rosa via-se um pequeno penso enfeitado com ursinhos azuis.

De tempos a tempos, tinha de me abanar, como um cão a sacudir a água, para afastar as imagens do que poderia ter acontecido.

Passado algum tempo, ouviu-se um toque abafado na porta, que se abriu ligeiramente. O Chefe da Polícia Hunnicut espreitou através da abertura — espreitou apenas, timidamente. Então, ergui o queixo num sinal de boas-vindas e o enorme corpo do homem entrou com um ruído surdo.

Elevando-se acima de nós, de mim e de Tot, pairou pesadamente numa atitude penitente. A cabeça gigantesca pendia, os possantes ombros inclinados e as mãos carnudas cruzadas na sua frente, respeitosamente. Ficou a contemplar a minha filha adormecida, por muito tempo, sem mais nada. Depois, ergueu os olhos, pequenos e duros, para mim. O quarto estava escuro, mas não o suficiente para me impedir de perceber o que estava a pensar. Um ataque a uma criança — em especial à filha de Marie Bradley — tocava no seu fundo mais sensível: pena e integridade e crueldade. Quem quer que tivesse feito aquilo, ia pagá-las e pagá-las bem. Numa qualquer cela isolada, num campo escuro afastado da estrada — Hunnicut haveria de sentir um qualquer prazer quente e secreto em aplicar a justiça pessoalmente.

Por um segundo de silêncio, pensou isto e transmitiu-mo e eu pensei: *Sim, Orrin, faça-o.*

Quando falou, porém, fê-lo suavemente, num trovejar abafado, para não acordar a minha filha.

— A doutora diz que ela vai ficar bem. — Concordei com um aceno de cabeça. Hunnicut fez um gesto inquiridor para a ligadura que eu tinha na testa. — E diz que o senhor devia fazer mais uns *scans* e outras coisas por causa disso.

— Isto passa — respondi.

Sorriu levemente.

— Ela diz que o senhor é um psiquiatra teimoso que pensa que é um médico a sério.

— Pois, bem...

— Sei o que quer dizer. Que diabo, ela é pouco mais velha que esta aqui. Uma miudinha, enfiam-lhe uma bata branca e fica a pensar que sabe alguma coisa...

Tot bufou e mexeu-se nos meus braços. O homenzarrão calou-se para a deixar adormecer novamente. Ela chuchou um pouco no dedinho e depois acomodou-se. Hunnicut olhou para ela de sobrolho franzido e, estendendo um dedo carnudo, afastou-lhe um caracol da testa.

— Conseguiu ver o tipo, Doutor?

Inspirei longamente. Tentara já imaginar o que diria quando me fizesse aquela pergunta, mas nada me ocorrera. Estava bastante confuso devido à pancada, o cérebro parecia-me empastelado. Tinha demasiado em que pensar. Peter Blue dera-me o nome de Lester Marshall sob a condição de confidencialidade absoluta. Marie... santo Deus, podia dar a Hunnicut uma pista que o levasse directamente a ela. E mais uma vez veio aquela imagem do que poderia ter acontecido se o carro tivesse apanhado a minha menina. Mas, caramba, queria o sacana. Queria que o apanhassem. Não sabia por que me perseguia. Recearia eu que Peter me tivesse contado alguma coisa? Estaria ele apaixonado pela minha mulher? Não sabia, mas tinha a certeza de que era ele. Sabia. E queria ter a certeza absoluta de que o filho da puta nunca mais se aproximaria da minha família. Pensei... não sei bem o que pensei. Tinha uma vaga ideia de que podia dar a Hunnicut apenas as informações que quisesse e nada mais. No meio do nevoeiro do meu espírito, ouvia a minha própria voz sussurrar:

— Acho que foi um homem chamado Lester Marshall. Não posso jurar em tribunal, mas...

— Consegue descrevê-lo?

— Cerca de quarenta anos. Cabelo preto. Magro, musculoso. Creio que passou algum tempo preso no Missouri. Naquele dia que me levou à pedreira... ele estava lá.

— Lembro-me disso — assentiu Hunnicut. — E acha que é o mesmo tipo, o que foi atrás de si na Reserva do Rio da Prata?

— Sim.

Hunnicut anuiu com a cabeça. Ficámos novamente em silêncio e os nossos olhares cruzaram-se de novo. Tive a sensação de que, desta vez, era ele que me lia o pensamento.

— E tem alguma ideia por que motivo este Marshall tentaria fazer-lhe mal, a si ou à sua família?

Se tivesse o espírito desanuviado, talvez me tivesse lembrado de qualquer coisa. Não me lembrei de nada. Murmurei:

— Não tenho a certeza, não sei. Talvez seja um antigo doente meu ou coisa assim... não sei.

O chefe não fingiu acreditar em mim, continuando a estudar-me por algum tempo. Por fim, ergueu o queixo. Compreendemo-nos mutuamente.

— Está bem, Doutor — disse. — Está bem.

Depois, Tot deu um salto nos meus braços quando a porta se abriu de rompante e Marie entrou a correr.

A divisão onde nos encontrávamos era uma espécie de sala de espera. Fora-me permitido utilizá-la por cortesia profissional. Continha uma mesa redonda, algumas cadeiras de plástico, uma máquina de refrigerantes. E o cadeirão, onde me encontrava sentado, mesmo em frente da porta. Hunnicut teve de dar um passo atrás para se desviar de Marie.

Não se deteve para olhar para ele ou para mim. Atravessou a sala, tirou-me Tot dos braços e apertou a criança fortemente contra ela. Tot acordou e choramingou.

— Mamã? — inquiriu, começando a chorar. Marie balançou suavemente para trás e para a frente, abraçando-a e embalando-a. Tinha os olhos secos e sem expressão e olhava em frente, sem olhar. E murmurava «Ssh, ssh, ssh», repetidamente, o rosto inexpressivo, o olhar vazio. Um «Ssh, ssh, ssh» que não cessava, vindo de um outro mundo, de um outro planeta de sentimentos, longínquo.

Parecia que não ficava bem eu estar a ver. Virei-me. Hunnicut examinava diplomaticamente a ponta dos sapatos, mas depois ergueu a cabeça para me encarar de novo. A julgar pelo seu olhar assassino, diria que, naquele momento, não havia grande diferença entre o seu estado de espírito e o meu.

— Apanhe-o — disse-lhe. Respondeu:
— Oh, hei-de apanhá-lo.

E com uma ligeira vénia para Marie, marchou para a porta e saiu.

Fiquei sentado. Marie embalava Tot de encontro ao peito, balançando-a de um lado para o outro e Tot choramingava baixinho, encostada ao seu ombro. Marie olhava em frente, para o vazio. Passado algum tempo, bastante, começou a recuperar de alguma forma a consciência e pareceu reparar em mim, ali sentado, pela primeira vez. Olhou-me, enquanto balançava.

— Deus te abençoe, Cal — disse baixinho.
— Não, não. — Voltei a sacudir-me como um cão molhado. — Deixei-a escapar-me.
— Não — insistiu Marie. — Salvaste-a. Que Deus te abençoe.
— E a sua voz foi-se extinguindo, por fim. Comprimiu os lábios, enquanto os olhos se enchiam de lágrimas. Continuou a embalar a criança de encontro a si.

Exausto, afundei o rosto entre as mãos.

* * *

Nessa noite, esperei por ela no quarto. Esperei para lhe falar fora do alcance das crianças. Trouxera uma garrafa de uísque. Tinha uma horrível dor de cabeça pós-traumática e os meus nervos pareciam um molho de brinquedos de corda à solta numa caixa. Portanto, tomei um copo enquanto esperava. Depois, tomei outro. Nunca bebi muito — o exemplo da minha mãe e da minha irmã desencorajou-me. Quando já ia a meio do terceiro, afundara-me como um peso morto no cadeirão, com o espírito baralhado e lutando contra o sono.

Nessa altura entrou Marie, lentamente. Cansada, tensa e pálida. Despiu-se junto do seu roupeiro, o rosto lasso de exaustão.

— Os miúdos parecem bastante perturbados — disse-lhe.

Lentamente, tirou a blusa com movimentos rígidos.

— Oh, Eva está só a fazer o espectáculo habitual — murmurou. — E J.R. guarda tudo para si, como sabes. Diz que, se visse o condutor, lhe dava uma tareia. — E tenuamente sorriu para si própria. — Entretanto, Tot contou tudo à boneca e adormeceu de seguida. Provavelmente, de manhã ter-se-á já esquecido. — Virou-se e sorriu-me. — Mas todos acham que és um herói.

Aquilo só conseguiu avivar ainda mais a minha raiva. Não me sentia nada um herói.

— Ainda bem que não lhes dissemos que o... *o filho da puta* fez aquilo de propósito. Só iria preocupá-los. O filho de uma grande puta!

Marie estudou-me. Era raro praguejar em frente dela.

— Tens estado aqui sentado a beber?

— Dói-me a cabeça.

Largou uma gargalhada cansada.

— Tens pois. Estás bêbedo.

— Estou a automedicar-me.

— Ah, ah, pois. É assim que lhe chamas? — Deu uma olhada à garrafa de uísque, ainda quase cheia. — Bem, não passas de um engate barato.

— Marie — disse —, temos de falar.

— Oh, esta noite já não, Cal — respondeu. — Amanhã, está bem?

Tirou o sutiã. Fiquei a vê-la, passando os dedos pelo copo de uísque que tinha na mão. Sabia que era urgente que falasse comigo.

131

Pelo menos, foi isso que dissera a mim próprio, mas não me parecia já tão urgente. Tudo aquilo em que estivera a pensar no parque infantil tinha-se-me varrido da cabeça. Toda aquela situação havia desaparecido pelo efeito do choque e do traumatismo. Não me lembrava de nada, embora tivesse dito a mim próprio que tinha de falar com ela, naquele momento estava-me nas tintas. Só queria tocar-lhe, entrar nela, e perder-me, para fazer com que aquele dia terminasse.

Tirou os *jeans* e as cuecas e enfiou uma camisa de noite de flanela pela cabeça, deixando-a a flutuar pela nudez. Esfreguei os dedos contra o copo frio.

— Marie... — lutei para me sentar direito na cadeira. — Marie... se sabes qualquer coisa sobre isto...

— Sobre quê? Oh, meu Deus, continuas a falar do tal homem. Oh, Cal, claro que não.

— Mas só quero que...

— Cal, por favor. *Por favor*, querido. De manhã, está bem? — Levou a sua mão trémula até aos lábios e os olhos encheram-se-lhe de lágrimas. — Oh, meu Deus — exclamou.

Pus o copo de lado. Tive de lutar para me levantar da cadeira, fui ter com ela e abracei-a, encostando o seu rosto contra o meu peito. Senti a minha camisa molhar-se de lágrimas.

— Não consigo parar de imaginar o que poderia ter acontecido — disse, a chorar.

— Eu sei, eu também não.

— Oh, meu Deus, se a tivéssemos perdido...

Abracei-a com força.

— Vão apanhar este tipo — assegurei-lhe. — E provavelmente já de manhã, o chefe tê-lo-á apanhado.

Momentos depois, chorando mais devagar, riu-se da minha camisa molhada.

— Não há *nada* que te faça esquecer o sexo? — perguntou.

— De certeza que há, só que não me lembro do que é.

Fungou, esfregando o rosto contra mim.

— Mmmm! Bem, então vem para a cama, abraça-me e faz amor comigo. É melhor do que esse álcool, e depois logo adormeces.

* * *

Não falámos nessa noite e também não o fizemos de manhã. De manhã, havia que pensar novamente nas crianças. Eva fez uma cena qualquer em relação à roupa que queria vestir e pôs-se a andar pela casa a bater com os pés, gritando: «Não me podem culpar por estar perturbada!» Entretanto, J.R. seguia-me para todo o lado. Sentou-se na minha cama enquanto dava o nó na gravata e fez-me perguntas: como é que agarrara Tot a tempo, como é que estava a minha cabeça, o que faria a polícia ao condutor quando o apanhasse. Tot manteve-se perto da mãe, sentando-se na mesa de jantar, enquanto Marie fazia o pequeno-almoço. Cantava e ia fazendo um desenho de um pescador para mostrar à professora da catequese. Foi preciso um esforço conjunto, meu e de Marie, para os juntarmos e enfiá-los na *minivan* a horas de partir para a igreja.

Depois, a missa. Naquela manhã, receava imenso ir. Mudara o penso da cabeça, fazendo-o o mais pequeno e discreto possível, mas é claro que a notícia do «acidente» se espalhara e portanto fomos positivamente cercados por uma onda de simpatia. As pessoas não paravam de vir ter connosco para nos dizer como tivéramos sorte e como devíamos estar gratos por isso. E depois, instalados no nosso banco, pude senti-las a olharem discretamente na nossa direcção, tentando apanhar um vislumbre das nossas expressões exaltadas de agradecimento. Como se fôssemos dizer a Deus que ele fora muito generoso por não ter assassinado a nossa filha. Ela tinha três anos, porra, e Ele decidira não a espalmar contra o asfalto. Caramba, que tipo porreiro.

Bem, se era disso que estavam à espera, bem podiam esquecer, pois, fosse lá o que sentisse durante aquele serviço religioso, não era certamente exaltação religiosa. Nem sequer senti o meu habitual prazer nostálgico perante a tradição e a respeitabilidade de tudo aquilo, mas cumpri o ritual. Levantei-me quando nos pediam que nos levantássemos, ajoelhei-me quando me mandavam ajoelhar. Cantei — penso que «Ficai Comigo» constava novamente da lista nesse dia. Acima de tudo, parecia-me uma tolice. Dei comigo a olhar em volta, para os meus vizinhos, perguntando a mim próprio: quantas gerações como a minha vão continuar a desperdiçar a melhor parte da manhã de domingo com este tipo de esterco mágico? Foi como se nunca os tivesse visto com tanta clareza, a levantar-se, a ajoelhar, a cantar, banhados pela luz filtrada pelos santos dos vitrais, com as colunas erguendo-se no meio até aos barrotes. Pamela Harrington, no seu vestido azul, e Franklin Worth, no seu fato de Wall Street, e Ginny Finch, com o chato do marido e até Monty Collingswood com a mulher rica, Jane. Todos eles não passavam de bolhas duma qualquer bebida gasosa, que subiam à superfície por um segundo, onde rebentavam, desaparecendo para sempre. Ar implorando o ar vazio. O nada a orar ao nada. Bem, que posso dizer? Na igreja, um homem é acometido de pensamentos e foi isto que pensei.

Virei-me para Marie. Sentia-me irritado e aborrecido e queria perguntar-lhe se poderíamos fugir ao cafezinho que se seguia e irmos logo para casa. Mas antes de poder falar engoli as palavras, e sabem porquê? O que lhes parece? É que ela rezava profundamente.

Nem sequer era a altura indicada para isso, pois acabáramos de nos sentar. O Padre Douglas subira ao púlpito e começara a despejar monotonamente os avisos. O grupo de estudo da Bíblia, o almoço de Outono, o projecto Alimentemos os Sem-Abrigo... mas Marie não escutava. Erguera o queixo e a linha do seu olhar passava por cima do topo da cabeça do padre. Olhava o Cristo crucificado, de madeira de bordo, na parede atrás dele. Os seus olhos azuis cintilavam e os lábios moviam-se silenciosamente. Quando olhei para baixo, vi-lhe as mãos na saia, entrelaçadas, torcendo-se e retorcendo-se até ficarem vermelhas. Aquilo comoveu-me, apesar do meu estado de espírito cínico. Era bonito. Era sensual: a forma como se entregava às coisas, como acreditava tão profundamente. Passado um ou dois segundos, os lábios cessaram de se mover, mas continuou a olhar para Jesus ansiosamente, movendo ligeiramente a cabeça num sinal afirmativo — *como se Ele lhe estivesse, de facto, a responder,* pensei. E então...

Bem, então, para ser honesto, qualquer dos nossos caridosos vizinhos, em busca de uma expressão exaltada de graças, teria ficado muito satisfeito com o seu investimento. Enquanto estava ali sentado a observá-la, vi o rosto de Marie resplandecer, mais e mais. O peito subia e descia rapidamente, à medida que a respiração acelerava. O seu sorriso era tão íntimo que senti uma dor: como estava adorável! Quando o hino começou, parecia tão transcendente como um pastor num cartão de Natal. À entrada do coro, ergueu-se, quase flutuando, mas o seu olhar manteve-se preso no Cristo crucificado. Os olhos brilhantes cintilavam através de um véu de orvalho e as mãos, agora plácidas, continuavam apertadas à altura da cintura, repousando uma sobre a outra numa paz perfeita. A respiração abrandara e ouvi-a soltar um longo suspiro de satisfação.

Bem, pensei, *acho que agora é impossível fugirmos ao cafezinho.*

Mas verificou-se que estava enganado quanto a isso. E talvez devesse ter sido mais cuidadoso com os meus pedidos, pois ao entrarmos na coxia para seguirmos o coro até à porta, Hal Michaels, o sacristão, abria caminho por entre as pessoas, na minha direcção.

— Houve uma chamada para si no escritório — murmurou. — É da sua clínica. Querem-no lá imediatamente. É uma emergência.

Assim que encostei no parque de estacionamento de *The Manor* senti um aperto no estômago, pois o *SUV* do Chefe Hunnicut estava estacionado em frente do edifício da administração. Atirado para ali, na base dos degraus de pedra, com outro carro da polícia mesmo ao lado. Virei a minha *minivan* para o lugar mais perto e corria para o edifício, quando April West, uma assistente social, saiu da porta da frente para me interceptar.

Encontrámo-nos na escada.

— Estão em Cade House — gritou-me ela. — Mr. Oakem levou-os lá. A Dr.ª Hirschfeld disse que eu lhe devia dizer para se apressar. Não sei o que se passa.

Bem, eu sabia. Pelo menos, tinha quase a certeza que sabia. E, quando cheguei a Cade, estava já tão chateado que não pararia por ninguém. Passei a sala de entrada de rompante, vendo de relance os miúdos, os residentes, Nora, Brad, Shane e os outros, amontoados e de mau humor sob uma nuvem de fumo. Mais à frente, na entrada do átrio da residência, estava Jane Hirschfeld, a andar de um lado para o outro, o corpo ossudo tremendo de fúria reprimida. E, para além dela, mesmo à saída do átrio, estava Oakem, o Feiticeiro Esquisito em pessoa, mais parecido que nunca com um galo, numa pose de desafio, a afagar a pêra.

135

Hirschfeld parou de andar e avançou ao meu encontro.

— Cal, isto é absolutamente revoltante...

Mas eu limitei-me a tocar-lhe no ombro e passei por ela rapidamente. Oakem pôs-se à minha frente, quase me tapando o caminho. Por cima da sua cabeça, via a porta de Peter Blue, ao lado da qual um agente uniformizado montava guarda. Ao deparar com aquilo, a fúria entupiu-me a garganta, quase me deixando sem ar.

— Você estava na igreja e não o conseguimos contactar — dizia Oakem na sua voz fina. — O chefe entrou em contacto comigo e eu...

— Que diabo se passa consigo? — perguntei-lhe. Se não se tivesse desviado do meu caminho, teria passado por cima dele. Atravessei o átrio que nem um furacão.

Cheguei junto do polícia, um rapaz de cabelos loiros com vinte e poucos anos. Ergueu a mão para me deter.

— Lamento... — começou no seu melhor tom oficial e monótono.

— Não faz mal, meu rapaz — disse eu suavemente, apanhando-o assim de surpresa e conseguindo passar por ele e abrir a porta de Peter.

A cena no interior do quarto era de um horror sereno: O Chefe Hunnicut de pé, dominava tudo com a sua imensidão e o seu olhar ameaçador. Peter Blue afundara-se na cadeira da secretária, encolhido, curvado, com os olhos esbugalhados.

Mal havia espaço para mim, pois o quarto não passava de um cubículo, com uma cómoda com espelho à minha esquerda e, à direita, a secretária aninhada sob um beliche. Assim que atravessei o limiar da porta, Hunnicut ficou encostado a mim, muito mais alto, olhando-me de cima. Podia sentir o seu cheiro característico, a sabão. E Peter — Peter, com as mãos pendendo entre as pernas e a cabeça baixa — batia com o joelho na perna das minhas calças. Sentia-o a tremer.

A porta continuava aberta. O jovem polícia, Hirschfeld e Oakem estavam todos a ver. Eu sabia-o e o chefe também. Pareceu tornar-se ainda mais sólido, mais impassível, ali de pé, como uma torre. Se não estivesse quase louco de raiva, não sei onde teria ido buscar coragem para o confrontar.

— Não tem o direito de entrar aqui desta forma — disse-lhe com voz rouca.

Hunnicut corou e começou a resmungar:

— Bem, o senhor vai desculpar-me, mas isso é uma grande parvoíce. Estou a conduzir uma investigação policial ofi...

— Então, não tem o direito moral. Este homem é meu paciente.

— Respeito isso. — Mudou de posição. A sua barriga balançou como um barril a centímetros do meu peito. — O senhor não me deu o nome dele e eu não fiz perguntas, mas as minhas pesquisas independentes revelaram que ele era sócio desse Lester Marshall que mencionou...

— Portanto, esperou até saber que eu estava fora de alcance e entrou por aqui dentro...

— Foi a sua maldita filha que quase foi atropelada! — gritou. Apesar da minha raiva, dei um salto. O chefe movia a cabeça sem pescoço para trás e para a frente, como um touro prestes a carregar.

— Bem, esse tal Marshall... o tipo que o senhor acha que pode ser responsável não está a ser muito fácil de encontrar.

Subitamente, Peter Blue bradou:

— Não sei onde ele está! Já lhe disse!

Foi horrível, um som horrível, aquele seu grito: tenso, fraco e assustado. Sei que deve ter sentido desprezo por si próprio.

E Hunnicut também o desprezava. Virou os olhinhos duros para o rapaz e riu-se com desdém.

— Eis a resposta à sua questão — disse eu em voz baixa, entre dentes. — Ele não sabe. Agora, saia daqui, Chefe. Deixe-o em paz.

Bem, Hunnicut não gostou disto, nem um bocadinho. Por um momento, pensei que me iria expulsar do quarto. E podia tê-lo feito facilmente. Receei verdadeiramente que o fizesse. Mas, para meu enorme alívio, decidiu deixar passar, não o fazer, só Deus sabe porquê. Talvez tenha analisado mentalmente o xadrez político e concluído que os meus contactos eram melhores do que os dele. Ou talvez tenha percebido que conseguira o que queria: outra oportunidade para perseguir e intimidar aquele rapaz, que não só transgredira contra Deus e contra o homem e apressara a queda da América e da civilização, mas que também lhe ficara atravessado na garganta. Seja como for, não sei o que estava a pensar. Só sei que o seu corpanzil se descontraiu. Abanou a cabeça, resfolegou e murmurou: — Assim que o patife puxou da arma contra mim, devia ter-lhe dado um tiro ali mesmo.

Depois, quase sem esperar que me afastasse, passou pela porta de rompante.

Tenho de admitir que senti uma satisfação um tanto grosseira com a partida do homenzarrão. Só a expressão no rosto do jovem polícia era, por si só, gratificante. Estava de pé, no átrio, estarrecido, como se tivesse levado um soco. O seu enorme patrão fora achincalhado por um intelectualzinho atarracado! Passou um momento antes de conseguir recompor-se e seguir apressadamente Hunnicut pelo corredor.

O nosso destemido director usara já os seus poderes mágicos para desaparecer sem deixar rasto. Que nojento! Mas a Dr.ª Hirschfeld continuava ali e aproximou-se da porta, sorrindo.

— Bem, pelo menos a mim, isto excitou-me imenso — comentou.

Ri-me.

— Vá sossegar os miúdos.

— *Jawohl*, meu presidente.

Fechei a porta e virei-me para Peter Blue. A sensação de triunfo azedou imediatamente.

Oh, merda, pensei, *Perdi-o.* Tudo indicava isso. Trabalhara muito nas últimas semanas para ganhar a sua confiança e avançáramos tanto os dois, tendo chegado tão perto de compreender por que fizera o que fizera e ei-lo agora, infeliz, curvado, com a cabeça pendendo, as mãos inertes, os braços apoiados nos joelhos. Quando ergueu o rosto para mim, tinha as faces molhadas de lágrimas e os olhos a marejar, perdidos. As palavras do meu relatório vieram-me à memória: «Peter mostra tendência para formar ligações intensas com as pessoas, rejeitando-as depois com igual intensidade, quando receia que o tenham traído ou abandonado.»

— Contou-lhe? — perguntou. Limpou as lágrimas com a mão. — Contou-lhe sobre Lester?

Suspirei. Instalei-me na secretária dele e confirmei:

— Sim.

— Prometeu que não contava.
— Eu sei, lixei tudo.
— Lixou tudo! — exclamou, apontando-me o dedo. Depois, ferido, abriu as mãos. — Como foi capaz?
— Alguém atacou a minha filha, que tem três anos. Alguém tentou atropelá-la. Pensei que podia ser Marshall.
— Lester?
— Estava com tanto medo e tão furioso, tão ansioso por que fosse apanhado antes de poder tentar outra vez que dei o nome a Hunnicut. Apenas o nome, mais nada. Não o mencionei a si. Nunca me ocorreu que entrasse por aqui dentro daquela forma. Lamento, estava completamente desvairado e não reflecti. Devia ter discutido o assunto consigo primeiro.

Acenou com a cabeça, com uma expressão severa, mas que era, ao menos, alguma coisa. Talvez um começo. Se me perdoasse, se voltasse a confiar em mim, iria levar algum tempo. De momento, o facto de ver que a sua raiva estava concentrada em Hunnicut alegrou-me.

— *Disse* àquele sacana que não sabia onde estava Lester! — murmurou, tanto para si próprio como para mim. — Repeti-lho vezes sem conta! — Abanou a cabeça para o chão. — Fala comigo como se eu fosse lixo. Faz-me sentir uma porcaria.

— É essa a intenção dele — respondi.

Fungou, limpando o pingo do nariz com a palma da mão.

— Por que motivo me odeia tanto?

— Oh, não o odeia só a si. O tipo está furioso com tudo. A mulher morreu recentemente e ele precisa de algo sólido a que se agarrar, a igreja, a sua autoridade, não sei. Você atacou essas coisas e ele quer vê-lo pagar.

— Não vou para a prisão, isso de certezinha absoluta. Sei o que fazem nas prisões. Juro que me mato. Diga-lhe isso, que não vou. Sei o que lá fazem.

Passou um momento antes de lhe responder. Consegui manter uma expressão de neutralidade psiquiátrica, mas, com toda a honestidade, foi-me difícil não dar uma palmada na testa. Como é que falhara aquela? Como é que conseguira não pensar naquilo anteriormente? A prisão aterrorizava-o porque receava a violação homossexual! Claro! O derradeiro ultraje à sua masculinidade. Passara a vida a fazer tentativas erradas para afirmar a sua masculinidade, chegando a bater na namorada na esperança de ser um tipo duro como Lester Marshall. Lançara fogo à igreja para se opor à autoridade paternal do Padre Fairfax. Talvez fosse também um ataque à sua outra figura paternal — o Deus que inventara para substituir o pai que fugira. Mas a questão é que andava a tentar ser homem quando o Chefe Hunnicut apareceu e desferiu o derradeiro castigo. O enorme polícia esbofeteara Peter «como se fosse uma mulher» e levara-lhe a arma. E, como se isso não fosse suficientemente mau, atirara-o para a cadeia, onde, segundo ele, corria o perigo de ser violado. Portanto, é claro que tentara enforcar-se, numa última tentativa apavorada de salvar os tomates. Santo Deus, era psicologia elementar.

A compreensão disto desencadeou em mim uma torrente de ideias, mas naquele momento não tinha tempo de as analisar. Certifiquei-me de que mantinha a voz neutra e disse:

— Escute, é óbvio que não lhe posso prometer nada, mas posso já dizer-lhe que vou fazer todos os esforços junto do juiz para o manter fora da cadeia. Hunnicut não é a única pessoa da cidade com poder. Em tribunal, a minha palavra é tão boa como a dele; é melhor, se formos a ver. Portanto, não deixe que ele entre por aqui dentro para o aterrorizar.

— Bem, é que me aterroriza mesmo.

— Pois, também a mim, mas sabe o que quero dizer.

Isso provocou-lhe um sorriso. As lágrimas tinham cessado de cair e sentou-se, recostando-se pesadamente na cadeira.

— Lamento que Lester tenha atacado a sua filha — disse passado um momento. — Foi por minha causa?

— Não sei. Nem sequer tenho a certeza se era mesmo ele. Para lhe dizer a verdade, neste momento, o que mais me preocupa é que ele tente entrar aqui para o magoar. Da forma como Hunnicut lixou isto tudo, pode espalhar-se a notícia e ele pode pensar que você o bufou.

Peter abanou lentamente a cabeça, olhando para a parede em frente de cenho franzido.

— Já não me interessa o que Lester possa fazer. Já não me interessa.

— Pois, está bem, mas mesmo assim, não quero viver com essa culpa, muito obrigado. Vou colocar aqui mais um auxiliar para o vigiar, até Hunnicut encontrar aquele sacana e o engaiolar.

Não pareceu ouvir-me, continuando a olhar para a parede com ar de desaprovação.

Afastei-me da secretária.

— Escute — disse-lhe —, lamento que isto tenha acontecido. Lamento sinceramente, mas não entre em pânico, está bem? Vai correr tudo bem.

— Está bem — respondeu sombriamente.

— Amanhã voltamos a falar.

Peter acenou levemente com a cabeça.

— Está bem.

Mas no dia seguinte tinha desaparecido.

O resto do domingo passou-se numa calma estranha e abstracta. Eu e a minha família mantivemo-nos perto de casa. As crianças jogaram *croquet* na relva, eu varri as folhas e Marie trabalhou na sua pequena horta.

J.R. e Eva portaram-se muito bem. Não concordavam em quase nada, mas ambos adoravam Tot. Encheram-na de atenções durante toda a tarde, incluindo-a em tudo. Correram por entre as balizas, batendo nas bolas, a rir e a gritar.

Quanto a Marie, a expressão luminosa e transcendente que lhe invadira o rosto na igreja permaneceu durante o resto do dia. Cantava, enquanto se ajoelhava na terra escura junto ao bosque. Ouvia o ruído da pá e a sua voz fina e aguda e, por vezes, via-a erguer o rosto para o céu, atirando o cabelo para trás para se expor ao sol fraco. Cantava os hinos que entoáramos na igreja, de manhã, sorrindo.

Quanto a mim, sentia-me nervoso e esquisito. Enquanto puxava lentamente os montes de folhas amarelas para junto das árvores, mantinha o ouvido à escuta, esperando que o telefone tocasse em casa. Queria ouvir que Lester Marshall fora preso, mas simultaneamente receava sabê-lo. Estava preocupado. Preocupado com tudo. Receava que Hunnicut estivesse tão furioso comigo que deixasse o caso de lado. Receava que Marshall atacasse Peter, se não fosse apanhado, ou atacasse Tot novamente, ou a mim próprio. E receava o que pudesse acontecer se fosse apanhado. Diria alguma coisa... poderia dizer alguma coisa que incriminasse Marie?

No entanto, desde o choque do ataque, desde o traumatismo, os meus pensamentos não eram tão claros como no parque infantil. Parecia que todos os meus receios se misturavam num pavor confuso generalizado. Só queria que a porcaria do telefone tocasse, de forma a que a expectativa tivesse fim.

À tardinha, os miúdos jogaram jogos de tabuleiro no quarto de Eva e eu sentei-me na entrada, tentando ler. Marie começou a preparar o jantar. Continuava a ouvi-la cantar.

O Sol pôs-se na floresta, arrastando consigo a luz através do relvado. Os grilos começaram a cantar ao lusco-fusco. Arrefeceu. As paredes da entrada eram quase todas de vidro, vários painéis de janelas de correr. Uma delas estava aberta, mas sentia-me demasiado preguiçoso para me levantar e fechá-la. Tinha um romance de *suspense* aberto no colo e olhava para o livro, mas o meu espírito voltava sempre a Lester Marshall.

Só o vira claramente uma vez, na pedreira. Mais nada. Recostado na rocha, olhando para mim com profunda maldade. Via o corpo musculoso, com a *T-shirt* preta, o rosto magro marcado, curtido como couro, o cabelo muito negro, penteado para trás. Lembrei-me da forma como levara o cigarro aos lábios — como o vilão da TV, com uma malevolência lenta, estudada e agressiva, o fumo enrolando-se em redor dos olhos. Por um momento, senti a sua presença com tanta intensidade que olhei em volta da sala para me certificar de que estava só.

Passado algum tempo, ouvi Marie cantar mais alto e depois entrou, transportando um tabuleiro com um bule, uma chávena e uma taça de fatias de maçã.

— O jantar demora um pouco e pensei que talvez te apetecesse qualquer coisa.

— É muito simpático da tua parte.

Observei-a enquanto poisava o tabuleiro na mesa junto da minha cadeira. Analisei o seu perfil. A tranquilidade rodeava-a como um halo e os olhos brilhavam-lhe intensamente. Voltei a sentir a doçura do seu espasmo atravessar-me como uma dor.

Endireitou-se e sorriu-me. Trocara a roupa de jardinagem por uma saia e uma blusa cor-de-rosa e tinha um ar fresco e bonito. A sua expressão era tão serena que quase me fez crer que a minha ansiedade era um disparate.

— Não tens frio aqui, querido? — perguntou. — Meu Deus, está um gelo! Ah, não é para admirar, tens a janela aberta, tolo. — Foi até à janela aberta e correu-a.

— O Outono está a chegar, sabes — comentou. — À noite, tens de fechar as janelas. Aposto que foi por preguiça. — Trancou a janela e, afastando uma mecha de cabelo dos olhos, ficou ali, de costas para mim, a ver o crepúsculo nas árvores. — Até parece que esta noite ainda vai chover.

— Quem me dera que Hunnicut se apressasse e apanhasse o tipo — disse sem pensar. — Fico nervoso com a ideia de mandar Tot para a escola, amanhã.

Voltou-se para mim, sorrindo, como se eu tivesse dito um disparate divertido.

— Oh, não, querido, Tot não vai ter qualquer problema amanhã, na escola. Vai correr tudo bem. — Veio ter comigo atravessando a entrada. — A sério, Cal, podes crer. Não quero que te preocupes mais. Ultimamente, tens andado tão preocupado com tudo. Até pensaste que eu andava no bosque com aquele homem que te insultou e agora achas que foi ele quem atacou Tot.

— Que queres dizer? — perguntei, surpreendido. — Pensas que estou errado?

— Só estou a dizer que tens andado nervoso e aflito.

— Bem, vamos lá a ver, alguma coisa não está bem, Marie. É perfeitamente óbvio, caramba.

Estava muito próximo de mim e tocou-me no cabelo, junto da testa. A mão cheirava a maçãs.

— Lembras-te quando comprámos o *Volvo*? — perguntou.

— O *Volvo*? Claro, há dois anos.

— E de o amachucares de lado na garagem?

— Sim, foi para aí no segundo dia. E depois?

— E de, depois, logo a seguir, passares por cima daquela coisa, daquele sinal de peões e arrastaste-o por State Street acima? Lembras-te? A direcção ficou toda esquisita.

143

Eu não disse nada. Lembrava-me, viera-me de repente à ideia.

— E disseste-me... não me lembro da palavra que usaste, foi um termo científico qualquer, mas disseste-me que andavas a ter acidentes porque tínhamos comprado o carro no aniversário do dia em que Mina se matou.

— Santo Deus! — murmurei.

— Lembras-te de me dizer isso? Disseste que te sentias culpado em relação a Mina e que andavas a tentar rebentar com o carro sem o saber. Explicaste-me tudo.

— Santo Deus, é hoje?

— E lembras-te, no ano passado, quando não paravas de deixar cair coisas e partiste a minha linda travessa.

— Esqueci-me completamente. É hoje, não é?

— Também foi por volta desta época do ano.

— Santo Deus! — murmurei novamente. — Santo Deus!

Ela continuava a afagar-me o cabelo com os dedos.

— O que quer que tenha acontecido ontem na escola, tenho a certeza de que o Chefe Hunnicut vai descobrir tudo. Está bem? Portanto, não te preocupes mais. Mina não iria querer isso.

— Mas... — Passaram-me pela cabeça tantas coisas ao mesmo tempo que, mais do que pensar, as senti. O casal no bosque... não eram Marie e Marshall? O homem que me abordara... seria um doido qualquer? Seria possível que o carro no parque infantil não passasse de um acidente, um miúdo qualquer a guiar demasiado depressa? — Quer dizer, o que é que achas? — perguntei. — Achas que eu...? — A minha voz morreu.

— Mina amava-te tanto, Cal — disse Marie, afagando-me o cabelo. — Amava-te tanto, queria que fosses feliz. E eu quero tanto que sejas feliz. Amo-te tanto e deste-me tanta felicidade, a mim e às crianças. — Curvou-se e beijou-me, um beijo muito leve, apenas uns lábios quentes tocando os meus ao de leve. — Não te preocupes mais. Todos te amamos, todos nós. Vai correr tudo perfeitamente.

Quando ela saiu, fiquei sentado sob a luz do candeeiro. Lá fora, o crepúsculo tornou-se noite.

* * *

Cinco e quarenta da manhã. O telefone tocou. Sentei-me na cama, saído de um sono leve e pensei imediatamente *Apanharam--no*, mas quando levei desajeitadamente o auscultador ao ouvido não ouvi a voz do Chefe Hunnicut, mas sim a de Barbara Couch, a supervisora da noite de *The Manor*.

— Achei que devia saber imediatamente — informou-me. — O seu doente da Cama Cooper fugiu.

— Peter? Peter Blue?

— Pois, esse mesmo. Fugiu.

TREZE

Andava de um lado para o outro no meu gabinete quando os outros chegaram, Gould, Hirschfeld e a assistente social de Cade House, Karen Chu.

— Temos de notificar a polícia — disse Gould assim que a porta se fechou. — Isto é, o miúdo está aqui sob um acordo qualquer com o tribunal, não é?

— Não podemos pôr aquele animal do Hunnicut atrás dele — afirmou Hirschfeld. — Meu Deus, vai atrás dele com a artilharia e os cães.

— E eu estou preocupada com o que poderá acontecer a Peter se o mandarem de novo para a prisão — interveio Karen. Era uma mulher asiática, pequena e forte, com o cabelo preto cortado a direito à altura do queixo. Muito séria, compassiva, mas sem sentido de humor. — Exprimiu muita ansiedade em relação a isso.

— Sim, para não dizer mais — confirmei. — Jurou que se matava na prisão, e se Hunnicut vem a descobrir isto irá direito ao juiz e exigirá que Peter saia daqui e seja preso.

— Parece que não temos escolha, Cal. Quer dizer, Deus nos defenda de que ele faça alguma coisa, magoe alguém... — disse Gould.

— Oh, ele não vai magoar ninguém — afirmou Hirschfeld. — Provavelmente, vai voltar daqui a uma ou duas horas.

— Talvez.

Afastei-me deles e pus-me a olhar pela janela. Chovera durante a noite e o céu estava ainda nublado. O Sol já nascera, mas a escuridão sobre as árvores e os telhados diminuía muito lentamente. Suspirei profundamente, espreitando lá para fora. A culpa é minha, pensei. É mesmo minha. E se alguém descobrisse isto, Peter voltaria de certeza para a prisão. Onde morreria.

Precisava de uma ideia genial. Uma daquelas inspirações em que damos um estalido com os dedos e dizemos «Já sei!». Nada, não havia nada.

— Bolas! — exclamei. Voltei a encará-los. — Se o conseguíssemos encontrar... estão a ver? Quer dizer, se o descobríssemos depressa e fôssemos nós a trazê-lo, antes de mais alguém descobrir...

Hirschfeld entusiasmou-se.

— Bem, podemos fazer isso. Em que sítio poderá estar?

— Em casa da mãe, da namorada... — aventou Karen. — Pelo menos, vale a pena telefonar...

— Ei, um momento — Gould ergueu ambas as mãos. — Longe de mim querer ser a voz da razão, mas será que perderam completamente a cabeça? Este miúdo é acusado de fogo posto. A uma igreja! E assalto e o diabo. Está aqui por acordo com o tribunal. Bem, não sou advogado, mas agora ele não é uma espécie de fugitivo?

— Oh, por amor de Deus — interpôs Hirschfeld.

— Não, a sério — continuou Gould. — Vocês estão a falar de encobrimento. Escondemos isto dos chuis, esquecemos os problemas legais que isso possa trazer... e então e o público? Conhecem esta cidade, pelo menos as pessoas com dinheiro. Para eles, não passa de um tipo que bate em mulheres, incendeia igrejas e mata polícias e que anda à solta. Se descobrirem que o encobrimos, nunca mais conseguiremos fundos. Para já não falar do facto de Cal ser despedido e passarmos a ter de viver sob as ordens do Comandante Estúpido. Para já não falar do facto provável de irmos para a cadeia.

Calou-se, com as mãos cruzadas sobre o peito, e olhou para mim. Karen Chu olhou também, assim como Jane Hirschfeld.

— Que fazemos, Cal? — perguntou Jane.

Esperavam uma resposta minha. Olhei-os um a um, duas vezes, mas não desviaram o olhar. A verdade é que já sabia que Gould tinha razão. Não podia arriscar toda a clínica por um rapaz. Tínhamos de chamar a polícia.

Ia dizer isso mesmo quando me lembrei de algo. Sem mais nem menos. Não exactamente genial, mas um belíssimo salto empático. De repente, adivinhei onde estava Peter.

Não estalei os dedos, mas quase. Disse:

— Fiquem aqui. Deixem-me ver se consigo trazê-lo antes de a casa cair.

Bem, achei que valia a pena tentar. Era uma hipótese. Se Peter estivesse onde eu pensava que estava, trazia-o e congeminávamos uma história qualquer para encobrir a sua ausência. Se não, chamava os chuis — que mais podia fazer?

Deixei os outros a aguentar a situação e dirigi-me ao bosque.

Peter sonhara com o local que ficava por cima da queda de água. Quando lhe perguntei se já lá estivera, dissera que não. Nessa altura, deixei passar, estava preocupado com outras coisas. Mas era ridículo, é claro que já lá estivera. E se era capaz de mentir sobre isso, devia ser porque era importante para ele, até precioso, algo que desejaria proteger. Tinha quase a certeza absoluta de que sabia por que assim era. Na verdade, enquanto caminhava pesadamente, sem fôlego, sob as árvores e me lembrava da última conversa com o rapaz, comecei a compreendê-lo cada vez melhor, percebendo por que motivo acabara em *The Manor*.

Segui penosamente ao longo do desfiladeiro, as folhas húmidas comprimindo-se sob os meus pés. Na escuridão pesada do amanhecer, os rochedos e a vegetação das paredes do desfiladeiro erguiam-se ameaçadores, negros e medonhos. Lá em baixo, a neblina e as sombras cobriam o rio, que murmurava, quase invisível.

Sentia-me doente de ansiedade, mais ansioso a cada passo. No gabinete, ao ocorrer-me subitamente que Peter estaria por ali, parecera-me uma inspiração, mas à medida que me aproximava do local comecei a suspeitar de que isso, na verdade, não passaria de uma hipótese vaga. E, se estivesse errado, se não conseguisse encontrar Peter e trazê-lo, bem, as minhas hipóteses de o ajudar acabavam. Talvez ele próprio também já estivesse acabado.

O caminho começou a aclarar. O sol queimava por entre uma fenda aberta no manto de nuvens. Por cima de mim, por entre as folhas das bétulas, o céu tornou-se mais acinzentado, com gretas de azul pálido. Já ouvia o tráfego matutino movendo-se velozmente nas estradas circundantes. E de mais longe, para lá da reserva, chegava-me o troar seco do tiro de uma espingarda de caça, seguido de outro: começara a época da caça aos veados. Lá em baixo, o murmúrio do rio transformara-se no rumor mais audível da queda de água. Estava a chegar ao fim do trilho.

Alcancei a base da formação rochosa. A bruma que subia da garganta rolava em volta das minhas pernas. Através dela, conseguia distinguir a cortina de água das Quedas da Prata surgindo, sem brilho, das alturas. Caminhei na direcção oposta, saindo do trilho e embrenhando-me na vegetação.

O ar estava húmido e desconfortável. Os ramos que pingavam molhavam-me as mãos e humedeciam-me o casaco. *Porra, eu dirijo uma clínica que oferece o serviço completo*, pensei. E, ainda por cima, o *suspense* aumentava cada vez mais à medida que me aproximava do meu destino. Era uma verdadeira tortura. Cheguei por fim ao caminho irregular que levava ao local e comecei a subir.

Por esta altura, já perdera a esperança. Estava certo de que me enganara, que Peter não estava ali, que tudo estava perdido. Curvado, subi sem me deter o trilho íngreme, mas pensava já no que diria a Hunnicut quando lhe telefonasse. Alcancei o cume do rochedo e encarei os arbustos e as árvores atarracadas que protegiam a clareira. Mas, como já esperava, Peter não estava lá.

No entanto, abri caminho por entre as árvores e entrei na mata que encimava a catarata. Aí, estaquei de repente, atónito. Por mais incrível que pareça, nesse instante, um único raio de sol atravessou as nuvens e os ramos e pregou Peter Blue ao local onde estava. Isolou-o do ambiente pesado que o rodeava, iluminando-o de ouro resplandecente. Que visão, que incrível visão!

Fiquei paralisado ali, a olhar, fulminado. Nunca vira ninguém num tal estado, pelo menos no seu perfeito juízo. Estava em êxtase absoluto. De pé, naquele altar de pedra, completamente tenso, absolutamente imóvel. E a cruz de madeira — o ramo de abeto sem folhas perpendicular à bétula — mesmo por detrás dele. Tinha as costas curvadas em arco, os braços totalmente abertos e o rosto erguido em direcção ao céu. Os olhos estavam semicerrados, os lábios ligeiramente abertos. Não parecia respirar, palpitava, num ritmo ondulante que lhe percorria o corpo. Quase o conseguia ouvir, pulsando como um coração, o coração da floresta. Foi esta a imagem que me ocorreu, como se se tivesse tornado a vida e o centro daquele lugar. *Posso ir para o bosque sempre que quiser,* dissera da primeira vez que nos encontráramos, *e Deus flui-me nas veias e corre por todo o meu ser e eu e Ele ficamos totalmente unidos.* Bem, era aquilo. Sem qualquer dúvida, era aquilo. Surpreso, aliviado e estupefacto, não sei, abanando a cabeça para afastar aquela primeira visão do rapaz, dei comigo a pensar na igreja, nas pessoas que estavam na igreja no dia anterior, ajoelhando-se, erguendo-se, cantando — até mesmo Marie, com as suas preces ansiosas. Caramba, não tinham nada a ver com aquele miúdo, absolutamente nada. Aquilo era uma coisa em bruto, um contacto directo. Por um segundo, com o sol batendo-lhe daquela forma e tudo o mais, quase me poderia ter convencido — quase — de que havia ali mais qualquer coisa para além do que eu sabia e acreditava. O tremor arrepiante que me percorreu, a sensação de ligação e coincidência, a estranha intuição que me dizia que os seus segredos estavam ligados aos meus e que, de alguma forma, os seus sonhos tinham entrado na minha vida, tudo isto não passava de uma leve sugestão de uma relação maior que eu testemunhava naquele momento, uma comunhão total com o sentido oculto do todo.

Então, ele saiu do transe. E eu pude sentir nos meus próprios nervos o aliviar da tensão. E nele, o ritmo que percutia no seu interior abrandou, aliviou, transformando-se numa respiração regular. Parecia que os seus braços se tornavam cada vez mais pesados, baixando gradualmente ao longo do corpo; que se ia descontraindo, inclinando para a frente e se abatendo. Pendurou a cabeça, não de tristeza mas de cansaço, com os cabelos desgrenhados caindo-lhe para a testa. E o raio de sol — ou, pelo menos, é assim que me recordo — foi-se alargando, à medida que o céu matinal aclarava e a luz ia aumentando à nossa volta.

Eu estava quase à sua frente, mesmo quase — um pouco abaixo, devido ao facto de se encontrar sobre a pedra lisa — mas ele não deu sinais de me ter visto. E depois, de repente, perguntou baixinho:

— Como é que sabia onde eu estava?

— Porque sou a porra de um psiquiatra espantoso, só por isso — atirei-lhe, aliviado e cheio de irritação. — E que, a propósito, acabou de lhe salvar esse seu pobre coiro do chefe da polícia, que o teria engaiolado por causa de tudo isto.

Fez um sinal de assentimento, lento, inspirando e expirando.

— Lamento, lamento imenso. Entrei em pânico. A forma como Hunnicut entrou por ali dentro, a forma como me falou. Senti-me... só. Estava assustado, não sabia em quem podia confiar.

— Pode confiar em mim.

Baixou o olhar para mim. Foi maravilhoso. O medo desaparecera e a inteligência e a tristeza desse olhar foram restauradas como que por magia. E sorriu — o seu sorriso lindo e pleno de força.

— Eu sei que posso — respondeu. — Agora está tudo bem.

Foi como se me tirassem um peso de cima. Ainda não me tinha apercebido de quão grande era até ao momento em que ele me perdoou. Nessa altura, o peso desapareceu. Acenei com a cabeça, agradecido.

— Está bem — disse-lhe.

— Tive um pesadelo, sabe — contou-me baixinho. Falava como dantes, de um modo sonhador e distante, como se estivesse a referir-se a outra pessoa. — Foi isso que me fez agir assim. Tive um pesadelo e acordei banhado em suor, levantei-me, vesti-me e desatei a correr. Posso contar-lhe?

Com as minhas emoções à flor da pele, a menção de mais um dos seus sonhos causou-me arrepios, como se o primeiro me tivesse levado a uma qualquer revelação e o próximo pudesse conduzir-me a outra. Era ridículo. Ignorei aquela sensação, enquanto limpava a água lamacenta das mangas do casaco. Avancei um pouco mais para dentro da clareira.

— Claro — respondi. — Por que não? Continue.

Virou o olhar dolorido para as árvores cheias de sol.

— Sonhei que estava ajoelhado à beira de um lago — contou. — E olhava para o reflexo do meu rosto quando notei algo de estranho: o meu reflexo avançava na minha direcção. Ainda estava na água, mas parecia aproximar-se cada vez mais, como se se erguesse do fundo do lago até à superfície. Era assustador. Quer dizer, no sonho achei isto muito assustador, mas não podia deixar de olhar para o meu reflexo, que se ia aproximando de mim cada vez mais. E, então, começou a mudar. Foi horrível. — Estremeceu, ali de pé. — Queria muito fugir, ou virar-me ou fechar os olhos; não queria era ver aquilo, faria qualquer coisa para não ver, mas não podia. Tinha de ficar ali ajoelhado, a olhar para o lago. E o meu reflexo continuava a aproximar-se, a aproximar-se e, então, vi que estava todo... estragado. O meu rosto estava todo... putrefacto, apodrecido, com pedaços a cair e a pele horrível, inchada, e os olhos... todos vítreos e cheios de fendas, a olharem, a olharem para mim. — Emitiu um ruído e passou a mão em frente da cara, como se quisesse banir essa imagem. Durante um longo silêncio permaneceu ali, com os olhos fechados. Depois, murmurou:

— Suponho que acha que tem um significado qualquer.

— Ná.

Desatou a rir, o que me alegrou. Também me ri.

Passado algum tempo, fiz um gesto em direcção à lage sobre a qual ele se encontrava de pé.

— Era aqui que costumava vir com Jennifer para fazer amor, não era?

Virou a cabeça para mim afectuosamente.

— Você é óptimo a compreender as coisas, tenho de reconhecer.

— Bem, obrigado — respondi. Obrigado por o reconhecer. Agora, voltemos para *The Manor* antes que venham os chuis e nos levem aos dois.

Penso que seria justo descrever o nosso regresso como triunfante. Mal tínhamos saído do bosque e já as portas de Cade House se abriam e os jovens irrompiam pelo relvado para nos dar as boas-vindas; pelo menos, a Peter, pois a mim ignoraram-me. No entanto, Gould saiu logo atrás deles, seguido de Karen Chu e aproximaram-se, sorrindo. Nós, os três adultos, mantivemo-nos à parte. Gould apertou-me a mão.

— És um grande homem — afirmou.

— Sim — concordou Karen com ar sério. — Parabéns!

— Se alguém perguntar, a nossa história é que ele saiu para dar um passeio de noite e se perdeu.

— Será que Hunnicut engole essa? — perguntou Karen.

— Ele que se lixe — respondi, virando-me para ela. — Para começar, a culpa é toda dele. Agora, a nossa tarefa é assegurar a Peter que está aqui em segurança e certificarmo-nos de que se sente...

— Olhem para aquilo — disse Gould baixinho. Tocou-me no ombro para me chamar a atenção. — Só... quer dizer, é impressionante. Olhem!

Estavam todos parados no relvado, um pouco abaixo de nós, um pouco mais perto das árvores: os cinco doentes de Cade House e Peter. Era sem dúvida impressionante, a forma como o cercavam. Nora e Ângela, Brad, Austin e Shane. Rodeavam-no, muito, muito chegados. Tocavam-lhe de todos os lados, formando praticamente um círculo, afagando-o com a ponta dos dedos, como se quisessem certificar-se de que ele estava realmente ali. Contemplavam-no, estudavam-no com uns olhos muito abertos. Murmuravam coisas e esses murmúrios chegavam-nos como um cântico em surdina: *Estás bem, estávamos tão preocupados contigo, está tudo bem?* Quanto a Peter... lembrem-se de que era alto... o seu rosto sensível via-se acima do pequeno grupo. Viamo-lo a sorrir para eles, oferecendo-lhes o seu belo sorriso, respondendo aos afagos e murmúrios com os seus próprios murmúrios delicados.

Fiquei a ver — ficámos os três. Não conseguia deixar de pensar em como o vira na mata, como estava quando deparei com ele, havia menos de vinte minutos: o corpo retesado sob o raio de sol, atirado para trás, os braços abertos, todo ele temerariamente receptivo à canção que o bosque bravio lhe dedicava. Só eu vira isso, e só eu podia sentir que havia uma ligação qualquer entre aquele seu êxtase e esta recepção quase temerosa que os outros agora lhe faziam. Quer dizer, era como se também lá tivessem estado, testemunhado tudo aquilo, e que esta recepção fosse a sua forma de o celebrar. Era — não sei como lhe chamar — fantasmagórico; penso que seja esta a melhor palavra. Era perturbadora, a paixão contida no afecto que tinham por ele. Eu fiquei perturbado.

Desviei o olhar, enervado.

— Muito bem, vou-me embora — murmurei para ninguém em especial. — Há quem tenha trabalho para fazer.

* * *

Outra cadeia de pensamentos... e esta levou-me ao âmago das coisas.

Tinha uma sessão com Peter, marcada para as quatro da tarde. Aí por volta das três e meia estava sentado à secretária, ao computador, ligado à rede. Tentava distrair-me com uma investigação para um trabalho que estava a realizar sobre o uso incorrecto dos antidepressivos. Não deu resultado. A mente começou a divagar. No monitor, via-se um brilhante ensaio qualquer, mas há muito que perdera o fio à meada. Estava sentado, com os braços cruzados sobre o peito, olhando para o ar, sem ver.

Pensava em Peter, naquele momento na clareira, na expressão do seu rosto, na luz dourada. Não conseguia tirar aquilo da cabeça. Passado algum tempo, recordei-me dos pormenores do seu primeiro sonho: a mata, a luz, o mocho. E, portanto, analisei-os de novo, não da forma supersticiosa e quase mística que me enervara na floresta, mas da forma correcta, analítica, que me levara até ao bosque e a ele.

É que agora compreendia que o mocho representava, em parte, o pai de Peter. Mas não apenas o pai. Como não era capaz de enfrentar a raiva que sentia pelo pai devido ao facto de o ter abandonado, transformara-o naquele Deus de amor com que comungava constantemente. O mocho era também aquele pai-Deus e, por acréscimo, o Deus pai-mocho representava a virilidade de Peter, que fora confirmada à boa e velha maneira não-mística pela sua indulgente namorada, Jennifer. O elo destes significados é que me tinha indicado a importância do altar de pedra. O mocho aparecia, no sonho, naquele local específico porque fora aí que conseguira perder, por fim, a virgindade — tal como a minha irmã perdera lá a sua...

Nesse momento, o encadeado de pensamentos convergiu muito rapidamente. Pensar na minha irmã trouxe-me de novo à ideia a conversa que tivera com Marie na sala de entrada, depois de o carro quase ter atropelado Tot. E, então, vi de novo o carro — o *Chevy* — a avançar para a minha filha e, com um arrepio, recordei-me de como, apenas alguns momentos antes de aquilo acontecer, estivéramos ambos sentados no banco do parque, tão felizes...

Subitamente pensei: *chantagem.*

E lembrei-me. Lembrei-me do que estivera a pensar no momento antes de Tot fugir. Chantagem. Pensara que talvez Lester Marshall andasse a fazer chantagem com a minha mulher.

Assim que a ideia voltou, tive um pressentimento amargo e doentio: compreendi que seria fácil descobrir a verdade. Havia apenas uma forma de Marie poder pagar a um chantagista sem eu saber. A maior parte do nosso dinheiro estava nas mãos de uma firma de contabilidade que servia a minha família há gerações, literalmente. Nem eu era capaz de seguir verdadeiramente o movimento das diversas obrigações e fundos e, para falar com franqueza, Marie não tinha a sofisticação necessária para desviar qualquer deles, sem que a firma me informasse. Mas havia uma conta, a das despesas domésticas, que estava totalmente sob seu controlo e que, devido a várias coisas, tinha acumulado mais de sessenta mil dólares nos últimos anos.

Já estava ligado à rede e limitei-me a rolar a cadeira para mais perto da secretária. Peguei no rato, carreguei na pasta do meu banco, digitei a palavra-passe e esperei, enquanto uma coluna com números de contas aparecia no ecrã. Depois, desci com o cursor até à conta das despesas domésticas. Fi-lo com rapidez, despreocupadamente, sem pensar bem no assunto, mas assim que a conta surgiu assinalada, hesitei, retendo a respiração. Compreendi que estava prestes a atravessar uma linha e não sabia se era pior parar ou continuar, saber ou não saber.

Carreguei no número da conta. Surgiu o historial das transações. O dinheiro desaparecera.

Nos últimos dois meses, quase sessenta mil dólares tinham sido pagos em dinheiro. Fiquei a olhar para os números, enquanto o meu espírito tentava velozmente explicar o seu desaparecimento. Não havia explicação. Pura e simplesmente, não havia. Lester Marshall tinha andado a encontrar-se com Marie em segredo, tinha andado a chantageá-la e ela pagara-lhe. Era tudo verdade.

Senti a testa inundar-se de suores frios. *As mentiras que me contara!* pensei. *As mentiras!* Sempre fora ela quem eu vira no bosque. Ela e Marshall! E de todas as vezes que lhe fizera perguntas, mentira. Mentira-me! Continuava a mentir-me. Talvez pensasse que me protegia; talvez que, quando Marshall me abordou na floresta, quando apontou o carro na direcção de Tot, lhe estivesse a mandar uma mensagem: mantém a boca calada, senão... Talvez ela tivesse feito o que pensava necessário para nos proteger a todos. Mas mesmo assim, caramba! Mentir daquela forma! Tão bem, com tanta doçura! E a forma como me provocara, me acariciara, enganando-me para me levar a acreditar nela. Usara a minha devoção para afastar quaisquer dúvidas. Fez amor comigo para me distrair. E na noite anterior... santo Deus! Na noite anterior, usara a *psicologia* comigo! A minha miúda simples e sem instrução! Fora mais esperta do que eu! Acho que isso foi, de certa forma, heróico... sim, acho que podemos ver as coisas assim. Mas naquele momento só conseguia ficar ali sentado, abalado e doente, pensando na forma como me mentira.

E depois, evidentemente, veio a pergunta seguinte: sobre que mais teria mentido? Refiro-me a todos estes anos. Afinal, que saberia Lester Marshall sobre ela? Com que estaria a fazer chantagem? Aquele bandalho, aquele miserável, um ex-condenado, um monte de lixo ordinário, que saberia ele sobre a minha mulher que eu não soubesse? Por que motivo não conseguia dormir? Por que andava a vaguear pela casa à noite? Por que motivo chorava por vezes, sem motivo? Por que não podia falar do seu passado? Santo Deus!

A minha mão tremia quando a ergui para limpar o suor da testa. Depois, ouvi bater à porta e Peter Blue entrou.

— Su-po-nho — disse, arrastando ironicamente a palavra — su-po-nho que temos de falar sobre o que aconteceu, sobre a minha grande fuga.

Estava sentado, direito, na poltrona estofada, virada a três quartos para mim. Falava num tom bastante descontraído e jocoso, mas a aura de paz que o rodeara após a sua ida à floresta extinguira-se completamente. Os dedos de ambas as mãos torciam-se nervosamente sobre o colo e era visível a ansiedade nos olhos cinzentos, cautelosos e alerta. Não fiquei nada surpreendido com isso, já o esperava. Sabia tão bem como eu que se aproximava a hora da confissão, que já chegara. O seu reflexo — para usar a imagem do seu pesadelo — erguia-se em direcção à superfície da água.

Sorri-lhe com suavidade e fiz um gesto de encorajamento com a mão. *As mentiras que ela me contara!*, gritava o meu espírito. Abafei o grito.

Entretanto, Peter tentava ganhar tempo.

— Falar, falar, falar — disse suspirando. — Sabe, se tiver de analisar todas as experiências, não terei tempo para as viver. E mesmo que tivesse, daria demasiado trabalho.

Esperou para ver se eu me ria. Lutei para controlar a náusea. *As mentiras!* Lutei para abafar o grito incessante. Tinha de me concentrar nele, era a única forma de conseguir aguentar aquilo. Obriguei-me a concentrar-me.

Peter olhou para um canto, inquieto. Por fim, continuou:

— Nem sei bem o que lhe diga. Foi como lhe contei. O Chefe Hunnicut intimidou-me, ameaçando que me prendia e fiquei furioso consigo por lhe ter contado sobre Lester e tive o pesadelo e... entrei em pânico. Mais nada. — Parecia que estava a recitar aquilo. — Fui para o bosque porque é onde me sinto mais perto de Deus. Ali, Ele vem ter comigo e sinto um... Um espírito de amor perfeito invade-me e tudo é... é amor perfeito. — Encolheu ligeiramente os ombros. — Sei que não compreende isso. Sei que quer que eu diga o que tudo isso *significa*, não é? Mas já lhe disse: do meu ponto de vista, não significa nada. Nada tem qualquer significado. Apenas é. É perfeito e belo.

— A realidade é a forma como Deus canta — disse-lhe.

— Exactamente, é isso mesmo.

— Compreendo — respondi. A náusea espalhara-se já por todo o meu ser, de tal forma que já não lhe podia chamar náusea. Era apenas um mal-estar geral em relação às coisas, uma tristeza generalizada. Mexi-me desconfortavelmente e cruzei as pernas, esforçando-me por manter o rosto impassível. — No entanto, parece-me que alguns versos da canção da realidade estão a ser ignorados.

— Porquê? — perguntou Peter rapidamente. — Que quer dizer?

— Bem, quero dizer que não podemos ouvir apenas as partes da canção de Deus que queremos, pois não? Temos de ouvi-la toda.

A faísca de ansiedade do seu olhar acendeu-se, revelando ainda mais frenesim. Fungou, fazendo um pequeno gesto desdenhoso.

— O que é que pensava? — perguntei-lhe suavemente do fundo da minha própria mágoa. — Pensava que se fechasse os olhos e ficasse calado, tudo desaparecia? Pensava que só se tornava real quando o visse, quando lhe desse um nome? Era isso que... — tive de engolir antes de conseguir dizer o resto — era isso que pensava?

A mão, nervosa, deu um salto em direcção à testa como se tivesse sido puxada por um cordel. Fez pressão com os dedos, com uma careta.

— Sabe, quem me dera não ter feito isto, ter vindo para aqui. Foi uma estupidez. Nem sequer acredito nesta coisa toda.

Observei-o... com alguma afeição. Oh, gostava muito dele, mas também via como aquilo era inevitável. A verdade viria ao de cima e ele enfrentá-la-ia. Tinha de ser assim. Por ele. Por nós ambos. Sabia que iria doer. Sabia-o perfeitamente e, naquele momento, nem sequer poderia jurar que era bom olhar de frente para tanta dor. Mas era impossível de evitar. No fim, que mais podemos fazer? No fim, há apenas a verdade ou a cegueira, a verdade ou a loucura, a verdade ou a morte. Não é lá grande escolha, acreditem.

Peter estava calado e eu calei-me também por muito tempo. Depois perguntei:

— Qual o verdadeiro motivo por que fugiu?

— Porque... já lhe disse! O sacana do Hunnicut... foi o senhor quem lhe disse... — Fez um gesto de rejeição na minha direcção. — Estou cansado de falar nisto. — Não olhava para mim, fixando o tapete com o cenho franzido. Novamente o silêncio por meio minuto, um minuto, mais. Depois bradou: — 'Tá a ver, não é como se eu não soubesse o que vai dizer. Quer dizer, nesta altura, a forma como a sua cabeça trabalha é bastante óbvia. Por isso é que se torna tão maçador. — Fiz um sinal afirmativo com a cabeça e ele lançou uma gargalhada triste. Continuou numa espécie de lenga-lenga: — O Chefe Hunnicut faz-me sentir um fracalhote, um cobarde e não pára de ameaçar que me manda para a cadeia e tenho medo de ser violado e depois tenho um sonho ridículo, em que o meu reflexo está todo apodrecido e entrei em pânico e fugi... Pensa que nunca li um livro? Vai dizer que ando a fugir dos meus... dos meus impulsos homossexuais secretos, ou uma merda do género.

Não consegui conter-me e dei uma risada.

— Oh, Peter, vá lá.
— Bem, não é assim? Não é isso que vai dizer?
— Isso é o que você *queria* que eu dissesse.
— Que quer dizer?
— Bem, nós, os psiquiatras somos famosos por isso, não somos? Famosos por confundir a psicologia com a história. Dizemos a uma rapariga que tem fantasias sobre o pai quando, na realidade, o tipo a molesta e convencemos outra de que foi molestada quando, na verdade, é apenas maluca. É disso que gosta? Quer que eu fique aqui sentado e bata com a cabeça contra o Véu da Percepção durante cinquenta minutos? Bem, lamento, amigo, mas hoje não é um dia nada bom para fazer isso, está bem? Portanto, por que não me conta o que aconteceu?

Abanou a cabeça, repetindo o movimento, um pequeno tremor de recusa, agitando e esfregando as mãos sobre o colo. A expressão do rosto manteve-se inalterada. Continuou ali sentado, erecto e absolutamente imóvel, à excepção do abanar da cabeça e do movimento das mãos. Continuou a olhar para mim, enquanto o fogo frenético do seu olhar se foi extinguindo, deixando-lhe os olhos escuros e vazios. E, mesmo assim, continuou a olhar para mim e a abanar a cabeça, sem parar.

Depois, o corpo estremeceu uma vez e soluçou.

Muito suavemente, disse-lhe:

— Vá lá, Peter, vamos falar do que Lester Marshal lhe fez.

O filho da puta do canalha, aquele criminoso sem classificação! Não tinha violado Peter, pelo menos literalmente, legalmente, mas do ponto de vista moral, para mim, era violação. Tinha explorado a necessidade desesperada de Peter por um mentor, uma figura paternal, um guia de masculinidade, seja lá o que for. Provavelmente, compreendera esse desespero melhor do que o próprio Peter e, uma noite, na pedreira, quando já tinham bebido umas cervejas a mais, acho que lhe ocorreu como seria divertido aproveitar-se do rapaz, afirmando o seu poder sobre ele à boa e velha maneira das cadeias. Assim, no meio da floresta, por trás dos rochedos, Marshall explicou a Peter os ritos de passagem das prisões. Depois, convenceu o outro, mais novo, por meio da intimidação, de ameaças e de troças, a realizar um acto de sexo oral na sua pessoa. Duvido de que Marshall sentisse muito prazer. Fazia apenas parte da sua linguagem de poder e submissão, aprendida na cadeia e mal se podia dizer que fosse um acto de desejo. Mas é claro que para Peter foi uma bomba nuclear que arrasou as cidades do seu coração. Aos dezanove anos, o pobre miúdo começara a descobrir-se, a formar um primeiro relacionamento com uma rapariga, começara, de facto, a crescer e o seu pior receio era não ser um homem a sério, fosse lá isso o que fosse. Portanto, o que para o amigo, um ex-condenado, não passava de maldade fortuita, para ele foi uma hecatombe. O caos assolou-lhe o seu mundo interior e sentia-se incapaz de saber quem era. Teria desejado que aquilo acontecesse? Gostara? Sentiria alguma coisa por Marshall? Passou a andar em sobressalto, receoso das sombras do seu próprio espírito e havia apenas uma coisa que o sossegava: Jennifer e a sua relação sexual com ela. Quando ela lhe anunciou que ia para a universidade, Peter Blue sentiu que o último apoio da sua imagem de homem lhe fora retirado.

É claro que Lester Marshall pensava que tudo aquilo era hilariante e divertiu-se imenso a fazer sofrer o outro. Disse-lhe que Jennifer se ia embora porque Peter não era suficientemente homem para a segurar. Caramba, se fosse realmente um homem, não se teria mostrado tão pronto a cair de joelhos lá na floresta, pois não? Cabrão!

— O sacana! — exclamou Peter, cuspindo saliva. — O grande sacana!

As mentiras, pensava eu em silêncio. Observei-o, enquanto soluçava com as mãos no rosto.

— Vai conseguir viver com isto, Peter — disse-lhe passado uns momentos. — Foi apenas uma experiência, não é a sua identidade. Acho que vamos ser capazes de a ultrapassar sem ser preciso deitar fogo a mais nenhuma igreja.

Riu-se uma vez desoladamente. Depois, limpando o rosto com uma das mãos, afirmou:

— Eu expliquei-lhe que não tinha deitado fogo à igreja, mas sim à música.

— Pois foi — respondi. — A música. De facto, disse-me isso.

Dei uma olhadela ao relógio, na prateleira por trás dele. A sua hora acabara e eu estava desesperado por sair dali. No entanto, esperei enquanto tirava um *Kleenex* da mesinha do candeeiro e se assoava.

— Foram as canções, os hinos... pareciam tão horríveis, ali no papel — continuou. — Eram tão belos quando Annie... Mrs. Fairfax... os cantava no coro. Quando ela os cantava no coro eram como um espírito, um espírito puro que fluía através dela...

— Sim, lembro-me. Você contou-me.

— Só queria libertá-los. Era essa a minha ideia, libertá-los... — Exausto, a voz sumiu-se-lhe e ficou a olhar para o longe. — ... libertá-los das notas, do papel. Das páginas mortas. Queria... — Ergueu distraidamente as mãos até ao meio do peito — ... libertá-los — murmurava sonhadoramente para si próprio. E, enquanto falava, afastou as mãos num estranho movimento familiar. Levei um momento a identificá-lo: era como se estivesse a despir uma camisa ou um casaco. Só que era o seu corpo, ou assim me pareceu. Acho que desejava despir o corpo, assim, sem mais, para se libertar, como libertara a música das páginas mortas da sua própria carne.

CATORZE

Quando cheguei a casa eram quase sete horas. Vi logo que se passava alguma coisa. Ao virar o *Volvo* para a rampa de acesso, os faróis varreram a casa e apanhei de relance a imagem de três rostos aflitos encostados à janela panorâmica da sala. Eva, J.R. e Tot estavam ajoelhados no sofá, à espera de me ver chegar, com um ar ansioso, diria mesmo assustado.

Passara os quinze minutos do percurso desde *The Manor* a ensaiar cenários na minha cabeça sobre a meia dúzia de formas de confrontar Marie com o dinheiro e as suas possíveis respostas. Eram todas uma merda. Via-me sempre a lutar por manter a minha famosa impassibilidade, enquanto aceitava as suas mentiras e as minhas ilusões. Quando os pneus do *Volvo* rangeram sobre a gravilha, estava de tal modo mergulhado em fantasias e receios que a visão dos meus filhos assustados me fez bruscamente regressar ao mundo real. Estacionei rapidamente e apressei-me a subir o caminho.

Os miúdos estavam já à porta, que tinham aberto. Esperavam por mim, a tremer, com os olhos arregalados. Por ser a mais velha, Eva fez de porta-voz, num tom inseguro.

— A mamã está doente — disse-me. — Tem estado a vomitar.

E rebentaram os três a chorar.

Dirigi-me às escadas, com as crianças chorosas atrás de mim.

— Não deixou que te telefonássemos — soluçava Eva. — Nós queríamos, mas ela disse que não. Gritou connosco.

— Não gritou nada, Eva — respondi.

— Gritou, gritou, papá — fungava J.R., inflexível.

— Gritou convosco? — Bem, isso explicava a choradeira. Não me lembrava de Marie ter alguma vez gritado com nenhum de nós.

— Disse: «Por amor de Deus, agora não!» E nem fez o jantar, nem sequer para Tot — contou Eva.

— Santo Deus! — murmurei.

— Bem te disse que devíamos telefonar ao pai — respondeu J.R.

Tot choramingava, muito infeliz, tentando agarrar-se às minhas pernas, enquanto eu andava. Parei, baixei-me e peguei-lhe ao colo.

— Não faz mal — sosseguei-os. — Meninos, provavelmente, tem uma gripe ou coisa assim.

— A mãe nunca adoece — respondeu Eva. — E *nunca* grita connosco.

— Bem... — hesitei, passando-lhe Tot. — Vão dar uns cereais à vossa irmã, que eu vou ver o que se passa. Vai correr tudo bem.

Três pares de olhos seguiram-me, enquanto subia rapidamente as escadas.

Marie estava enrolada em cima da cama, completamente vestida. As luzes estavam apagadas. Mal distinguia a sua silhueta, as calças e a blusa escuras contra o branco da cama. Alcancei-a, sentei-me ao seu lado e pus-lhe a mão na testa devagarinho. Estava húmida de suor, mas não tinha febre.

— Cal? — murmurou.

O seu hálito cheirava a vómito, cujo odor forte me chegava também da casa de banho.

— Fecha os olhos — disse-lhe. — Vou acender a luz.

Acendi o candeeiro da mesinha de cabeceira.

Tinha o rosto acinzentado e a pele quebradiça. O cabelo húmido colava-se-lhe à testa. Deixou-se ficar imóvel, enquanto eu a afagava.

— Devo ter comido qualquer coisa... — conseguiu dizer. — Deixa-me dormir uma meia hora, Cal... depois levanto-me e faço o jantar. 'Tá bem?

— Shiu, deixa lá o jantar. O que é que comeste?

— Camarão. Ao almoço, comi uma salada de camarão.

— Tens diarreia?

— Nã. — A sua voz sumiu-se, sonolenta. — Só... vomitei...

— Vias mal? Custa-te engolir? Custa-te a respirar? Alguma coisa assim? Vá, volta-te para mim.

Com um gemido baixo, virou-se de costas e apalpei-lhe o lado direito e o meio.

— Dói-te aqui?

Abanou a cabeça, sem energia.

— Não faças de... médico, querido. 'Tá bem? Comi apenas... camarão estragado. Até já me sinto melhor desde que vomitei. Só preciso de dormir... um pouco, só...

A sua voz sumiu-se e, passado um momento, os lábios abriram-se e a respiração regularizou-se. Adormecera, sem mais nem menos. Fiquei sentado junto dela, a afagar-lhe o cabelo, ainda a observar-lhe o rosto. Parecia muito frágil e ansiei por ela. Ocorreu-me pela primeira vez como se devia ter sentido só no meio das suas mentiras. Como Peter Blue a falar comigo naquela tarde, como eu no momento em que escrevo isto. Só a confissão a poderia libertar.

Passado um momento, lembrei-me das crianças. Levantei-me, fui até ao roupeiro, tirei lá de cima uma velha colcha de tricô que ela fizera e cobria-a. Apaguei o candeeiro da mesinha de cabeceira e deixei-a no escuro, a dormir. Desci as escadas.

Disse aos miúdos que a mãe ia ficar bem, o que lhes chegou. A crise passou. Bem, tiveram de jantar os meus ovos mexidos, deitar fora os pratos de papel e até serem eles a levantar a mesa, mas, graças a Deus, desempenharam a tarefa com tanta valentia como os londrinos a cantarem as suas canções populares no Metro, durante o *Blitz*. Eva aproveitou a oportunidade para fazer de mãe mandona e J.R. gozou com ela mais ou menos afectuosamente. Tot pô-los a rir histericamente com uma erudita dissertação sobre a arte de vomitar. A pouco e pouco, a excitação daquela noite foi-se desvanecendo, deixando-os exaustos.

Tot foi deitar-se logo a seguir ao jantar, mas eram já dez horas quando consegui persuadir os dois mais velhos. Então, finalmente esgotados, arrastaram-se também para a cama.

Portanto, estava sentado sozinho quando o telefone tocou.

* * *

Um fim horrível para aquele horrível dia. Estava sentado no meu cadeirão, com a sala quase às escuras. Apenas uma luz, algures na casa de jantar e tudo o mais na penumbra. Olhava para o soalho, enquanto passava nervosamente a mão pelo queixo e pela boca e deixava os meus pensamentos vaguearem. O dinheiro. Chantagem. Marie. As crianças. Pensei nas crianças, na forma como se tinham rido ao jantar, como se tinham rido no relvado, por entre as balizas de *croquet*. «Com as baterias carregadas de amor e beijos.» *Meu Deus,* pensei subitamente, *como ela os transformou numa coisa maravilhosa.* E não só a eles. A mim também. Como ela me transformara também a mim em algo de maravilhoso. Sem ela, teria sido um intelectual inútil, presumido, mesquinho. Era ela a vida que havia em mim. Era a minha vida. *Quero ser perfeita para ti, Cal. É esse o objectivo de tudo quanto faço.* Bem, e porquê? Por que quereria isso? Porquê para mim? *Bebe a porcaria do café,* dissera Mina, *e cala a merda da boca.*

Foi neste momento que o telefone tocou, quebrando-me a corrente de pensamento como um pedaço de vidro.

Lembrei-me de olhar para o relógio. Dez e quarenta e cinco. Quem seria? Àquela hora, era pouco provável que fossem boas notícias. O telefone estava sobre uma mesa junto de mim e atendi.

— Chefe Hunnicut, Doutor. Espero que não seja demasiado tarde.

Por um segundo, senti um pequeno arrepio de medo. Teria descoberto a fuga de Peter? Mas não, parecia amigável, feliz, como se a nossa confrontação em *The Manor* nunca tivesse ocorrido. E então compreendi: era Marshall. Devia ter descoberto Lester Marshall. O meu espírito começou a trabalhar e não sabia se me devia sentir aliviado ou aterrorizado.

— Não, não — gaguejei. — De maneira nenhuma, estou acordado. Que se passa?

— Pensei que a sua mulher e a sua família talvez dormissem um pouco melhor ao saberem que o nosso amigo Mr. Marshall não os voltará a incomodar.

Mal conseguia pronunciar as palavras.

— Descobriu-o?

— Bem, a verdade é que foi uma montanhista que o descobriu. Na Reserva do Rio da Prata. Conhece aquela piscina natural, mesmo por baixo da queda d'água?

— Sim — confirmei. — Sim, conheço.

— Bem, ela estava aí, a olhar para a água, e o velho Lester apareceu a boiar à superfície.

A boiar... Por um segundo, visualisei a cena: a montanhista ajoelhada junto à água, olhando o seu reflexo, que parecia subir até à tona da água até que, para seu horror, se transformou no rosto inchado e apodrecido... *o sonho de Peter, as imagens do sonho de Peter*. Mas não passava de uma ideia louca e expulsei-a violentamente do pensamento.

— Ficou borrada de medo — riu-se Hunnicut. — Desculpe a minha linguagem.

— Espere, espere lá. Está a dizer-me que Marshall está morto?

— Que diabo, claro, está morto e bem morto! — exclamou Hunnicut com outra gargalhada. — Alguém depositou uma bala no meio da sua testa. Isso mata mesmo um tipo!

Continuou a rir, mas eu não conseguia acreditar.

— Quer dizer que alguém lhe deu um tiro? Que alguém o alvejou?

— É essa a história — respondeu o chefe. — Parece que o nosso rapaz foi dar uma volta e foi mandado desta para melhor.

PARTE QUATRO

QUINZE

Quando desci na manhã seguinte, Marie estava já a preparar o pequeno-almoço, com as crianças em seu redor.

— Aqui estás tu — exclamou com uma gargalhada. — Ontem à noite adormeceste vestido.

— Pois foi — respondi. — Estás bem? Sentes-te melhor?

Continuava um pouco pálida, mas não se via qualquer outro vestígio da má disposição. Bem, pelo menos que eu pudesse notar do sítio onde me encontrava. Estava na sala de jantar, a uns passos da ombreira da porta da cozinha. Ela encontrava-se junto do balcão, à procura de um cereal qualquer no armário, enquanto Tot lhe puxava pelas calças. Eva zumbia em seu redor, de um lado para o outro, abrindo e fechando armários sem motivo aparente. J.R. acabara de voltar para dentro com o *Times* e desmanchava-o, à procura da secção desportiva.

— Posso comer *Corn Chex?* Posso comer *Corn Chex?* Posso comer *Corn Chex?* — repetia Tot.

— Sim, querida, shiu — respondeu Marie. — Estou a falar com o papá. Estou óptima — continuou para mim. — Na verdade, não foi nada, apenas aquele Morelli's. Nunca mais lá almoço, isso de certeza. Lamento ter preocupado toda a gente, mas parece que se desembaraçaram bem sem mim.

Sorriu-me. Talvez nos olhos, pensei. Talvez se visse ainda nos olhos um traço da sua má disposição, não tinha a certeza.

Fiquei onde estava, completamente vestido, de casaco e gravata, segurando na pasta junto ao corpo. Vi o sorriso dela e tentei retribuí-lo.

Depois de atingir Lester Marshall entre os olhos, dissera Hunnicut, o assassino enchera-lhe os bolsos com pedras. Marshall permanecera ali, com uma grande área da parte da trás da cabeça rebentada pela saída da bala. Hunnicut contara isto com muitos pormenores, saboreando a descrição. Os miolos do tipo ainda escorriam para a terra, enquanto o assassino lhe enchia os bolsos. Depois, arrastara o corpo cerca de meio metro para a piscina natural, na base da queda de água e atirara-o para a água. O cadáver afundou-se, imobilizando-se no fundo, qual fantasma pálido e ondulante, nunca totalmente invisível. A montanhista estava a espreitar para ver o que era, quando os gases causados pela decomposição o trouxeram para a superfície.

— Senta-te, querido, já te levo o café — disse Marie.

Só a ouvi passado um momento, mas abanei a cabeça.

— Hoje de manhã, tenho uma reunião cedo e já estou atrasado. Tenho de ir.

Comecei a dirigir-me para a porta.

— Ena — exclamou Marie —, nem sequer um beijo de despedida?

Voltei atrás. Ela estava na porta da cozinha, à minha espera. Encontrava-me agora muito perto e não tive dúvidas: os seus olhos estavam agitados e aflitos.

Dei-lhe um beijo de despedida.

A polícia estava na estrada, junto da entrada pública da Reserva do Rio da Prata. Hunnicut encontrava-se lá, destacando-se junto de dois guardas e um outro homem à paisana, um detective, supus. Ele e o chefe bebiam café por copos de plástico, enquanto falavam e riam. Os guardas acenavam com a cabeça e riam também.

Logo atrás deles, o *SUV* do chefe, dois carros-patrulha e outros dois automóveis delapidados, com símbolos oficiais nas portas, alinhavam-se na orla da floresta, quais carcaças contrastando com o tom sombrio das árvores àquela luz, o início de um dia pardacento e insípido.

Um dos guardas viu-me chegar e afastou-se um pouco dos outros, fazendo-me sinal para passar. Tive de perguntar-me se o facto de parar para conversar pareceria suspeito, ou se seria mais estranho continuar simplesmente. Indeciso, passei pelo polícia que acenava, mas num impulso parei e arrumei o *Volvo* no fim da fila de carros. Saí e dirigi-me aos investigadores.

— Bem, doutor, saiu cedo — comentou o chefe.

— O senhor também — retorqui no que esperava fosse um tom natural. — Isto é por causa de Lester Marshall?

O seu aspecto surpreendeu-me: fresco e cheio de energia, com o corpanzil direito e relaxado e aquele rosto duro e carnudo todo aberto num sorriso. Quase parecia outro homem, como se lhe tivessem tirado um peso de cima, o tivessem libertado de uma pressão. Se ainda guardava algum ressentimento contra mim pelo nosso confronto na clínica, decerto não o mostrava. Apertou-me a mão e fez um gesto jovial com a caneta em direcção à floresta.

— É, há já algum tempo que estamos por aqui. Tinha de mandar os homens para a cena do crime, antes que ficasse toda pisada por todo o mundo e mais alguém.

Olhei para o bosque. Uma leve bruma matinal pairava sobre as folhas mortas, por entre os troncos.

— Descobriu alguma coisa? — inquiri.

— Até agora, não muito. Uma data de balas perdidas. O nosso atirador não era exactamente um ás. Parece que as malditas balas andaram a voar por todo o lado. Andámos a apanhá-las nas árvores e no chão. Deve ter havido um autêntico fogo-de-artifício. O tipo acertou uma naquele sítio por pura sorte.

Tentei dar uma risada simpática, mas soou mais como se estivesse a sufocar.

— Tem um trabalho interessante — respondi.

— A tarefa não está nada fácil, isso de certeza. Primeiro, determinar a hora da morte. Durante a manhã de ontem, ao que parece, mas os estragos causados pela água vão tornar o estabelecimento da hora difícil como o diabo. E com tantos caçadores aos tiros no bosque, também vai ser difícil encontrar alguém que tenha ouvido estes tiros em particular, se vê o que quero dizer. — Continuou, francamente comunicativo. — Depois, é claro que o problema maior é determinar exactamente quem é a nossa vítima. Duvido de que Lester Marshall fosse o seu nome verdadeiro. Pelo menos, todos os seus documentos de identificação são falsos. Ainda nem sequer sabemos onde vivia o cabrão, portanto... — Encolheu os ombros. — Vamos mandar as impressões digitais aos federais ainda de manhã e aposto que à tarde já temos uma identificação.

Mais tarde, é claro, mais tarde lembrar-me-ia da forma como Hunnicut agira naquela manhã. Aquela energia toda, os sorrisos amigáveis. Mais tarde, o seu significado tornou-se-me evidente, mas de momento, não vi nada. Estava demasiado ansioso por acabar com aquilo, por me escapar.

E, então, parou outro carro, um *Volkswagen*, e Cassie Webber, a rapariga da estação de rádio local, saiu, erguendo-se do assento da frente, enquanto procurava o seu pequeno gravador num grande saco de sarja.

— E aqui vem a porcaria da imprensa — resmungou Hunnicut para o copo de café.

— Bem — disse eu —, vou deixá-lo voltar ao trabalho.

— Até logo, Doutor.

— Até logo.

Enquanto me dirigia ao meu carro, ouvia a voz de Cassie, atrás de mim, chamando o inspector. Tentei não andar demasiado depressa para não parecer que ia a fugir. Ao abrir a porta do *Volvo*, até consegui dar uma olhadela casual ao céu.

Ia ser um dia cinzento e pesado, ou assim parecia. O ar estava gelado e ameaçava chuva.

Assim que cheguei a *The Manor*, fui ver Peter. Queria ser eu a dizer-lhe, mas afinal ele já ouvira a notícia. O jornal da terra publicara a história da descoberta do corpo e a rádio desvendara a identificação a partir de uma fonte policial não mencionada. Quando Peter percebeu o que acontecera, saiu de Cade House e foi dar um passeio. Encontrei-o na orla do bosque, sentado num banco, a olhar a bruma por entre as árvores. Fiquei de pé ao seu lado.

— Estou contente — afirmou. — Estou contente por ele estar morto.

— Bem, é compreensível.

— É? Acha? Para si, talvez. Não para mim. — Franziu o rosto, virado para a floresta. — Quer dizer, é assim que quer que eu seja? Assim odioso? Agora, sinto apenas... apenas cólera. Apenas ódio e cólera. É como... como uma espécie de alcatrão... alcatrão a ferver, borbulhando cá dentro. Tudo... — Levou ambas as mãos à testa, pressionando as palmas contra a pele, como se quisesse manter os pensamentos unidos. — Toda a minha vida... se centra nisto, nesta cólera, não é? Contra Lester, contra o meu pai por me ter deixado, contra a minha mãe por ser uma alcoólica. Só cólera e ódio por tudo. Ah! — Com aquela exclamação, afastou as mãos e cruzou os braços em frente do corpo. — E agora já não consigo sentir Deus. Não consigo sentir Deus. Só esta cólera. Seria Ele também só isso? Seria apenas esta cólera? Seria tudo só esta cólera? — Olhou finalmente para mim. — Por que motivo me fez isto?

— A cólera sempre lá esteve, Peter. Só o ajudei a enfrentá-la.

— E isso é bom?

— Sim, é melhor saber do que não saber.

— *Porquê?*

— Porque assim pode lidar com ela, aprender a viver com ela.

Continuando a abraçar-se, estremeceu. Abanou a cabeça e, desviando-se de mim, voltou-se novamente para o bosque.

— Viver com isto? Não quero viver com isto. Sentir-me contente, feliz, quando um homem é assassinado. Sentir esta... raiva, esta cólera terrível contra os meus próprios pais. O meu pai... Não... não quero isto. Nunca quis. Acha que é bom eu sentir isto? Dava *qualquer coisa*, tudo, para voltar a sentir Deus, sentir novamente aquele amor perfeito. Nem que fosse por um segundo. A sério que dava. Quer dizer... dantes só sentia isso, mais nada. E agora não sinto qualquer amor, não sinto amor por nada, excepto... — Desta vez, quando voltou o rosto para mim, fui eu que tremi perante o cinismo do seu olhar, a profundidade da sua dor e da sua cólera. Num tom quase de espanto, disse:

— Excepto por si. — Largou uma gargalhada curta. — Que acha disso? Sinto amor por si. E foi o senhor quem me fez isto.

Pus a mão no ombro dele. Ele estendeu o braço e agarrou a minha mão.

— É precisa coragem para enfrentar a verdade, Peter — disse--lhe. — A maior parte das pessoas nunca o faz.

Ficámos assim algum tempo, com as mãos juntas. Depois, deixei-o ali e fui livrar-me da arma do crime.

DEZASSEIS

Ela usara a *Airlite*, claro. Quando, na noite anterior, fora lá acima verificar, as oito balas tinham desaparecido. Deve ter disparado contra Marshall vezes sem conta. Em pânico, talvez, ou em desespero, ou talvez de fúria, quando todos os anos de medo e falsidade explodiram dentro dela. Não tinha mais dinheiro para lhe dar, ele ameaçava-lhe os filhos, ameaçava-me a mim. Portanto, disparou que nem louca. *As malditas balas andaram a voar por todo o lado*, dissera o Chefe Hunnicut. *Andámos a apanhá-las nas árvores e no chão...* acho que o meu coice foi um pouco forte demais para a esposa.

Nunca duvidei por um segundo de que fora ela qum o fizera. Assim que Hunnicut me contou que Marshall fora assassinado, tive a certeza. Foi como a sombra que se arrasta atrás de nós de manhã: não a vemos, mas depois, a meio do dia, torna-se simplesmente parte de nós. De súbito, soube que Marie disparara sobre Lester Marshall. Soube-o como se o tivesse sabido desde sempre.

E, da mesma forma, sabia que tinha de me livrar da arma. Nem sequer pensei nisso, limitava-me a saber. Depois de deixar Peter, parei em *The Manor* e tomei um café com o grupo do pequeno-almoço. Disse-lhes, então, que ia até Whitefield para andar um pouco a pé. Era um bom alibi, pois fazia-o de tempos a tempos para me exercitar, quando não podia ir a pé para o trabalho.

No entanto, não fui a Whitefield. Segui para norte por uma sinuosa estrada de duas faixas, em direcção ao campo. Passei por celeiros de venda de antiguidades e pitorescas pensões de madeira, por cidades com velocidade controlada e montes ondeantes, com florestas de árvores de boa madeira, amareladas, vermelhas e verdes. Aos poucos, o dia aclarou, mas não muito, e o céu permaneceu carregado.

Após cerca de uma hora, cheguei a South Salem e virei para uma estrada que conhecia. No fim, havia um trilho, um velho corta-fogo. Levara ali os miúdos uma ou duas vezes para passeios ligeiros. Estacionei e avancei pela larga estrada de terra, levando a minha pasta.

Passados cerca de quatrocentos metros, o bosque irregular à beira do trilho transformou-se em pântano. Os sapos, as cigarras e os grilos tornaram-se subitamente loquazes e estridentes. Parei e olhei em volta para me certificar de que ninguém me observava.

A pistola continuava na caixa. Inserira os números da combinação na fechadura para que fosse fácil abri-la. Tirei a arma e atirei-a rapidamente por sobre a água, o mais longe que podia. Sustive a respiração, enquanto girava pelo ar. Na luz pardacenta, o crómio tinha um ar baço e insípido.

A arma caiu com um *chape* e vários pássaros assustados irromperam, esvoaçando, das árvores circundantes. Receoso, fiquei rígido, com os olhos bem abertos e o coração a bater com força. Tive de inspirar fundo várias vezes para me acalmar, mas mesmo assim tremiam-me as mãos.

Seja como for, tratava-se da arma. A caixa era outra história. Percebi de repente que não se afundaria. Estivera grande parte da noite acordado a fazer planos, mas não tomara isto em consideração. A caixa tinha o logotipo da *Smith & Wesson* na tampa e o interior era moldado com a forma da pistola. Tinha de me livrar dela também.

— Está bem, está bem — sussurrei em voz alta, tentando pensar. Senti uma fieira de gotas de suor a rolarem-me pela têmpora.

Mas no fim tive sorte. Enquanto guiava, cheio de nervos, de regresso à estrada, reparei num contentor num beco, por detrás de uma fila de armazéns. Encostei junto dele, saltei do carro e enfiei a caixa no fundo de um saco de lixo aberto. Depois, ao arrancar, passei pelo camião do lixo a caminho do beco. Fiz um desvio, virei numa esquina e voltei a tempo de ver o contentor a ser despejado no camião. Fiquei a ver o mecanismo a esmagar o conteúdo. Observava, pensando como era difícil destruir as provas de um crime. Ou de qualquer outra coisa, já agora. Nada se limita a desaparecer. Nada se eclipsa. Seja o que for, está sempre em algum lugar e pode sempre voltar para nos perseguir.

Quando o camião se afastou, fui-me também embora, seguindo novamente pela estrada sinuosa e voltando a passar pelos celeiros de antiguidades, pelas pensões pitorescas, pelas cidades de velocidade controlada e pelos montes cobertos de árvores. Sentia-me forte e calmo, enquanto guiava, um criminoso surpreendentemente frio. Apenas de vez em quando é que ouvia um ruído tenso e atormentado vindo não de muito longe — como se alguém perto de mim estivesse a chorar.

Às duas da tarde, consegui apanhar as notícias locais no rádio do meu gabinete. O Chefe Hunnicut e a sua equipa já tinham identificado a vítima do assassínio.

O homem que passara por Lester Marshall chamava-se na verdade Billy Frost. Fora recentemente libertado da prisão estadual do Missouri, onde cumprira uma pena de vinte anos pela sua participação no assassínio de um casal de idosos, os Whalley. Frost contava-se entre o que o locutor chamava «um bando de jovens» que tinham invadido a quinta dos Whalley havia muitos anos. Tinham vandalizado o local, morto o velho e violado a velha, antes de a matarem igualmente. Três membros do bando tinham sido presos na altura e outros dois apanhados mais tarde. Frost — também conhecido por Lester Marshall — fizera um acordo com a acusação e testemunhara contra os outros réus. Como resultado, eles receberam penas vitalícias, sem possibilidade de liberdade condicional, ao passo que ele apanhou uma pena mais leve.

Depois de desligar o rádio, entrei na Internet através do meu computador. Fiz uma busca dos assassínios dos Whalley e de Billy Frost. Não consegui encontrar nada. Saí da rede e fiquei sentado na cadeira, por trás da secretária, balançado suavemente para trás e para a frente. A biblioteca, pensei, o melhor era ir à biblioteca.

A minha caneta estava sobre a secretária. Peguei-lhe para a guardar no bolso, mas as mãos tremiam-me tanto que a caneta me escorregou dos dedos. Curvei-me para a apanhar do chão e, durante esse gesto, senti que acontecia algo dentro de mim. É uma sensação difícil de descrever. Foi como se o meu ser, a minha alma, aquilo que eu sou, se escancarasse. Subitamente, onde estivera o meu centro havia um poço, um abismo, negro e sem fundo. Senti-me como se estivesse a espreitar para lá, a espreitar para o fundo dos segredos mais sinistros e íntimos da vida: o seu vácuo, a sua nulidade. Arquejei em voz alta e agarrei-me ao peito. Endireitei-me com rapidez, fazendo a cadeira ranger ao balançar sozinha. Numa espécie de acto apavorado de terror moral, obriguei o abismo a fechar-se. E mais nada. Passou. Aquilo tudo passou num segundo. O tipo de acontecimento irreal, vago e emocional, que ignoramos, de que tentamos fugir, que esquecemos. Mas sabia que continuava ali — o tal poço, a tal negritude —, sabia que apenas o cobrira, pois enlouqueceria se tivesse de continuar a contemplá-lo. Enlouqueceria de desespero.

Quando me senti capaz de respirar de novo, pus-me de pé a custo. Tinha de ir. Tinha de ir. O noticiário indicara-me a última peça do *puzzle*: com que é que Lester Marshall — ou Billy Frost, ou fosse lá quem fosse — andava a fazer chantagem com a minha mulher? Que segredo lhe pagava ela para guardar?

Cancelei os compromissos da tarde e fui de carro até à biblioteca.

Sabem, depois de tudo acabado, é fácil descobrir a verdade. Temos apenas de renunciar às nossas opiniões. Apenas isso. Assim que temos a certeza de não acreditar em nada, de nada saber, de nada compreender, a verdade precipitar-se-á para nós qual comboio expresso. Passados apenas vinte minutos após ter chegado à biblioteca, descobrira tudo o que aguentava saber.

A biblioteca guardava os arquivos do *New York Times* em microfilme. Na altura, tinham saído alguns artigos sobre o assassínio dos Whalley e mais alguns quando os criminosos foram julgados. Destes, alguns eram bastante extensos, tendo sido publicados na primeira página da secção nacional. No entanto, nenhum deles tinha o que eu queria.

Contudo, cerca de uma semana após as primeiras condenações, a revista de domingo publicara um artigo de fundo, uma recapitulação do caso, uma daquelas coisas do tipo Comunidade Pacífica Destruída pela Violência que os repórteres citadinos adoram escrever. Este ampliara os testemunhos do julgamento com entrevistas e visitas às cenas importantes. Havia descrições vívidas das vítimas e da perseguição policial, bem assim como da zona onde o crime acontecera e por aí fora, mas a história era principalmente sobre os assassinos. Era disso que eu andava à procura.

No total, eram cerca de vinte, vinte jovens, mais coisa menos coisa. Viviam numa casa delapidada em cinco acres de terreno não cultivado, isolado no meio dos amplos terrenos agrícolas da zona central e norte do Missouri. Por vezes, referiam-se a si próprios como uma comuna, por vezes falavam sobre seguir uma forma de vida nova, mais pura, como exemplo para a corrupta sociedade capitalista que os rodeava. De vez em quando, alimentavam ideias grandiosas sobre provocar um tipo qualquer de mudança social. Para dizer a verdade, porém, esses tempos estonteantes da América já tinham terminado e, de qualquer forma, aqueles jovens não eram verdadeiros revolucionários; não passavam de um bando dissoluto de pequenos vigaristas e foragidos. Passavam a maior parte do tempo a roubar em lojas, a consumir drogas e a passar a última recruta feminina de cama em cama.

Algumas testemunhas disseram que era Billy Frost quem controlava aquilo tudo, que era ele o líder carismático do clã. Frost declarou ser apenas um dos membros e apontou um dos amigos — o tipo a quem pertencia a casa — como a força motivadora. Seja como for, segundo a polícia, alguém levara nove ou dez dos elementos do grupo até à quinta dos Whalley numa noite de Abril. Estavam pedrados com alucinogénios e no meio de um dos seus ocasionais delírios grandiosos de criação de um mundo melhor. Desferiram o primeiro golpe contra a tirania do capitalismo pintando *graffiti* nas paredes dos Whalley e roubando cerca de setenta e cinco dólares de um frasco de biscoitos da cozinha. Quando a velhota lhes rogou pragas, começaram a atormentá-la. As coisas descontrolaram-se rapidamente e dois deles violaram-na. Nessa altura, alguns elementos do bando fugiram, mas os mais ousados conferenciaram e decidiram que os Whalley tinham de ser silenciados. Portanto, de seguida espancaram o velho casal até à morte com pedaços de cano que descobriram no celeiro.

Após os crimes, o clã de pretensos revolucionários entrou em pânico e desmembrou-se. O que fez com que fosse tão difícil aos polícias seguirem-lhes o rasto foi o facto de poucos usarem os seus verdadeiros nomes, mesmo uns com os outros. Todos tinham recebido nomes da comuna, como Nascer do Sol, Visão, Narciso e outros semelhantes. A polícia acabou por declarar que estava satisfeita por ter apanhado o núcleo duro do grupo e os restantes desapareceram, regressando à vida obscura e desenraizada de onde tinham aparentemente surgido.

O artigo era acompanhado de fotografias. Havia uma de Billy Frost, algemado, a ser conduzido ao tribunal. Mesmo após tanto tempo, reconheci-o como sendo Lester Marshall, como o homem que estava enroscado na rocha da pedreira, a fumar um cigarro e a olhar-me maldosamente. Havia também outra foto, maior, um instantâneo a preto e branco do grupo em frente da casa, cerca de dez adolescentes e jovens na casa dos vinte anos, pousando em volta de uma velha carrinha *Volkswagen*, numa atitude meio lânguida, meio presumida, como se não tivessem a certeza se queriam ser retratados ao estilo *hippie* dos anos sessenta ou ao estilo *gangster* dos anos vinte, *a la Bonnie and Clyde*. A foto, já de si cheia de grão, tinha sido tão ampliada que era difícil distinguir pormenores e rostos, mas o meu olhar centrou-se imediatamente numa rapariga ao fundo. Estava toda vestida de branco, com uma coroa de flores brancas no cabelo loiro e sedoso. Estava sentada de pernas cruzadas sobre a relva crescida do jardim, por trás da carrinha e um pouco para o lado. Uma criança abandonada, uma refugiada de outra era; a sua figura estava tão desfocada que quase se confundia com o grão da relva e do céu. Um fantasma, uma sombra, mal se podia dizer que ali estava. Disse a mim próprio que ninguém a reconheceria. Fechei rapidamente o visor e rebobinei de imediato o microfilme para a bobina.

Mais ninguém conseguiria reconhecê-la a não ser eu.

DEZASSETE

Nessa noite, Marie serviu frango para o jantar. Frango assado com arroz e brócolos. Tot estava já na cama, portanto éramos só nós quatro, Marie e eu à cabeceira da mesa da sala de jantar e Eva e J.R. de cada lado.

— Tenho um solo no concerto de Outono — anunciou Eva quando começámos a comer.

— A sério? — perguntei, pigarreando. — Isso é óptimo.

— Vai cantar uma canção daquele musical francês — disse Marie orgulhosamente.

— Não é um musical francês, mãe! É *Les Misérables.*

— E então, isso não é francês? Soa a francês, sempre pensei que fosse.

— A mim também me soa a francês — disse J.R., defendendo a mãe.

— É um musical baseado num romance francês — explicou Eva no seu sotaque *snob*. — Não é um musical francês. As músicas não são em francês! Francamente!

— Francamente! — imitou J.R. com uma careta. — Idiota.

— Pára, J.R., não sejas mau — pediu Marie. — Bem, acho que me queria referir ao romance, mais nada.

Olhei para os três. *Santo Deus*, pensei. *Santo Deus!*

— Como é que se chama a canção outra vez? — perguntou Marie.

— «Castle in the Clouds» — respondeu Eva. — É muito francesa.

— Oh, é aquela bonita que andas sempre a cantar.

— Não ando sempre a cantá-la.

— Andas, pois. É muito bonita. Estavas a cantá-la enquanto punhas a mesa. Provavelmente, nem deste conta.

— É demasiado estúpida para perceber que está a cantar.

— Muito bem, já chega, J.R. Estou a falar a sério, ou não comes sobremesa.

Tinha um ar um pouco pálido, pensei. Ou talvez fosse imaginação minha. Parecia-me que os cantos da boca estavam descaídos e tensos, mas aparentemente as crianças não notaram nada, portanto talvez estivesse enganado. Talvez ela estivesse como sempre, ou talvez os indícios sempre tivessem estado presentes, em todos os jantares e eu nunca os tivesse notado. Talvez todas as noites do meu casamento tivessem sido exactamente como esta e eu nunca tivesse percebido.

— Por que não nos contas o que fizeste hoje? — propôs Marie a J.R. — Não disseste que tiveste uma reunião? — A sua voz era baixa e suave como sempre. Exactamente como sempre.

J.R. revirou os olhos.

— Mr. Wilkins. É sempre a mesma coisa, não tomem drogas, não tomem drogas. É tão banal.

— Ele fazia esse sermão, bem, assim todas as semanas, quando eu lá andava — comentou Eva.

— Bem, é importante — disse Marie. — Sabem o que as drogas fazem às pessoas.

Mastiguei vezes sem conta um pedaço de galinha, mas não conseguia engolir. Tive de me obrigar a não ficar a olhar para as mãos de Marie, aquelas mãos tão delicadas. Tive de me obrigar a não imaginar o seu dedo a premir o gatilho da pistola uma e outra vez. Pensei que, se não saísse da mesa, talvez perdesse o controlo e desatasse a gritar. Talvez me recostasse e começasse a uivar.

— Até parece que me vou pôr a tomar drogas, mãe — replicou J.R., levando um copo de leite aos lábios.

— O problema é Mr. Wilkins ser tão manhoso — disse Eva.

Surpreendido, J.R. riu-se subitamente, espirrando leite pelo nariz.

— Oh, Eva — exclamou Marie. — Olha só.

— Bem, é verdade — riu-se ela. — Não tenho culpa.
— É mesmo, mãe — concordou J.R., tossindo. — É um manhoso.
— Não faz mal. Limpa a cara, querido, está toda cheia de leite.
— É o meu novo *look*.

Marie pegou num guardanapo para lhe limpar o queixo. Os olhos brilhavam-lhe com uma qualquer emoção secreta, ou, pelo menos, assim pensei.

— O teu novo *look!* — exclamou. — Francamente, onde é que vais buscar estas coisas?

Olhei para ela. Olhei para as suas mãos. Tive de me forçar a parar e a olhar para a comida.

Empurrei um pedaço de brócolo com o garfo. *Santo Deus*, pensei.

Mais tarde, de pé junto à janela da sala, fiquei a observar as luzes das casas por entre as árvores. O serão chegava finalmente ao fim. Jogara um jogo com J. R., ajudara Eva nos trabalhos de casa e fora despejar o lixo. O ambiente estava opressivo, sufocante. As crianças preparavam-se para se deitar e eu aguardava que me viessem dar as boas-noites. Estava ali, de pé, com as mãos nos bolsos, a olhar pela janela. Da nossa avistavam-se duas casas e conseguia ver as luzes por entre as árvores. Pareciam-me calorosas e acolhedoras, o que era esquisito, estranho. Desejava estar numa daquelas casas, em vez de na minha e, no entanto, conhecia as pessoas que lá viviam. Amy Stillman perdera recentemente o marido, que a trocara por uma mulher mais jovem da cidade. Lutava para conseguir a pensão de alimentos, criar os três filhos e arranjar suficientes encomendas de fornecimento de refeições para poder manter a casa. Quanto aos Winterson, tratava-se de um segundo casamento de ambos os lados. Trabalhavam sem cessar, ele em Wall Street, ela numa editora. O filho dele estava a fazer uma cura de desintoxicação algures no Wisconsin e a filha dela seguia um tratamento como doente ambulatória em *The Manor* devido a uma doença do comportamento alimentar. Confesso que sempre albergara um sentimento secreto de ligeira superioridade em relação a estas famílias desfeitas, mas as luzes amarelas das suas casas — as janelas iluminadas, com as sombras de ramos entrelaçados na frente — faziam-me desejar estar no seu seio. Imaginava-os sentados à mesa de jantar, felizes na companhia uns dos outros, a falar do seu dia e a rir. Ansiava por estar ali e não na minha casa.

Aqueles horríveis minutos passaram, demasiado rápidos, demasiado lentos. Esperava a oportunidade de estar a sós com Marie, receando esse momento como nunca. Eva veio dar-me um beijo, seguida de J.R. Continuei à janela a olhar para o exterior, com as mãos nos bolsos. Por fim, a minha mulher apareceu por trás de mim, vagamente reflectida no vidro, uma figura indistinta cheia de sombras.

— Ainda estou um pouco cansada por ter estado indisposta — disse-me. — Importas-te que me vá deitar cedo?

— Eu já vou — respondi-lhe.

Observei a sua imagem a deslizar pela vidraça e a desaparecer. Olhei pela janela para as acolhedoras luzes amarelas. Depois, devagar, pesadamente, virei-me e segui-a.

Quando entrei no quarto, vestira já a camisa de noite, uma camisa de seda cor de pérola de que eu sempre gostara. Acabara de se virar do espelho quando fechei a porta. Fez-me um sorriso breve e gentil e vi — ou pensei ver — algo de perdido e desesperado na sua expressão que nunca lá estivera. Talvez eu nunca tivesse reparado.

— Queres fazer amor? — perguntou-me.

— Livrei-me da arma — disse-lhe.

Um pensamento, um sentimento qualquer passou-lhe pelo rosto.

— Da arma? Da tua arma? Bem... óptimo. Sabes que detesto aquela coisa.

— Atirei-a para aquele pântano junto do trilho, em South Salem.

Deu uma pequena gargalhada de incompreensão.

— Bem, isso foi um pouco dramático, mas ainda bem que te livraste dela, fosse lá como fosse.

Não consegui evitar. Olhei de novo para ela de frente. Tinha a cabeça de lado e parecia confusa, à espera de que eu continuasse, que eu explicasse. Mesmo naquele momento — naquele momento em especial — quase podia acreditar que estava enganado, que, sem saber como, percebera tudo mal.

— Marie — proferi —, por amor de Deus!
— O que foi, Cal? Que se passa?
— Que se...? — Consegui manter a voz baixa, um sussurro sufocado. — Eu sei. Estou a tentar dizer-te que sei.
Semicerrou os olhos.
— Sabes? Cal, sentes-te bem? Que se passa contigo ultimamente?
Senti o quarto girar em meu redor. O seu rosto, doce, amável, interrogativo, parecia o centro imóvel de um borrão vertiginoso.
— Caramba! — exclamei. — Caramba, não faças isso. Pára com isso. Vi as contas bancárias. Vi a tua foto no jornal, na história sobre os crimes do Missouri. *Vi-a.* — Ela continuava com a cabeça de lado e um sorriso meio confuso nos lábios. O quarto girava. Dei um passo em frente. — Marie! — Agarrei-a pelos ombros. — Marie, por amor de Deus! Tens de falar comigo.
— Cal...?
— Sei que Marshall andava a fazer chantagem contigo, ou Billy Frost, ou fosse lá quem fosse. Marie, sei que mat...
— Mã...e?
Ao ouvir aquele chamamento, baixo e queixoso, as palavras transformaram-se em cinzas na minha boca. Era Eva, lá em baixo. E ali estávamos nós, eu e Marie, a olhar um para o outro, ela com os lábios abertos, eu a agarrá-la pelos ombros. Senti como que a voz da nossa filha me tivesse feito acordar noutro local, um país caótico onde os objectos, as cores e as dimensões familiares fossem subitamente esquisitas, estranhas, retorcidas.
— Mã...e? — chamou Eva de novo.
Marie pestanejou uma vez e engoliu em seco.
— Importas-te de lá ir, Cal? — pediu baixinho. — Não estou vestida.
Saí para o *hall* aos tropeções, limpando a boca com a mão a tremer.
Eva estava ao fundo da escada, envergando um pijama do dia dos namorados, a olhar para cima, com um ar desolado.
— Que... que se passa, querida? — perguntei-lhe.
— Preciso da mãe — respondeu-me.
— A mãe está a arranjar-se para se deitar. O que é?

— Preciso da minha blusa branca para o coro, amanhã e não consigo encontrá-la.

— Bem... procuraste no teu armário?

— Procurei em todo o lado. Não consigo encontrá-la. A mãe deve ter-se esquecido de a lavar.

— Bem... — tentei humedecer a boca, tentei engolir as cinzas do que quase dissera a Marie. — Bem, vou dizer à mãe e tenho a certeza de que, de manhã, terás a tua camisa. — Boa, pensei, bem dito. Quase parecia eu.

— Mas tem de ser engomada e tudo e preciso dela — insistiu Eva.

— Muito bem, vou dizer-lhe. Vais ter a blusa, querida, prometo. Está bem?

— Está bem.

— Agora, vai deitar-te.

— Está bem, gosto muito de ti.

— Também gosto muito de ti.

Fiquei a ver, enquanto ela arrastava os pés, em direcção ao quarto.

Quando voltei, Marie abria a cama. O rosto estava sério, pensativo. Olhou para mim quando fechei a porta.

— Ela precisa... — A minha voz estava rouca e sem expressão. — ... precisa da camisa branca para o coro, amanhã.

O olhar dela pareceu atravessar-me. Respondeu com o seu sussurro suave:

— Lavei-a ontem. Já está pendurada no armário dela.

— Ela diz... diz que procurou em todo o lado.

— Oh, está mesmo debaixo do nariz dela. Nunca encontra nada — retorquiu.

Durante um estranho momento, defrontámo-nos. Depois, Marie começou a tremer, todo o seu corpo tremia. Um violento estremeção percorreu-a e, virando-se, sentou-se com força na beira da cama. Abraçava-se, como se receasse estilhaçar-se. A boca escancarara-se e tinha os olhos esbugalhados.

— Vou para o Inferno — arquejou. As mãos voaram para tapar-lhe a boca e os olhos, esgazeados e desfeitos, surgiam por cima delas.

— Marie...

— Estou no Inferno — murmurou por entre os dedos. — *Isto é o Inferno.*

Só naquele momento é que a minha vida se desmoronou sobre mim. Apesar de saber a verdade, de facto, não sabia nada até àquele momento.

— Pensei que era o que Deus queria. — Os seus murmúrios tinham passado a um guincho desafinado. — Mas não podia ser. Não podia...

Forcei-me a ir ter com ela e a sentar-me na cama ao seu lado. Queria pegar-lhe nas mãos, mas não fui capaz de lhe tocar. Deixou-as cair no colo, quais folhas a esvoaçar, e voltou aquele olhar de pesadelo para mim, mas estava cego.

— Ele queria-me, Cal. Ao princípio disse que só queria o dinheiro, mas queria-me. Queria-nos.

— O sacana... — ouvi-me dizer.

— Só queria... só queria magoar-nos, destruir-nos, só por prazer. Disse... disse que não era justo. Eu tinha tudo e ele estivera na prisão aqueles anos todos. Disse que nos ia destruir, a não ser que eu me entregasse novamente a ele. Disse...

Num movimento convulsivo, estendeu a mão para mim. Sem pensar, agarrei-lha e segurei-a com força nas minhas.

— E quando atirou o carro contra Tot, contra Tot, santo Deus, não soube que fazer. Rezei — continuou. — Rezei tanto. E pensei que Deus queria que eu lhe dissesse para se afastar. — Recordei-me dela na igreja, rezando ao Cristo de madeira, com uma expressão de transcendência e gratidão no rosto. Lembrei-me de ter pensado que Cristo respondera à sua prece. — Não sei por que motivo levei a arma. Detestava-a, sabes que sim. Detestava-a! Mas tinha medo dele. Ao princípio, só queria dinheiro, não era mau, dizia que só queria dinheiro, mas depois ficou diferente, horrível e tive medo. E foi como um sonho, como se me dissessem o que fazer. Pensei que era Deus a dizer-me para levar a arma. Atirou o carro contra Tot! Atirou o carro... E pensei que Deus me estava a dizer...

Abracei-a com força.

— Shiu — murmurei. — Shiu.

— Eu disse-lhe, disse-lhe que se fosse embora — continuou, ainda com aquele olhar aterrorizador, um olhar cintilante e cego.

— E ele riu-se de mim. Riu-se de mim, Cal e eu... fui buscar a arma. Nem sequer tinha ideia de... Só lhe queria dizer que se se voltasse a aproximar de algum de vocês... mas depois... foi como se estivesse num túnel. Vento... imenso vento a soprar, a soprar e eu corria por um túnel abaixo. E percebi que estava mal, percebi então que não era nada aquilo que Deus queria, estava mal, mas... aconteceu. — Encolheu-se, como se ouvisse de novo os tiros, como se o seu dedo apertasse novamente o gatilho. Sem parar. — Era demasiado tarde, aconteceu.

Engoli em seco, demasiado enjoado para pensar. Continuava a segurar-lhe na mão, mas não me agradava. Queria afastar-me dela, recuperar o fôlego.

— Odeias-me, Cal? — perguntou. Olhava através de mim para o nada. — Agora não me odeias, pois não?

— ... Não. — Precisei de algum tempo para pronunciar a palavra. — Não, claro que não, mas... santo Deus, por que não vieste ter comigo? Logo no princípio. Podias ter vindo falar comigo, contar-me, por que... por que não vieste?

Então, olhou finalmente para mim. A intensidade daquele olhar desvairado abrandou e focalizou-se. Penso que a pergunta a abalou verdadeiramente e que a resposta era tão óbvia para ela que nem podia imaginar que eu tivesse necessidade de a fazer. Para ela, creio, era a coisa mais óbvia do mundo.

— Porque nós éramos tão lindos — disse. — Tu e eu e as crianças, a forma como vivíamos. Todos estes anos, sempre que eu receava o seu regresso, a sua saída da prisão e temia que me descobrisse, dizia a mim própria que Deus nunca... Deus nunca nos faria tão lindos para depois deixar que algo de terrível acontecesse. Podia fazê-lo regressar para me castigar, mas... não a ti, a ti e às crianças.

Naquele momento, tive de a largar. Dizia demasiadas loucuras e estar ao seu lado começava a pôr-me doente. Levantei-me, engolindo golfadas de ar e afastei-me um passo ou dois.

— Quando ele chegou... — continuou Marie — quando ele chegou, pensei: se, ao menos, formos bons... se conseguirmos continuar a ser perfeitos, tal como éramos, tudo tão perfeito, então Deus veria, Deus mandá-lo-ia embora... pensei que se conseguíssemos continuar, Cal, se conseguisse guardar aquilo numa parte separada na minha cabeça, como sempre fizera, e conseguíssemos continuar a ser como sempre fôramos, então Deus mandava-o novamente embora.

— Mandava-o embora... — Comprimi a palma da mão contra a testa, de costas voltadas para ela. *Raios te partam,* pensei, *raios te partam, Marie. Nada desaparece. Nada! Aí é que está a maldita questão!*

— Nunca pensei que Deus te castigasse a ti e às crianças.

Outra vez Deus! Pensei. Se ela voltasse a mencionar o maldito Deus...

— Billy disse que eu ia para a prisão — continuava ela. — Por aquilo que aconteceu aos Whalley. Apesar de eu só lá estar no princípio, Cal, juro. Quando eles começaram a pintar coisas e a partir tudo e a serem maus para a senhora, fugi. Fugi, mas ele disse que isso não importava. Disse que eu também era uma criminosa, porque lá estivera e iria para a prisão. E as crianças... Eva, J.R. e Tot, ainda tão pequenina... como poderias sequer explicar-lhe?

— Não sei. — Comprimi a palma da mão contra a testa. — Não sei. Eras tão nova naquela altura. Se, ao menos, tivesses vindo ter comigo, talvez houvesse uma saída. Não sei. Se, de facto, não estavas lá... talvez a lei da prescrição...

Sentia o seu olhar desesperado sobre mim.

— Bem, não sei o que isso é, Cal — disse baixinho. — Nem sequer sei o que isso é.

Ainda de costas viradas, acenei com a cabeça.

— Mas não era isso — continuou. — Nem sequer era isso. Quer dizer, mesmo que se soubesse... mesmo que eu não fosse para a prisão e se soubesse tudo e tu e as crianças ficassem a saber... éramos tão lindos e tu amavas-me tanto... ficaria tudo destruído. Estás a ver? Éramos tão perfeitos e, se descobrisses, tudo ficaria destruído. — Ouvia-a começar a chorar. — Por que é que havia de o ter conhecido, Cal? Por que é que havia de o ter conhecido?

— Oh, tinhas catorze anos — disse-lhe —, quinze. Eras uma miúda...

Chorava e falei-lhe o mais amavelmente possível, com toda a bondade. Mas não me sentia amável, não me sentia bondoso. Isto é uma confissão e prometi-vos a temível verdade e, naquele momento, não me sentia nada amável, nem bondoso. Estava revoltado. Tentei lutar contra isso, mas sentia-me revoltado com o que ela fizera. Mais ainda, estava furioso com ela. Furioso! Com a sua estupidez e ignorância. Com a sua fé simplista e pateta no seu Deus de madeira. Com a sua crença idiota de que podia passar por tudo aquilo mentindo sem parar e que, sem saber bem como, tudo desapareceria. Desaparecer! Caramba, por amor de Deus! Que fizera ela? Que fizera às crianças, a mim, a todos nós? Assassínio! Santo Deus! Cometera um assassínio naquele bosque. Seria descoberta. Descobrem sempre estas coisas. Haveria um julgamento, notícias nos jornais, prisão. Prisão! Os meus filhos, as vidas dos meus filhos ficariam destruídas! Nunca recuperariam! Eva, que tanto precisava dela; J.R. e Tot — todos precisavam dela. E as suas vidas ficariam destruídas. Caramba, por amor de Deus! Por amor de Deus!

— Tinha catorze anos — repetiu como um eco, continuando a chorar baixinho. — Tive de fugir de casa, do meu pai. Estava só, Cal. Estava tão assustada. Só queria... alguém que me amasse, mais nada. E apareceu Billy e... eu tinha catorze anos. Não sabia que podia ser assim, como é contigo. Não sabia que havia alguém como tu, que seria bom para mim.

Bem, por fim consegui enfrentá-la. Via-a ali sentada na cama, tão desamparada, com os ombros descaídos, o cabelo em desalinho, o rosto manchado de lágrimas. Perdida, contando comigo. A minha fúria começou a abrandar um pouco. Que diabo, casara com ela precisamente por aquilo que era, não fora? Mesmo na minha fúria, sabia isso. Sabia isso muito bem. Amara-a por aquilo que era e recusara-me a ver o que estava a acontecer, porque queria que ela continuasse a ser a mulher que eu amava. Portanto, tínhamos chegado a isto juntos, ambos. A culpa era tanto minha como dela.

— Achas que me podes abraçar, Cal, por um bocadinho? — pediu. — Podes vir para a cama um bocadinho e abraçar-me?

Fi-lo, claro que sim. Controlei o enjoo, reprimi a fúria e fui ter com ela. Abracei-a. Apertei-a contra mim e forcei-me a beijar-lhe o cabelo. Fechei os olhos e tentei pensar nela como fora durante todos aqueles anos. Por fim, detive-me na recordação de umas férias que fizéramos uma vez junto de um lago no Maine. Havia apenas Eva, que era muito pequenina e tinha medo da água, e

Marie convencera-a a entrar no lago com aquela sua doçura e paciência infinitas. Ficara a vê-las a chapinhar e a rir juntas. No seu fato de banho, a minha mulher, de pele muito branca, era jovem e elegante e tão boa e feliz com a nossa filha que a alegria que me dava era incomensurável. Mais tarde, nessa noite, escapulíramo-nos da cabana e fizéramos amor na margem do lago, enquanto os meteoros de Perseida caíam: riscos brancos de luz no céu e na água e as mãos de Marie a apertarem-me e os seus gritos abafados.

Passado algum tempo, ao recordar-me disto, acabei por ficar excitado. Descobri que naquele momento, apesar da fúria, da repulsa e do medo, conseguia também fazer amor com ela, que era o que ela queria. Não foi grande coisa, mas desempenhei a função o melhor que podia, por ela. Só tinha de manter os olhos fechados e fingir que aquela mulher era Marie.

DEZOITO

Depois veio a noite, a noite mais diabólica de todas, em que a minha consciência me dilacerou como corvos a um cadáver. Marie chorou até adormecer, mas eu fiquei acordado durante horas. Recordei-me de tudo, de todos os incidentes que aqui apontei, de todos os erros que cometi, de todos os momentos em que me enganei a mim próprio. Passado algum tempo, caí num sono agitado e sonhei com a figura imprecisa no fundo do lago a erguer-se lentamente até à superfície. Frost. Acordei coberto de suor e não voltei a adormecer. Que iria fazer, perguntava a mim próprio. Que iria fazer?

Ao alvorecer sabia a resposta, ou, para ser mais exacto, enfrentei o facto de que sempre soubera, de que nunca tinha tido dúvidas. Estava exausto, mas estranhamente calmo e lúcido. Tudo me parecia distante, mas simultaneamente nítido, vívido. Estava sentado à mesa da sala de jantar com a minha segunda chávena de café a ver Marie atar os atacadores dos ténis de Tot. De joelhos em frente da cadeira da criança, entoava uma melodia desafinada, enquanto dava os nós.

— ... e depois esta cobra vira-se — cantava — e esta cobra vira-se também e as duas cobras atam-se. E depois vem um caranguejo gigante e morde-te no dedo do pé! Ui!

Marie beliscou-lhe o pé, fazendo Tot rir às gargalhadas.

Observava-as de muito longe, através das lentes da minha clareza e exaustão. Quando é que ela fizera aquilo, perguntei a mim mesmo, levando a caneca aos lábios. Depois de deixar Tot no infantário e antes de ir para o comité de organização da feira paroquial? Que diabo, quando é que ela arranjara tempo? *Desculpem ter-me atrasado com o bolo para a venda, mas tive de parar no bosque para rebentar os miolos a um chantagista e afundar o corpo numa poça de água turva.* Bem, era de se lhe tirar o chapéu: aquela mulher tinha sempre tempo para fazer o que era importante.

— Tudo atado, pronto — disse Marie. Pôs-se de pé com esforço e beijou Tot na cabeça. A miúda disse «Obrigada, mamã» e correu para o quarto.

Marie virou-se — a ternura pela filha perdurava nas suas feições —, viu-me a observá-la e corou. Penso que se sentia um tanto envergonhada por ter sido apanhada num momento de prazer espontâneo como aquele. Era espantoso, exactamente como dissera. Não sei como, mas conseguia guardar aquilo tudo num canto da cabeça e continuar como sempre. Demos connosco a olhar um para o outro acanhadamente.

— Mã... ãe! — chamou Eva. — Agora não consigo encontrar os sapatos pretos!

Marie desviou rapidamente o olhar.

— Aquela miúda! — murmurou. — Nem a cabeça consegue encontrar! — Depois, disse suavemente: — Já vou, querida — e foi ajudá-la.

Fiquei sentado a vê-la sair. Parecia tudo muito claro, já não restava qualquer dúvida ou confusão. Sabia exactamente o que ia fazer.

Ia ajudá-la. Ia fazer tudo o que estivesse ao meu alcance para a ajudar a encobrir o crime. Sob o choque inicial da descoberta já me desfizera da arma do crime. Fizera-o automaticamente, sem pensar. E ia continuar. Faria tudo, mentiria, se fosse preciso. Falsificaria provas, fornecer-lhe-ia alibis. Que diabo, se tivesse de me barricar em casa com uma arma e gritar «Venham buscar-me!», enquanto os chuis nos cercavam, também faria isso. A moralidade que se lixasse, a minha consciência que se lixasse. Não iria haver lugar para confissões cheias de culpa. Não iríamos «desabafar» com a polícia. Iríamos enfrentar a coisa, eu e ela, fosse como fosse. Para bem dos nossos filhos e também para preservar o nosso casamento.

Isso é que importava, mais nada. O nosso casamento, os nossos filhos, a nossa casa. E quanto ao defunto Billy Frost, bem, era um canalha de um criminoso, um chantagista, que tentara roubar-me a mulher e destruir a minha família. Não quero dizer que merecesse morrer, mas que se lixasse. Que se lixasse. Marie era minha mulher.

Era tudo muito claro. Frio, penoso e incrivelmente claro.

E assim continuou até aproximadamente às 10h15 dessa manhã, quando o Chefe da Polícia Orrin Hunnicut chegou a *The Manor* e prendeu Peter Blue.

Vieram em força, uma autêntica parada, com o *SUV* de Hunnicut à frente, dois carros-patrulha com as luzes a piscar e dois veículos da Câmara com dois agentes à paisana. Oakem estava lá para os receber. Esperava-os, pavoneando-se de um lado para o outro ao fundo da escadaria, afagando a barbicha. O chefe exibira o mandado e dirigia-se já para Cade House, antes de eu saber sequer que lá estava.

Então, a recepcionista entrou pelo meu gabinete dentro, balbuciando as novidades:

— Vão prender Peter... Peter Blue, por ter morto o tal homem, o homem do bosque, eles...

Desatei a correr o mais rapidamente possível pelo relvado. Lá se ia a minha clareza. Desaparecera num instante, restando apenas uma leve sensação vacilante de perplexidade e pensamentos tão rápidos que não os podia acompanhar. Estava vagamente consciente de que Gould e Karen Chu corriam também para Cade House, vindos de direcções diferentes. Convergimos para a porta sul e precipitámo-nos pela sala dentro, sem fôlego, Gould e Karen colados a mim, enquanto eu olhava, incrédulo, com a boca aberta e o espírito num turbilhão.

Hunnicut! Saiu arrogantemente do *hall* da residência, deslizando, grandioso, pela sala, precedido pela grande barriga. Seguiram-se os dois guardas, ambos segurando Peter Blue, cujas mãos estavam algemadas atrás das costas. As pernas tremiam-lhe de terror e os olhos, alerta e desesperados, olhavam em volta, para tudo, como se fosse a última vez. Os guardas tinham de o amparar, enquanto o faziam avançar, cada um agarrando-o debaixo de um braço. Outros dois guardas ladeavam os primeiros, sendo a retaguarda fechada pelos dois paisanas.

E com eles, rodeando-os, perseguindo-os de todos os lados, estavam os miúdos de Cade House, os doentes internos, Nora, Ângela, Austin, Brad e Shane. Gritavam e lamentavam-se num pranto. Um deles gemia até — a pobre Nora, mais gorda, mais forte e que já não parecia uma vagabunda esfomeada —, gemia em arquejos roucos, agarrando-se, suplicante, ao cotovelo de um dos guardas. Brad, cujo temperamento violento não se manifestava há semanas, estava agora furioso, abanando o punho aos detectives, o rosto vermelho, enquanto gritava «Seus sacanas! Seus sacanas!». Ângela chorava, apertando as mãos cicatrizadas, e Austin, fora de si de desespero, passava incessantemente os dedos pelo cabelo. Só Shane, a rapariga deprimida que dava gargalhadas e sorria quando Peter falava com ela, ficara imóvel, para trás, na entrada do *hall*, olhando sem expressão aquela procissão, qual estátua num cemitério.

Oakem, o maravilhoso Feiticeiro Esquisito, saracoteava-se inutilmente no meio deles, esvoaçando de um para outro.

— Então, então, vá lá... — não parava de dizer.

— Santo Deus! — murmurou Gould.

Ele e Karen Chu avançaram, dirigindo-se aos miúdos. Gould encarregou-se de Nora, já histérica. Karen agarrou suavemente o punho de Brad entre as suas mãos. Tentavam acalmá-los, sossegá-los, enquanto a polícia escoltava Peter através da sala.

Limitei-me a ficar onde estava, chocado, a ver Hunnicut a avançar, direitinho a mim.

Oakem deslizou para o meu lado.

— Cal — cacarejou —, tem de compreender, agora é um assunto da polícia. Não podemos fazer nada.

Ignorei-o. Hunnicut alcançou-me e parou. Não tentou passar por mim, nem afastar-me à força. Limitou-se a parar mesmo na minha frente, enorme, os olhinhos pretos a brilhar de satisfação. Triunfantes. Claro, eis o motivo por que se mostrara tão contente, tão amável, nada de ressentimentos. Um aperto de mão e um sorriso. De alguma forma — ainda não sabia como, mas chegara de alguma forma à seguinte conclusão: Billy Frost estava morto e fora Peter Blue quem o matara. Vitória — sobre Peter, sobre os tribunais condescendentes, sobre o psiquiatrazito que se lhe opusera —, a vitória estava prestes.

Até trouxera novamente o mesmo jovem guarda, o que estivera presente quando discutíramos da última vez. Ali estava o miúdo loiro, segurando Peter sob o braço esquerdo. Agora, o miúdo podia ver-me a ser humilhado, como eu humilhara Hunnicut. Agora podia ver o que acontecia às pessoas que se metiam com o chefe.

— Escute, Cal — Oakem não se calava —, tem de perceber que o chefe só quer...

— Então, Chefe — disse eu, silenciando Oakem. Enfiei os polegares nos bolsos para impedir as mãos de tremerem, mas não podia disfarçar o tremor da voz. — Que se passa aqui?

— Que se passa? — respondeu Hunnicut suficientemente alto para que todos ouvissem. — Bem, Doutor, passa-se que prendemos aqui o seu rapaz por assassínio. Pelo assassínio de Billy Frost.

Mal consegui forçar as palavras a saírem.

— Sabe que isso é ridículo.

— Receio que não — respondeu Hunnicut. — Não sei nada disso. — Neste momento, permitiu-se um leve sorriso malicioso, lançando uma olhadela aos colegas, que também sorriam. — Foi-me comunicado que o seu doente fugiu recentemente destas instalações sem que as autoridades fossem devidamente notificadas. Não é assim?

— Oh, e depois? Afastou-se...

— E também me foi comunicado — continuou sem piedade — que essa fuga ocorreu aproximadamente à hora do prematuro e violento falecimento de Mr. Frost.

Abri a boca para protestar novamente, mas nada saiu.

— E foi-me ainda finalmente comunicado, Doutor — prosseguiu o chefe pesadamente —, que Mr. Blue e Mr. Frost estavam envolvidos no que, segundo penso, o senhor definiria como uma *relação alternativa*. Por outras palavras, andavam a fumar uns charros lá no bosque, não é assim?

Peter gemeu perante isto, ao ouvir dizê-lo assim, em voz alta, em frente de todos os seus amigos. O meu olhar voou até ele: sustentado pelos guardas, deixara-se cair, com os joelhos para dentro, os lábios a tremer e o olhar revirado para o tecto. O seu rosto sensível perdera toda a dignidade e assumira uma expressão de sofrimento idiota e infantil.

E eu... eu não conseguia pensar. Limpei os lábios com a mão a tremer. Em nosso redor, os doentes de Cade House continuavam a lamentar-se e a soluçar. O barulho que faziam impedia-me de pensar, não me lembrava de nada, excepto... excepto de que podia acabar com aquilo, imediatamente, com uma única frase. Uma simples frase que não conseguia pronunciar.

O Chefe Hunnicut continuou:

— O que, pelo menos, constitui um motivo, como dizem os advogados. E aqui a mãe de Mr. Blue foi muito amável e entregou-nos alguns dos cadernos do filho, que não só incluem algumas referências veladas à dita relação com Mr. Frost, como também alguns desenhos muito interessantes de Mr. Frost, também conhecido por Lester Marshall, a ser enforcado, esfaqueado e morto a tiro, o que, imagine-se, acabou por acontecer. Acho que o Inferno não tem demónios que se comparem a uma mulher escarnecida, não é, Doutor? — Perante isto, os paisanas riram-se alto. — Agora, caro senhor, se não se importa, temos de acabar de cumprir o nosso dever.

— Se o puser numa cela, corre sério risco de suicídio, sabe que assim é — recordei-lhe.

— Serão tomadas precauções — respondeu Hunnicut. — Pode ter a certeza.

Fiquei ali, sem conseguir pensar. Não sabia o que dizer.

— Um advogado estará na esquadra dentro de meia hora — proferi por fim. — Gostaria de um momento com o meu doente antes de irem.

Hunnicut encolheu os ombros e esperou. Passei por ele e pus-me ao lado de Peter.

O rapaz estava completamente aterrorizado. Mal parecia saber onde estava. Quando me aproximei dele, quase nem me reconheceu. Depois, o seu olhar prendeu-se a mim, como se eu fosse a sua única esperança de salvação.

— Não... — balbuciou. — Não fui... eu...

— Eu sei, Peter. Não faz mal — afirmei-lhe num tom de voz frio e autoritário. — Leve as coisas com calma, não passa tudo de um erro.

— É um erro — disse. — É...

— Vou telefonar a David Robertson. Lembra-se? O advogado que já o ajudou.

— Não posso... não posso voltar... — Lutou contra as lágrimas.

— Shiu, tem de se manter calmo. Ninguém lhe vai fazer mal. Vou tirá-lo de lá assim que puder, lá para o fim do dia. Mas não faça nenhum disparate.

Não tive tempo para mais. A um gesto do Chefe Hunnicut, a procissão recomeçou a andar. Freneticamente, Peter tentou fincar os pés no chão para protelar o momento. Gritou-me: — Não, não os deixe, não os deixe!

— Vai correr tudo bem, ninguém lhe vai fazer mal. Vou tirá-lo de lá.

Agarrando-o melhor pelos braços, os guardas começaram a arrastá-lo.

— Por favor! — gritou.

De todos os lados, os doentes de Cade House lançaram um novo coro de gemidos e lamentos, mas a polícia continuou, inexorável.

— Declaro-o responsável pela segurança dele, Chefe — disse eu.

Peter esforçou-se por se voltar para trás, a fim de continuar a ver-me. As lágrimas escorriam-lhe pelo rosto.

— Por favor, ajude-me!

— Vou ajudar, Peter — prometi-lhe. — Mas... — Oh, santo Deus!

A polícia manobrou-o através da porta, mas ele continuava a torcer o pescoço, tentando ver-me, tentando não me perder de vista até ao derradeiro momento. Fiquei a ver do limiar da porta, enquanto os guardas o puxavam pelo relvado fora. Os doentes de Cade House continuaram a choramingar, torcendo as mãos e agarrando a cabeça, furiosos e desesperados. Ouvi Gould a falar-lhes baixinho e Karen a mandá-los calar, tentando confortá-los e acalmá-los.

Eu continuei a olhar pela porta para Peter, que se afastava cada vez mais até desaparecer de vista.

DEZANOVE

A minha irmã telefonou-me na noite em que morreu, a noite de Outono chuvosa em que se afogou. Eu fui a última pessoa a quem ligou, antes de ter mergulhado no furor das marés do porto. Era tarde e ligou para o meu escritório, embora soubesse que eu não estava lá. Acho que era isso que queria, deixar uma mensagem no meu atendedor.

Porém, só ouvi a mensagem no dia seguinte, já tarde. O corpo de Mina foi rapidamente recuperado e de madrugada chamaram-me à cidade para a identificar. Recordo-me da longa viagem para sul, no meio de uma neblina terrível, a escuridão persistindo até quase ter chegado a Manhattan. Recordo-me da luz cinzenta do amanhecer infiltrando-se dolorosamente no céu, acima do East River, enquanto seguia pela auto-estrada.

No gabinete do médico legista encontrava-se uma mulher, mas não me lembro de nada sobre ela. Acho que era negra. Acho, não me recordo. Passou-me uma fotografia, uma polaróide de Mina, morta, deitada numa marquesa.

— Quero vê-la — pedi.

— Venha comigo — respondeu a mulher.

Segui-a por um corredor. Depois entrámos numa sala, pintada de verde e brilhantemente iluminada, com uma divisória de vidro. Fiquei do lado de cá e, do outro lado, um homem empurrou a marquesa e puxou para trás o lençol para eu poder ver o rosto da minha irmã.

— Deixe-me chegar junto dela, por favor — pedi-lhe.

* * *

A mulher negra empurrou a divisória para trás para me deixar passar. Foi assim que procederam. Primeiro a fotografia, depois o vidro e depois pude ir ter com ela, pude tocar-lhe. Era necessário pedir para passar a cada uma das fases. Acho que algumas pessoas só queriam a fotografia.

Fiquei ao lado do corpo de Mina, com a mão sobre a forma do braço, por baixo do lençol. Olhei para o seu rosto. Não estava muito estragado, apenas alguns arranhões. Não estava toda dilacerada, nem nada. Na verdade, parecia que todos os problemas da sua vida de adulta a tinham deixado. Tinha as feições descontraídas, o que lhe dava um ar mais jovem, o ar que costumava ter quando éramos miúdos. Quase podia ver novamente a rapariga que fora. Caramba, como a admirava nessa altura. Pensava que era o símbolo da sabedoria e da sofisticação. Mas é claro que eu mudara, já não era um rapaz. Agora, ao olhar para Mina, assim rejuvenescida, parecia-me apenas confusa, receosa e indefesa, como as crianças com uma vida infeliz. Depois, isso passou e vi-a como era, o cadáver de uma mulher de quarenta e tal anos. Fiz-lhe uma festa no braço, um adeus, e saí da sala.

Depois disto, as minhas recordações são pouco nítidas. A dada altura, fui para um hotel. Lembro-me de estar sentado na beira da cama, por volta das cinco ou seis da tarde, com o auscultador do telefone encostado ao ouvido. Foi a primeira vez em que me lembrei de ligar para ouvir as minhas mensagens.

A dela era a primeira. A voz gravada da máquina — desconexa, sem alma — anunciou «Chamada recebida à meia-noite e quarenta e cinco» e lá estava ela: «É Mina, Cal.» Foi um momento macabro. Três testemunhas isoladas tinham-na visto saltar mesmo antes da meia-noite. Não podia ter telefonado às 00h45. O relógio do atendedor devia estar mal regulado, mais nada. No entanto, foi macabro.

Falava num tom suave. A voz vacilava, como lhe acontecia muitas vezes no fim das frases, num misto do seu sotaque frio e irónico e a voz arrastada e sentimental dos bêbedos. Fiquei sentado na beira da cama do hotel a escutar e a pensar na rapariguinha confusa que vira na marquesa.

— É Mina, Cal. Não sei bem o que quero dizer, isto é, para além de adeus. Suponho que devia dizer *desculpa*. Desculpa, Cal. A sério. Sei que vais ficar infeliz, és um rapaz tão querido. Mas não sei... — Ouvi o seu suspiro cansado. — Neste momento, está tudo completamente lixado, uma merda. Foi ficando tudo tão horrível... tão lixado, sabes, a pouco e pouco. Resta apenas uma... arte... a admirável arte de mentirmos a nós próprios que, não sei porquê, nunca dominei. Como quando eras pequenino, sabes, e eu tinha treze ou catorze anos e vivíamos na mesma casa, ao mesmo tempo, com os mesmos pais. E, para mim, era assim como viver com a Senhora Alcoolismo e o Senhor Deprimido do Castelo do Desespero. E, para ti, éramos uma família feliz dos subúrbios, com a Mamã Felicidade e o Papá Felicidade e tudo estava bem. Percebes? Quer dizer, tens de fazer isso, não tens? Tens de ser capaz de fazer isso, senão não passa tudo de um enorme abismo. Provavelmente, devia ter seguido a religião, como o pai. Ou ter uma família, como tu, e a tua ciência, ou lá o que é... Realismo. Uma mentira desse género, sabes. Qualquer mentira serviria, mas continuar a viver assim, dia após dia, no pesadelo do amor divino... não. Não. É que... hã... não consigo. Desculpa. A sério. Quer dizer, por vezes penso... por vezes penso que talvez... mas não consigo, não consigo, simplesmente não consigo caminhar sobre a água. Oh, eu, a descrente! — Tentou rir, mas a voz falhou-lhe e ouvia-a engolir as lágrimas. Depois disse rapidamente: — Adeus, irmãozinho. Amo-te, sabes bem disso. Dá um beijo aos miúdos por mim, está bem? E a Marie. Não a largues, querido. A sério. Nunca a percas. Confia em mim. Lá fora, não há mais nada, excepto a merda da verdade. Excepto...

Ouviu-se o som de um beijo e pronto. A última profecia de Minerva. Tão ambígua e incompreensível como as outras. Pelo menos, para mim. Pelo menos, naquele momento. Bem, pensei, ela estava à beira de se matar. Parte do que dissera — aquilo tudo de caminhar sobre a água e «o pesadelo do amor divino» — não fazia provavelmente muito sentido. Talvez nada do que dissera fizesse qualquer sentido.

Mas não importava. Era sempre a voz dela que me perseguia. Perseguiu-me no dia em que prenderam Peter Blue. Perseguiu-me, enquanto o arrastavam dali para fora, aos gritos e eu ficava ali, em silêncio. Persegue-me agora. Persegue-me todos os dias, condenado como estou a chegar, por fim, à maldita verdade.

Ia chover. O céu cinzento dos últimos dias escurecia, cada vez mais negro. O ar estava parado e expectante. Preparava-se uma tempestade de Outono.

Dirigi-me para o meu carro, o *Volvo*, e, baixando-me, sentei-me. Telefonara a David Robertson, o advogado de Peter, e também ao Padre Fairfax. Ambos me responderam que iam imediatamente à esquadra da polícia. Disse-lhes que ia lá ter com eles assim que pudesse. Mas primeiro tinha outra coisa para fazer. Tirei o carro do parque de estacionamento de *The Manor* e dirigi-me a casa.

Quando cheguei, estava tudo calmo. O dia ganhara um tom esverdeado e os pássaros tinham parado de cantar, como é costume antes de uma grande chuvada. De vez em quando, uma rajada de vento abanava as folhas moribundas no topo das árvores, mas parecia nunca chegar à superfície. Ao subir a entrada, nada mexia.

Lá dentro, estava igualmente calmo. Passei pela porta e, ao princípio, a sala pareceu-me em silêncio. Até parecia que Marie tinha saído, embora a *minivan* estivesse na garagem. Então, antes de ter tempo de a chamar, ouvi um ruído vindo da cozinha. Um som suave e constante, de algo que raspava, como o roçar de tecido na pele.

Atravessei a sala de jantar até à porta da cozinha e vi-a. Estava de joelhos. A porta do forno estava aberta e ela, inclinada para a frente, esticava-se para chegar lá dentro. Calçara umas luvas, aquelas luvas de cozinha, de borracha amarela. Esfregava as paredes do forno com uma esponja — era isso que causava o som que eu ouvira. Passado um momento, tirou a esponja e torceu-a sobre uma vasilha de metal, onde já se agitava uma água escura e cheia de espuma. Olhou para mim brevemente e recomeçou a esfregar.

— É suposto estas coisas limparem em condições — disse. — Mas, passado algum tempo, ficam tão sujas. A sujidade vai-se acumulando.

— Patsy não podia... hã... — tentei concentrar-me. — Patsy não pode fazer isso quando vier? É para isso que lhe pagamos.

— Oh, sabes como é, depois tenho de fazer tudo outra vez — respondeu-me, manejando a esponja. — Se quisermos as coisas bem feitas...

Concordei com um gesto de cabeça e os olhos encheram-se-me de lágrimas. Encostei-me à aduela da porta da cozinha e fiquei a vê-la a esfregar o forno com a esponja. Vestia *jeans* e uma camisola de algodão e tinha a manga direita enrolada. O braço era muito delgado, muito branco. Tinha o cabelo atado descuidadamente, mas havia uma madeixa, loira e cor de prata, que estava sempre a cair-lhe para os olhos. Soprava-lhe, tentando afastá-la e depois afastava-a desajeitadamente com uma das luvas. Fiquei a olhá-la por muito tempo. Observei a curva da anca, o movimento dos seios por baixo da camisola, o rosto suave. Já não estava revoltado, nem zangado com ela. Não estava frio e reservado, como de manhã. Que Deus me perdoe, mas amava-a. Nunca amara outra mulher e amava-a profundamente, acima de tudo.

— Acho... — Demorei um pouco até conseguir continuar — ... acho que já ouviste... Prenderam uma pessoa.

— A minha amiga Melissa telefonou-me. — Sentou-se sobre as ancas para descansar, afastando de novo a madeixa de cabelo. — Uma vez que foi em *The Manor,* ela achou que eu gostaria de saber. Depois, fui ouvir, disseram também na rádio. O tal rapaz, disseram eles. O que deitou fogo à igreja. — Virou-se para mim pela primeira vez. — Oh, meu Deus, olha para ti — exclamou. — Pobre Cal.

Passei a manga pelos olhos.

— Pois, pobre Cal.

— Não — disse baixinho —, não chores, querido. Vai correr tudo bem.

— Ele está... aterrorizado — contei-lhe. — Tem pavor de ficar na prisão. Tentou matar-se anteriormente, uma vez que esteve preso. Tentou enforcar-se.

— Oh, meu Deus — exclamou. — Coitadinho. Devias ter-lhes contado, Cal.

Abanei a cabeça.

— Não consegui. Achei que não... me competia. Não consegui.

Com as mãos sobre as coxas, examinou o fogão.

— Está quase pronto. — Inclinou-se para a frente e recomeçou a esfregar. — Não quero deixar a casa toda suja.

Nesse momento, tive de tapar a cara. Cobria-a com as mãos.

— As tuas camisas voltam da lavandaria na quinta-feira — continuou Marie. — Mandei bastantes, mas deves ter o suficiente até lá. E a roupa interior está toda limpa. Para começar, deve chegar — Não parava de esfregar e o leve som que fazia chegava até mim. — Vou combinar com Patsy para vir a tempo inteiro. Pode cozinhar para ti, mas... — a sua voz enfraqueceu pela primeira vez e vacilou — Cal, não a uses demasiado para as crianças, está bem? Vão precisar de que estejas presente. Vou dar-te o nome da agência que arranja aquelas *babysitters* simpáticas da universidade...

— Pára! — exclamei.

Voltou a sentar-se e ergueu o olhar para mim.

— Bem, vamos ter de mentir sobre a arma, não é? Não há outra forma.

Aproximei-me dela e ajoelhei-me ao seu lado.

— Vou dizer-lhes que a deitei fora — explicou. — Assim, não te metes em sarilhos.

— Escuta...

— Sei que é errado, mas seria demasiado para as crianças perderem-nos aos dois. A polícia não precisa de saber nada sobre a maldita arma. É assim e pronto.

Envolvi-a nos meus braços e enterrei o rosto no seu ombro. Ela abraçou-me. Senti o cheiro acre do detergente do forno e o aroma a champô no seu cabelo.

— Não posso fazer isso — disse-lhe.

— Não faz mal, Cal — murmurou.

— Marie.

— Não faz mal. Temos de o fazer. Não podemos deixar que alguma coisa de mal aconteça a esse rapaz.

Assim que pude, afastei-me um pouco dela. Confuso, sentei-me no chão, encostado a um armário e com os joelhos erguidos.

— Não sei se consigo viver... — disse-lhe — se consigo viver sem ti.

— Oh, querido, não. Sei que é difícil acreditar nisso neste momento, mas Deus vai tomar conta de ti muito bem. Vai, não duvides, devido a seres um homem tão bom. És o melhor homem do mundo e Ele vai tomar conta de ti todos os dias, enquanto eu estiver longe. E das crianças também, vais ver. Vai correr tudo bem. — Inclinou-se para a frente e deu-me um beijo muito leve na cara. — Agora, é melhor ires, está bem? Vai falar com o chefe. Fazes isso melhor do que eu. Saberás o que dizer.

Tentei não desviar o meu olhar, olhá-la nos olhos, aqueles seus olhos azuis, durante muito tempo, mas ela virou-se e pôs-se de novo a examinar o forno.

— Vou acabar isto — disse-me.

A esquadra da polícia era um edifício de tijolo de três andares junto a State Street. Quando lá cheguei, havia repórteres cá fora, cerca de nove ou dez, muitos para o nosso cantinho. Ao princípio, nem pensei neles. Quer dizer, estava ali para entregar a minha mulher. Tinha um nó na garganta do tamanho de um punho e não queria saber dos repórteres, nem de nada. Mas, enquanto subia os degraus até à porta principal, um dos da terra reconheceu-me.

— Dr. Bradley — gritou —, acha que a segurança das suas instalações precisa de ser reforçada?

O enxame de jornalistas precipitou-se para mim como um organismo só. Estenderam-me microfones e ouviram-se vozes.

— Lamenta a sua recomendação ao tribunal, Doutor?

— Há outros doentes no seu hospital que possam ser considerados perigosos?

— Peter Blue discutiu alguma vez consigo impulsos homicidas?

— Sabia do seu relacionamento com Frost?

A massa de jornalistas rodeou-me qual ameba a engolir o almoço. Não lhes disse nada e abri caminho à força. Se pensavam ter descoberto um escândalo, eles que esperassem até porem as garras na verdade. Estendi o braço e puxei a porta da esquadra, bruscamente, para afastar os jornalistas do meu caminho. Entrei e deixei que a porta se fechasse na cara deles, atrás de mim.

Atravessei a entrada até uma cabina de vidro onde estava sentada uma recepcionista civil. Disse-lhe quem era.

— Estou aqui para ver o chefe — expliquei. — Diga-lhe que é importante. — A minha voz estava agora firme e tinha os olhos secos. Já ultrapassara essa fase, já ultrapassara tudo.

Após uma chamada, a recepcionista conduziu-me por um portão e uma jovem agente bem-educada fez-me subir uma escada e atravessar um átrio. Abriu-me uma porta e disse:

— Espere aqui. — Entrei na sala.

Era um daqueles horríveis lugares joviais onde acabamos sempre por ir dar quando o mundo se desmorona à nossa volta. Paredes de azulejo cintilante e cadeiras de plástico colorido. Através das persianas abertas, via-se o jardim relvado da Câmara. Havia imensos folhetos cor-de-rosa, amarelos e azuis pendurados por toda a parte. TRANSFORME A SUA CASA EM ZONA PROIBIDA PARA LADRÕES. AJUDE OS SEUS FILHOS A DIZEREM NÃO À DROGA. NUNCA FALE COM ESTRANHOS. Uma mesa com pilhas de panfletos de utilidade semelhante estava encostada a uma parede.

E, a um canto, encontrava-se também o Padre Fairfax, falando em voz baixa com David Robertson. E duas mulheres sentadas lado a lado em cadeiras vermelhas, à minha esquerda. Reconheci a mais velha das duas. Era a mãe de Peter Blue. Viera visitá-lo a *The Manor* uma ou duas vezes. Era uma criatura mal arranjada, de quarenta e tal anos, curtida pela bebida. Cabelo pintado de loiro e uma saia demasiado curta para as pernas com manchas e demasiado justa para a barriga saliente. A blusa, uma mistura de padrões e cores destoantes — dourado, preto, cinzento —, era igualmente demasiado justa. Os seios pesados enchiam-lhe o decote ao inclinar-se para a frente para chorar ao ouvido da adolescente ao seu lado.

Não a reconheci, à rapariga. Atarracada, feia, com uma pele morena, estragada e cabelo castanho liso. Sem formas, enfiada numa camisola de algodão cor-de-rosa e *jeans* pretos, parecia simultaneamente assustada e excitada pela situação. Mrs. Blue comprimia-se contra ela, fungando contra o seu rosto. «Não sei o que fazer, estou desesperada», ouvi a mulher mais velha dizer num tom áspero. Limpou a máscara das pestanas e o ranho do nariz com um *Kleenex* esfarrapado. A jovem fez um gesto afirmativo, tentando parecer solidária e madura.

Com um pequeno choque, ocorreu-me que a adolescente era provavelmente Jenny Wilbur, a namorada de Peter. Não sei bem por que motivo isso havia de me surpreender. Porém, havia nela um desmazelo e uma falta de graça tão grandes que, ao pensar em Peter — Peter no seu melhor —, com a sua beleza, o seu espírito ágil e as suas gargalhadas e ao recordar-me de como se mostrara apaixonado por ela, dos problemas que causara com a sua paixão... bem, acho que a imaginara diferente, mais nada.

Fiz um pequeno gesto de saudação às duas mulheres, mas Fairfax chamava-me com a mão e juntei-me a ele e a Robertson, no canto. Falámos num tom baixo.

— Graças a Deus que aqui está, Cal — disse Fairfax. — Vamos precisar de si. Escute o que David tem para dizer.

O advogado era um homem magro e nervoso. Era calvo, usava barba e tinha um olhar perspicaz e o hábito de acenar rapidamente com a cabeça ao escutar que nos dava a impressão de compreender o que dizíamos antes de termos acabado as frases. Tinha uma voz agitada e precisa.

— O departamento do xerife está a preparar-se para levar Peter a Gloucester para ouvir a acusação — contou-nos. — Quanto a fiança, não tenho muita esperança. Dadas a acusação e as circunstâncias, é quase certo que o juiz o vai deter.

Olhei pela janela e não respondi. Em breve nada daquilo ia ter importância.

— Mas, na realidade — continuou Robertson —, no todo, a situação não é assim tão má. Tive uma conversa preliminar com Larry Wallace no gabinete do promotor público e a investigação ainda prossegue. Neste momento, a polícia está a revistar o apartamento de Billy Frost, em Garland. Parece que encontraram todo o tipo de armas e drogas... não sei os pormenores, mas a questão é que é evidente que Frost não era exactamente um tipo exemplar. Ainda é cedo para Larry iniciar qualquer tipo de acordo, mas aqui para nós, discutimos um cenário possível, em que talvez a arma do crime pertencesse a Frost e ele e Peter se tivessem envolvido numa briga de amantes, ou coisa assim, e a arma se tenha disparado. Uma coisa desse género.

Continuei sem responder. Faltava-me a energia.

Robertson continuou:

— Nesse caso, o promotor público talvez esteja disposto a aceitar uma alegação de homicídio involuntário de segundo grau, talvez com uma pena de cinco anos. É claro que o problema é o fogo posto...

— Escutem — disse-lhes em tom sombrio —, não vamos fazer nada disso. Peter está inocente. Não houve qualquer briga de amantes. Ele não matou ninguém.

— Cal, Cal... — agora falava Fairfax. Percebi logo que o padre estava disposto a usar todas as hipóteses de acordo. As suas feições de Soldado da Cristandade estavam assestadas sobre mim como uma arma. — Agora temos de nos concentrar nas possibilidades realistas. Temos uma situação complicada nas mãos. Se isto se arrasta, vai ser muito mau para a comunidade.

Pestanejei.

— Mau para a comunidade? Que diabo quer isso dizer?

Foi a vez de ele começar a gesticular. Aproximara o rosto do meu, seguido das mãos.

— Terei de ser mais explícito? — Tinha de sibilar para manter o volume baixo. — Segundo a lei, este rapaz devia ter ficado na prisão. Ou, pelo menos, devia ter ficado a aguardar julgamento, em vez de viver à grande na sua clínica, passeando pelos bosques à vontade. Quanto mais tempo a imprensa tiver para jogar com isto, maior será o escândalo. E se houver julgamento... bem, o que acha que vai acontecer a *The Manor* quando as pessoas descobrirem que deixou fugir um criminoso?

— Bem, pois é, isso seria um problema, só que ele não fugiu, eu não o deixei e não é um criminoso — Estava demasiado deprimido para aturar aquela merda.

— Cal — disse Fairfax com urgência —, Cal, as pessoas arriscaram a sua reputação por este rapaz. Não foi só você, foi o juiz, o promotor público. Eu arrisquei a minha reputação. Com Hunnicut a dizer à imprensa sabe-se lá o quê, vão contar tudo à maneira dele... Caramba, não foi capaz de prever isto? Sabia que o rapaz era instável, não podia, ao menos, ter tomado algumas medidas de segurança?

Não consegui responder-lhe. Não consegui. Limitei-me a continuar a olhar para ele. Onde estava a alma preocupada que viera ter comigo depois da missa, implorando a minha ajuda? *Este rapaz tem qualquer coisa de excepcional. É muito espiritual, excepcional.* Pois, mas há uma ponta de escândalo e ele que se lixe, é largado às feras.

— Tem de o convencer a alegar homicídio involuntário — disse Fairfax.

— O quê?

— Ele confia em si. Você é o único em quem ele confia. Eu e David dissemos-lhe ambos como tinha de ser, mas ele não parava de perguntar «Que diz o Dr. Bradley?». Ele fá-lo-á se você lhe disser, Cal.

— Michael... ele está inocente.

— Não está inocente — A voz do padre subira de tom. Voltou ao mesmo. — Não está inocente. Lançou fogo à minha igreja. Apontou uma arma ao chefe. Se aqui o David conseguir fazer um acordo com o promotor para reduzir a pena a cinco anos por homicídio involuntário, o rapaz safa-se.

Afastei-me finalmente dele e virei-me para a janela. A água escorria pelo vidro. Começara a chover.

— Ele fá-lo-á, se lhe disser — repetiu Fairfax ao meu ouvido. — E acaba-se tudo, acaba-se tudo.

O curioso é que era provavelmente verdade, dada a histeria de Peter, a sua confusão, a sua confiança em mim. Era natural que acabasse por conseguir convencê-lo a alegar homicídio involuntário. Talvez até conseguisse convencer Marie de que era melhor assim. Achei que era possível. Achei que também havia de conseguir isso. Depois, acabava-se tudo e Marie podia ficar connosco. Os meus filhos nunca teriam de saber nada. Acabaria tudo.

— Vá lá, Cal — pediu Fairfax. — É o melhor para todos.

A porta da sala de espera abriu-se. Virei-me e vi o Chefe Hunnicut a encher a entrada.

— Ei, Doutor — disse-me —, vamos beber um café.

Precisei de um momento, mas depois olhei para Fairfax.

— Não — respondi-lhe.

— Cal... — disse Fairfax.

— Não faço isso. Não.

Atravessei a sala de espera em direcção ao chefe. O meu coração pesava uma tonelada.

* * *

A chuva caía com força, em fiadas prateadas, seguidas de súbitas rajadas que se derramavam no asfalto. Os jornalistas eram um montículo de sombrinhas pretas na berma do passeio. Viram-nos, mas o chefe afastou-os com um gesto e deixaram-nos passar sem uma palavra.

Apertei o cinto da gabardina e levantei a gola, enquanto atravessávamos rapidamente a rua para o café, do outro lado.

— Que dia de merda — resmungou o chefe.

Entrámos no café.

Era quase meio-dia, mas a malta dos almoços ainda não chegara. Havia apenas um outro homem ao balcão, um condutor de um camião-cisterna sentado mesmo à frente. Nas mesas, apenas alguns homens de fato e funcionários públicos liam os menus. Todos acenaram a Hunnicut quando ele entrou.

O chefe levou-me até à ponta mais distante do balcão. Ali, tínhamos um local privado para falar, se mantivéssemos a voz baixa. Ainda mal nos sentáramos e já a criada punha o café na nossa frente. Hunnicut rodeou a chávena com as suas enormes patorras e meditou para o vapor. Dei um gole no meu café tentando pensar apesar da tristeza que sentia, tentando encontrar as palavras certas. Não sabia se ia ser capaz de fazer aquilo.

— Portanto, já viu o seu doente? — perguntou-me Hunnicut.

— O quê? Não, ainda não. Queria primeiro falar consigo.

— É pena, tinha esperança de que conseguisse arrancar-lhe uma confissão.

Interrompi-me e estudei-o. O seu rosto empedernido estava virado para baixo, imperscrutável. Mesmo assim, uma vaga esperança confusa invadiu-me o espírito.

— Que quer dizer com isso? — perguntei. — Tem dúvidas?

Endireitou-se no banco, esticando as costas com indiferença e passando a palma da mão pelo cabelo branco, cortado à escovinha, que lhe dava um ar colérico.

— Não, que diabo — respondeu-me. Acabou de se espreguiçar.

— De qualquer forma, não há dúvida de que é um criminoso. Um tipo que lança fogo a um templo, que aponta uma arma a um agente da lei! Sobre isso, não há quaisquer dúvidas.

— E quanto a Billy Frost?

— Bem... — Pesadamente, concentrou-se de novo na chávena de café. — Sabe, a investigação ainda está a decorrer e pode crer que será feita justiça. Mas também lhe digo que esta manhã se deram uns desenvolvimentos interessantes.

A chuva fustigava ruidosamente a montra do café e o vidro estremecia com as pancadas repentinas. O primeiro membro da assembleia municipal da cidade, Tony Frazetta, entrou, debatendo-se com a chuva. Pôs a mão no ombro do chefe, ao passar para se juntar a um colega. Hunnicut esperou que ele se afastasse antes de continuar.

— Por um lado, localizámos o alojamento do falecido Mr. Frost, um apartamento miserável em Garland. Tinha armas suficientes, espalhadas por todo o lado, para abastecer um exército. Marijuana, cocaína, a merda que era de esperar. O que não esperávamos era tanto dinheiro.

— Dinheiro? — repeti como um eco.

— Sim, senhor! Uma velha caixa de cartão a abarrotar, escondida debaixo do soalho. Mais de cinquenta mil dólares em notas pequenas. Tenho de admitir que me dá que pensar. Quer dizer, onde é que um homem que acabou de sair da prisão arranja um bolo daqueles? Está a ver o que quero dizer? Especialmente nestas bandas, longe de tudo. Estava metido nalguma, isso de certeza.

Era estranho ouvir aquilo, uma sensação estranha. Por um lado, punha-me doente. O dinheiro de Marie, o dinheiro da chantagem, descoberto pela polícia, a investigação acercando-se dela. Mas, por outro lado... bem, por que motivo me contava aquilo? Seria um sinal? Algo que eu pudesse passar ao advogado? Seria possível, isto é... haveria alguma hipótese de conseguir safar Peter sem incriminar Marie?

A enorme cabeça sem pescoço do chefe movia-se para trás e para a frente.

— Depois, tive há pouco uma conversa com o médico legista. Parece que está preocupado com o facto de haver balas espalhadas por todo o lado. Diz que um homem não faria isso, mesmo um tipo amaricado como o seu doente. Diz que não dispararia assim tão mal, que é mais coisa de uma mulher pequena, sem força no tronco, a disparar muito depressa e sem conseguir controlar o coice. Não sei — Fez um esgar para o balcão, incapaz de compreender. — Que se pode fazer?

Abanei lentamente a cabeça.

— Não compreendo — disse-lhe. — Por que me conta tudo isto?

— Como vão as coisas, Orrin? — Um homem de negócios que eu não conhecia, acabado de entrar e a escorrer água, parara para dar uma palmada nas costas do chefe.

— Na minha idade, não vão lá muito bem — respondeu-lhe o chefe.

O homem de negócios continuou em direcção às mesas.

— A razão por que lhe conto, Doutor — disse-me Hunnicut assim que o outro se foi —, é que não quero que veja mal as coisas; refiro-me ao que aconteceu hoje na sua clínica, ao que se está a passar aqui. Pode ser-lhe difícil acreditar, mas tenho muito respeito por si. Muito. Hoje em dia, muita gente pensa que para um tipo ser boa pessoa tem de partilhar as suas opiniões ou as suas ideias políticas. Mas para mim, o que me interessa é o homem, a sua integridade. O senhor tem integridade, Doutor. Admiro isso. Admiro muito. Compreendo o que a sua admirável esposa vê no senhor. E, apesar do que possa ter acontecido entre nós em relação a este caso e independentemente dos meus sentimentos por Mr. Blue, quero que fique certo de que não tolerarei qualquer injustiça, contra ele ou outra pessoa. Quero que fique descansado, Doutor, sabendo que farei tudo o que estiver ao meu alcance para descobrir a verdade.

— Mas e agora? Ainda vai proceder à acusação? Ainda o vai mandar para a prisão?

— Espere um segundo — disse-me, levantando-se e afastando-se de mim.

Fiz girar o banco para o ver dirigir-se à porta. Através da montra, conseguia ver o que se passava na rua.

Havia uma viela de um dos lados da esquadra da polícia para onde virara uma carrinha. Apanhei o que estava escrito na parte lateral: DEPARTAMENTO DO XERIFE DO CONDADO DE GLOUCESTER. Ao dar a volta, com as luzes dos travões refulgindo no meio da chuva prateada, os fotógrafos avançaram para ela. Conseguia ver os *flashes* a disparar por trás dos círculos negros dos chapéus.

— Vão levá-lo a tribunal — anunciou-me Hunnicut por cima do ombro. — Tenho de ir lá fora.

E saiu para a chuva.

— Chefe! — Segui-o.

Que iria fazer, perguntei a mim mesmo. Ter-lhe-ia contado? Ter-lhe-ia contado naquele momento, debaixo da chuva, com toda aquela gente à nossa volta? Não sei. Não sei, de facto. Gosto de pensar que, mais tarde ou mais cedo, teria agido correctamente, mas, da forma como as coisas se passaram, nunca tive oportunidade.

Quando cheguei ao passeio, Hunnicut ia já a meio da rua escurecida pela chuva. Tive de parar para deixar passar uma *pickup*. Depois, segui-o até à viela.

Era larga, quase da largura de uma faixa de rodagem. Os fotógrafos estavam amontoados à entrada, impedidos de avançar por três polícias uniformizados com capas de plástico amarelas. Os guardas desviaram as sombrinhas refulgentes para um lado para deixar passar o chefe. Eu ia alguns passos atrás, mas passei pelos polícias de amarelo na sua peugada.

Agora, via claramente a carrinha estacionada a meio da viela, mesmo ao lado de uma grande porta de metal no rés-do-chão do edifício de tijolo. Dois delegados do xerife tinham dado a volta para a parte de trás para abrirem a porta traseira. Não tinham capas e as fardas de caqui enegreciam sob a carga de água.

Ao passar pelos fotógrafos, houve uma nova saraivada de *flashes*. A porta de metal da esquadra abrira-se e dois guardas municipais traziam Peter, algemado, para a chuva.

Eu estava mesmo à entrada da viela quando isto aconteceu, um pouco longe, não sei, cerca de vinte metros. O chefe encontrava-se mais perto, alguns metros mais à frente. Chamei-o, «Chefe!», mas ele avançou para a carrinha. Continuei a segui-lo. Agora, um dos guardas municipais conferenciava com um dos delegados do condado. O delegado fez um gesto afirmativo e subiu para a carrinha. E então, para minha surpresa, o guarda municipal pôs-se atrás de Peter Blue e abriu-lhe as algemas.

Ouvi Hunnicut, um passo à minha frente, murmurar «Ei, que diabo...?» e depois, vociferando alto, «Ei!».

Mas era demasiado tarde. Aconteceu tudo demasiado depressa. Estava agora mais perto, já junto da carrinha do xerife, quase ao lado do chefe, a dez metros de Peter, se tanto. Foi tão rápido que nem eu fui capaz de seguir tudo o que aconteceu. Só sei que Peter se moveu. Virou-se. Rapidamente, com elegância. Por um momento, quando se voltou, vi-o com toda a clareza. O cabelo negro, molhado, estava colado à testa, o rosto branco, rígido, sinistro, enlouquecido. Os olhos queimavam, terríveis e brilhantes. Um dos guardas pareceu tropeçar, erguendo as mãos na sua frente, enquanto caía com força sobre um joelho. E, quando olhei de novo, Peter recuava, afastando-se de mim, girando de um lado para o outro, focando aquele olhar ardente — qual facho no dia cinzento — em cada um à vez, à medida que todos os guardas se afastavam dele. Eu fiquei de tal forma trespassado por aquele olhar quando se cravou em mim que passou um segundo antes de conseguir desviar o olhar, antes de ver, de compreender que Peter roubara a pistola do guarda e que a erguia, bem firme, nas duas mãos.

Tudo isto se passou num instante — e, no momento seguinte, Peter rodopiou e fugiu, correndo rapidamente para o parque de estacionamento, ao fundo da viela.

— Peter! — gritei-lhe. — Não!

Estava vagamente consciente de que um dos delegados sacara da pistola e apontava o cano fazendo pontaria às costas de Peter. Ainda gritava quando o Chefe Hunnicut atirou o braço para a frente do meu peito e me arrastou para trás dele para me proteger com o seu corpanzil. Porém, ele continuava a avançar e, ao mover-se, olhei em seu redor. Por um instante, abarquei tudo de relance. Vi o delegado com a arma apontada, vi Peter a correr, a água das poças saltando de debaixo dos seus pés. Vi carros no parque, ao fundo da viela, os tons verdes, castanhos e brancos quase indistintos sob a chuva. Havia uma mulher no parque, uma mulher com um lenço que atravessava rapidamente ao fundo da rua. Procurava na bolsa as chaves do carro, totalmente inconsciente de que se colocara na linha de fogo.

Foi apenas um instante, mas tive tempo de imaginar o som do tiro, tempo de imaginar a bala a atravessar a espinha de Peter. E tive tempo de compreender, de saber que algo obscuro no meu coração se alegrava. *Assim acabaria tudo,* pensei. *Seria o fim de tudo.* Mas continuava a gritar «Não!».

E depois o instante passou. O Chefe Hunnicut virou-se bruscamente, com uma rapidez surpreendente para um gigante daqueles. Girou, rodou em frente do delegado, mesmo defronte da arma, fazendo com que a enorme barriga ficasse quase rente ao cano. No mesmo movimento, as suas mãos carnudas fecharam-se sobre a arma, arrancando-a das mãos espantadas do delegado.

Ouvi o chapinhar dos pés de Peter ao dobrar a esquina da rua, desaparecendo de vista.

E pronto. Hunnicut lançou um olhar irritado ao prisioneiro desaparecido. Depois, com um esgar de fúria, devolveu a arma ao delegado, atirando-a com tanta força contra o peito do homem que este gemeu, enquanto a agarrava instintivamente.

— Ainda magoa alguém com essa coisa, filho — disse o chefe. — Mas não o faça na minha cidade. — E, virando-se para os seus guardas, disse-lhes:

— Muito bem, não fiquem aí especados. Vamos lá apanhá-lo.

VINTE

Se bem compreendi, houve uma confusão qualquer, uma idiotice sobre as algemas da polícia contra os grilhões do xerife. O departamento do xerife era uma relíquia do velho sistema de condados, destinado à extinção, sendo orgulhoso e esquisito em relação a essas questões. Tinham insistido em mudar de uns para as outras e foi então que Peter fugiu. É impossível ter planeado aquilo, mas devia estar à espreita de uma oportunidade. Suponho que seria apenas uma questão de tempo até que fizesse uma coisa do género.

Depois de ter fugido, roubou um carro no parque de estacionamento, o da senhora do lenço. Apanhou-a quando ia a abrir a porta do seu *Toyota*, arrancou-lhe as chaves da mão e enfiou-se ao volante. «Desculpe, minha senhora», disse-lhe. Já se afastava ainda a polícia não tinha chegado ao fim da viela.

Hunnicut passou a descrição e a matrícula do carro via rádio em poucos minutos, e se Peter tivesse tentado sair da cidade, não teria provavelmente andado quinze quilómetros. O *Toyota* foi encontrado ainda não passara uma hora, abandonado ao lado da estrada, no limite sul da Reserva da Garganta do Rio da Prata. Por essa altura, apesar de a chuva continuar a cair sem parar, o vento morrera e, portanto, o chefe pediu à polícia estadual que enviasse um dos seus helicópteros para ver se conseguiam localizar o fugitivo por entre as árvores. Entretanto, Hunnicut e os seus homens avançaram pela floresta a pé. Levaram com eles K-9, um pastor alemão especialmente treinado pela polícia para seguir pistas.

Mas Peter conhecia a floresta e foi suficientemente esperto para seguir pelos riachos e canais de drenagem e pelo rio, ao chegar ao fundo da garganta. E é claro que a chuva estava também do seu lado, lavando o seu cheiro e o seu rasto. Não é possível saber até onde poderia ter chegado, se tivesse, de facto, tentado fugir.

Mas não, queria apenas chegar à plataforma, ao sítio acima da queda de água, onde em tempos Deus fluíra através do seu corpo. Eu sabia disso. Soube-o assim que o vi escapar. E, portanto, fui eu que acabei por encontrá-lo. Sou, evidentemente, o único que sabe o que na verdade aconteceu.

Não fiquei à espera na viela. Sabia que, independentemente do que dissesse, Peter era agora um fugitivo armado e podia ser morto, se a polícia o apanhasse primeiro. Podia matar-se até antes disso e provavelmente fá-lo-ia. Assim, enquanto o chefe distribuía a sua gente, corri despercebidamente para o meu carro, dirigi-me com rapidez a *The Manor*, desci o monte e atravessei o relvado a correr. Ao chegar ao início do trilho, ouvia já o helicóptero lá em cima. Parei, olhei e vi-o a pairar, qual insecto, acima das árvores. Um holofote jorrava luz, desenhando um cone de chuva contra o céu incolor.

Entrei também na floresta, correndo pelo trilho que levava à plataforma. O caminho estava horrível, com a lama a sorver-me os sapatos e a chuva caindo-me torrencialmente sobre a cabeça. As minhas roupas ficaram húmidas e sufocantes de suor debaixo da gabardina. No alto, o ruído das pás do helicóptero acelerava-me a pulsação, pondo-me muito ansioso. E, quando se elevou mais e o ruído diminuiu, ouvi homens a gritar ao longe: o chefe e os seus lacaios à caça.

Tropecei e fiz um golpe na canela numa raiz saliente. Pus-me de pé a pulso, gemendo de dor e continuei, aos tropeções. Sentia o tempo a fugir-me e quase conseguia ouvir o tiquetaque da bomba que era o desespero de Peter. O cão ladrava, os homens gritavam, o helicóptero sobrevoava as árvores.

Cheguei, por fim, ao topo da queda de água sibilante, sem fôlego, encharcado e coberto de lama. Voltei a trepar a escada secreta feita de raízes e pontos de apoio que levava à pequena mata. Abri caminho por entre o círculo de bétulas e sempre-verdes e cambaleei pela clareira.

Peter estava calmamente sentado no altar de pedra. Tinha a cabeça baixa e os braços apoiados nos joelhos erguidos. A pistola do polícia balançava, pendendo-lhe das mãos. A cruz formada pelo tronco da bétula e pelo ramo de abeto estava suspensa sobre ele. A chuva, que caía incessantemente, encharcava-o.

O helicóptero afastara-se para outra parte da reserva e o seu pulsar abafado fundia-se com o murmúrio da queda de água. Sob aquele ruído branco, o ladrar do cão e os gritos dos homens soavam fracos e distantes, mas parecendo aproximarem-se do rio, cada vez mais perto.

Peter ergueu os olhos fatigados para mim e deu uma gargalhada extenuada.

— Bem-vindo ao meu suicídio — disse. — Temos de acabar com estes encontros assim.

Precisei de levantar um pouco a voz por sobre o som da água a cair.

— Isto foi uma parvoíce, Peter. Dê-me a arma e vamos. Vai correr tudo bem.

— Ontem à noite, tive um sonho — foi a sua única resposta. — Quer ouvi-lo?

— Claro, mas primeiro dê-me a arma.

— Sonhei que estava a ver o paraíso — Sorriu para si próprio e olhou para longe, para lá das árvores. — É esquisito, não era assim tão diferente disto aqui. Refiro-me ao mundo, a isto. Mas era... branco, mais nada. Tudo. Era tudo de um branco... lindo, perfeito — Apoiou a cara nos joelhos e semicerrou os olhos, com ar sonhador. — Havia árvores, ainda havia árvores e relva e colinas, sabe? Todas as coisas boas continuavam lá, mas eram brancas. Era tudo de um branco perfeito. Excepto os anjos. Havia uns anjos e eram todos de cores diferentes. Cores vivas, vermelho, amarelo, azul. E abanavam as asas no meio daquela brancura. Abanavam as asas sem parar, muito devagar, sem esforço, preguiçosamente... — Ergueu o olhar para mim. — E enquanto ali estavam, logo acima deles, via, ou sentia, um espírito... um espírito lindo de amor perfeito. Tomava conta deles e contemplava o modo como abanavam as asas em toda aquela brancura — Afastou um caracol preto e molhado da testa, como se lhe obscurecesse a visão. — Um amor perfeito. Foi... lindo!

— Peter! — disse-lhe.

Voltou a si lentamente. O sorriso sonhador tornou-se irónico.

— Portanto, qual o significado de tudo isto, Doutor?

Com ambas as mãos, limpei a chuva do rosto e do cabelo.

— Não sei — Aproximei-me mais dele e do altar de pedra. A pedra chegava-me quase aos joelhos e Peter encontrava-se, assim, logo abaixo da linha do meu olhar. Olhei para ele de cima. — Não sei o que significa, Peter — respondi-lhe. — Talvez Deus lhe tenha concedido uma visão do Céu. Não sei.

Gostou da resposta. Fez um gesto de concordância, a água a escorrer-lhe pelas faces e a pingar-lhe do queixo. — Talvez Ele o tenha feito, talvez.

O murmúrio da queda de água rodeava-nos, acompanhado pelo som da chuva que caía sobre nós suavemente e pelo ruído do helicóptero que entretanto regressara àquela área. Algures abaixo de nós o cão ladrava indistintamente.

— A minha mulher matou Billy Frost — ouvi-me dizer.

Peter endireitou-se lentamente, afastando a cara dos joelhos. Os lábios abriram-se.

— Oh, não! Oh, meu Deus!

— Eles estiveram juntos há muito tempo, quando Frost matou aquelas pessoas numa quinta. Marie... a minha mulher, Marie, estava lá, pelo menos algumas vezes. E quando Frost a encontrou, começou a fazer chantagem com ela, dizendo-lhe que ela também iria para a prisão por causa do crime. Ela tentou calá-lo com dinheiro, mas ele queria mais do que isso. Queria-a de novo. Ameaçou-a. Ameaçou-me, a mim e à nossa filha. Ela tentou assustá-lo com uma arma e matou-o.

— Oh! Oh! — exclamava Peter Blue, abanando a cabeça. — Ele era tão maldoso, era um homem tão maldoso.

O helicóptero aproximava-se, mais ruidoso. O som da queda de água ia desaparecendo, abafado pelo ruído. Os sons dos homens e do cão já não se ouviam.

— Eu amo... — tive de engolir as lágrimas. — Amo a minha mulher... Marie... amo-a... e às crianças... Nem sei como dizer o quanto... E devido... a isso... por amá-los tanto, não vi sequer o que estava ali à minha frente, a um palmo dos meus olhos, e é por isso... é por esse motivo que isto lhe aconteceu a si.

Não sei o que esperava. Perdão, uma revelação, raiva. Peter ficou sentado, olhando para o espaço, reflectindo. O que me pareceu por muito tempo. Cogitando. E depois fez um aceno de cabeça — sorriu um pouco e acenou — como se aquilo fosse a solução de um *puzzle* que procurava há muito.

— Lamento, Peter — disse-lhe.

Continuou a acenar com a cabeça. Depois, com um suspiro, saiu da sua quimera.

— O quê? — Olhou para mim, surpreendido. — Oh! Oh, não, não, o senhor não compreende — Pôs-se de pé e avançou para mim, de pé sobre a pedra, muito mais alto do que eu. Baixou-se e agarrou-me no ombro. — Agora está bem, está melhor. O senhor representa tanto para mim, é tão bom. Agora está perfeito.

— Se eu tivesse compreendido mais depressa, agido mais rapidamente...

— Não. Ninguém foi como o senhor, pelo menos para mim. Tudo bate certo.

O ar vibrava à medida que o helicóptero pairava e se aproximava mais. Mesmo com Peter ali tão perto, acima de mim, sobre a pedra, quase tive de gritar.

— Chegou a altura de regressar, comigo, Peter. Venha e vamos esclarecer tudo. Esta dívida é nossa, minha e de Marie. Lamento que tenha sofrido por causa dela.

— Não, não, o senhor não compreende. É exactamente isso. É o que torna tudo tão perfeito.

— Que quer dizer? Não... não compreendo o que está a dizer.

Pareceu não me ter ouvido. Isto é, limitou-se a sorrir. Fez aquele seu sorriso radioso, que lhe inundou o rosto, iluminando-o e tornando-o belo. Largou o meu ombro e endireitou-se. Teve também de gritar, por cima do ruído do helicóptero, que aumentava cada vez mais à medida que ele falava.

— Porque ainda cá está — disse, como se isso explicasse tudo.
— Pensei que o senhor mo tivesse roubado, mas não roubou. Ainda cá está. Vi-o no meu sonho, vi-o mesmo à minha frente.

O helicóptero estava agora pertíssimo; devia estar mesmo por trás dos abetos mais baixos e o som dos batimentos abafava tudo o mais. O murmúrio da queda de água fora engolido por ele, o mesmo acontecendo ao ruído da chuva. Tudo desaparecera no ar que pulsava, de forma que, quando Peter voltou a falar, não o consegui ouvir — ou ouvi-o mal. Devo ter percebido mal, pois o que me pareceu que tivesse dito foi: «Só tens de caminhar até lá sobre a água, querido.»

— O quê? — gritei. — O que é que disse?

A chuva continuava a cair e as nuvens mantinham-se baixas e pesadas. Mas naquele instante vi — juro que vi — uma luz, uma luz dourada a espalhar-se novamente no seu rosto. Os braços voltaram a erguer-se, o corpo ficou tenso, enrijeceu. Atirou a cabeça para trás, expondo-a aos elementos, à tempestade. Acima de nós, o helicóptero ficou visível. As copas das árvores abanaram. A cruz — a bétula e o abeto — abanou também, com um ruído seco. A chuva rodopiava loucamente. Peter permaneceu assim, com os braços completamente abertos e o ar que o rodeava pulsava ao mesmo ritmo a que parecia percorrer-lhe as veias.

Não conseguia ouvi-lo, mas sei que se estava a rir. Ria com aquelas enormes gargalhadas infantis de puro deleite.

E então — só então — compreendi.

Atirei-me contra ele.

— Não, Peter, não!

Mas ele virava já o braço, aproximando a arma da testa. Com a mão, varri o ponto onde estivera a arma, tocando no vazio. Peter premiu o gatilho no momento em que eu caía de joelhos.

Fiquei imóvel, ajoelhado, com a cabeça curvada. O helicóptero pairava, ensurdecedor, no céu negro como carvão. O rapaz jazia morto sobre o altar de pedra.

QUINTA PARTE

No final de Janeiro houve um grande nevão. Começou numa sexta-feira à noite, por volta das oito. Pela meia-noite, a cidade estava coberta com um manto tão espesso que a floresta e a estrada, igualmente brancas, pareciam fundir-se uma na outra e os veados apareceram para pastar ao longo dos caminhos.

Quando a manhã de sábado amanheceu cristalina, os miúdos ficaram ansiosos por sair. Mal tinham acabado o pequeno-almoço, já Eva e J.R. estavam com os fatos de *esqui* vestidos, a atirarem bolas de neve um ao outro, enquanto Marie enfiava ainda as botas a Tot. «Esperem por mim, esperem por mim!», gritava-lhes Tot, até que Marie a levou calmamente lá para fora.

Eu encontrava-me sentado na entrada envidraçada, a beber o café da manhã. Montara as janelas de Inverno no fim do Outono e ligara o aquecimento dos rodapés. Era um sítio confortável para estar sentado a ver os miúdos a brincar.

Passado algum tempo, ouvi Marie entrar e senti-a encostar-se ao meu ombro, de pé.

— Deixa-me aquecer isso, querido — disse.

— Obrigado, querida. És muito amável — Ouvi o som do café a correr, enquanto observava as crianças. — Olha para eles ali fora.

— Eu sei — anuiu Marie alegremente. — Gostam mesmo da neve.

Eva e J.R. construíam agora fortes na base da pequena colina. Tot tinha o seu trenó de plástico e queria que alguém a puxasse.

— É melhor eu ir lá fora ajudar Tot — sugeriu Marie. — Precisas de mais alguma coisa?

— Não, estou óptimo, mas obrigado na mesma.

Ouvi o roçar dos seus *jeans* quando saiu pela porta da entrada. Ainda havia dias assim, em que me era difícil olhar para ela. À medida que o tempo passava eram cada vez menos, mas por vezes ainda existiam. O seu sorriso era infinitamente doce, o seu olhar infinitamente amável mas não sei, para mim tornava-se doloroso. Noutras ocasiões, era melhor. À noite era sempre melhor. De certo modo, era ainda melhor do que antes.

Ao princípio, sentira-me incapaz de lhe tocar. Dormia na beira da cama, com as costas voltadas, a olhar para a escuridão. No entanto, depressa ela começou a chegar-se e a enroscar as suas pernas nas minhas, pousando a mão no meu corpo. Por fim, uma noite, virei-me e ela caiu nos meus braços. Foi estranho: exactamente igual a quando nos encontrámos pela primeira vez. E repetiu-se todas as noites com a mesma intensidade febril de outrora. Éramos rápidos e ásperos, quase brutos, com uma urgência desesperada. Respirávamos na boca um do outro como se partilhássemos a última golfada de ar do mundo. Era quase embaraçoso, expor assim a nossa fome um pelo outro, a nossa capacidade de tirar prazer um do outro, independentemente de tudo. Na verdade, penso que durante algum tempo nos sentimos, de facto, embaraçados, envergonhados até. À luz da manhã, agíamos como estranhos após uma aventura ocasional, impacientes por nos afastarmos. Mas, afinal, não éramos estranhos. Havia agora manhãs em que Marie me olhava e sorria e eu lhe sorria também. E por algum tempo as coisas foram quase como nos velhos tempos.

Penso que Marie, muito especialmente, tinha a sua maneira de esquecer aquilo. Vivera com os seus segredos durante mais de vinte anos e acho que isso desenvolvera nela uma certa aptidão. Por um lado, acreditava sinceramente que Deus a salvara da prisão para bem dos filhos e para meu bem. Tinha uma fé cega em que Ele lhe perdoaria as transgressões — as suas, todas elas — se fosse muito boa para nós, trabalhasse para a igreja e orasse profundamente aos domingos. No entanto, acho que o seu talento para a devoção, para se dedicar completamente às pessoas que amava, também lhe virava o espírito para o exterior, de forma natural. Era uma característica que lhe trouxera sofrimento quando era jovem, ao dedicar-se a Billy Frost. Mas agora ajudava-a. Por vezes, parecia até que a elevava a um certo estado de graça.

Para mim, não era assim tão fácil. Creio que não terá havido um momento em que eu tivesse deixado de pensar em tudo aquilo, em algum aspecto relacionado com a questão. Por vezes, um deles regressava para me perseguir. Certamente não houve um único dia — até ao momento presente — em que não pensasse em Peter Blue.

Penso, evidentemente, em todas as vezes em que o podia ter salvo, em todas as oportunidades que tive e que perdi. Se, ao menos, tivesse falado no café. Se, ao menos, tivesse falado quando Hunnicut o veio prender. Se, ao menos, me tivesse apercebido mais cedo, através das mentiras de Marie. Se, ao menos, a tivesse amado menos.

Contudo, por vezes também me interrogo se tudo isso poderia ter feito diferença. Não sei como explicar, mas às vezes penso que logo no primeiro momento em que o conheci, senti que era isto que Peter já tinha em mente. *Bem-vindo ao meu suicídio.* Como se fosse inevitável. Como se eu constituísse apenas a assistência para uma história já escrita sobre a natureza das coisas. Sei que senti algo assim quando, depois de tudo terminado, convenci Marie de que tínhamos de manter o silêncio. Ela queria ainda entregar-se à polícia, mesmo depois da morte de Peter, apesar de a polícia estar convencida de que fora ele. Mas Peter fora-se, disse-lhe, os nossos filhos estavam ali e precisavam dela. Não podíamos deixar que Tot, J.R. e Eva pagassem com a sua felicidade a vida de um homem como Billy Frost.

Não sei se acreditava nisso. Já não sei bem em que é que acredito, mas seria o primeiro a dizê-lo se considerassem isso um argumento egoísta, que só serviria os meus fins egoístas. Mas o que tento dizer-vos é o seguinte: tive a sensação de que era aquilo que Peter queria, que fora assim que planeara as coisas e que, portanto, em relação a isso, lhe devo qualquer coisa. Ou, pelo menos, é o que digo a mim próprio nas horas terríveis que precedem o amanhecer.

De qualquer modo, o caso do assassínio de Billy Frost foi declarado encerrado pelo departamento da polícia de Highbury. O chefe Hunnicut anunciou a sua reforma pouco depois e retirou-se no fim do ano. Ouvira dizer que planeava mudar-se para a Florida num futuro próximo. Eu demiti-me também, abandonando a presidência da clínica. Depois da morte de Peter, o jornal local começou a preparar-se para um cansativo escândalo centrado em *The Manor*. Como fora possível que um miúdo tão violento tivesse ido parar a um lugar sem segurança? Como pudera fugir e cometer um homicídio, suicidando-se em seguida? Que espécie de mal se albergava no tal *Manor*, instalado como um cancro no seio da nossa comunidade? E por aí fora. Emiti de imediato uma declaração aceitando toda a responsabilidade do caso de Peter e abandonei o lugar. Para minha delícia, o Conselho de Administração despediu também Ray Oakem por causa das dúvidas e Gould foi nomeado como novo presidente. O jornal, privado de alvos, acabou por deixar o escândalo desfazer-se em nada e morrer. A minha reputação nem sequer sofreu muito com isso, ou mesmo nada. As pessoas importantes da cidade conheciam-me todas e partiram do princípio de que a minha demissão era um acto de honra e que, Oakem, um forasteiro, era o verdadeiro culpado. Todos os meus doentes decidiram continuar comigo e Gould enviou-me até alguns novos. Em breve abri um consultório perto do centro da cidade, onde creio estar a fazer um bom trabalho.

Quanto aos pacientes de Cade House, saíram todos, sendo substituídos por outros. Vi os seus relatórios de acompanhamento e falei até com um ou dois dos miúdos. Felizmente, posso dizer que todos reagiram bastante bem ao tratamento. Hoje, Nora come normalmente, vai entrar na universidade em Setembro próximo e tem um namorado. Ângela parou de se cortar e trabalha alegremente numa estação de TV, em Hartford. Brad largou as drogas e está a sair-se bem no liceu. Austin e Shane venceram ambos a depressão e — contra o conselho do médico — abandonaram a medicação sem sinais de regressão aparentes.

O que nos traz até ao presente, até Janeiro, até àquele sábado à tardinha depois do grande nevão.

Estava sentado na entrada a beber o meu café e a ver as crianças a brincar no jardim, quando um pequeno *Dodge* modesto subiu a entrada. Nas primeiras semanas após a morte de Peter, sentia um pequeno acesso de medo de cada vez que via aproximar-se um agente da polícia. Esse período já estava a passar e não senti nada de especial ao ver Orrin Hunnicut desenfiar-se lá de dentro. Fui ter com ele, enquanto subia ruidosamente o caminho até à porta.

Tinha agora um aspecto diferente. Os efeitos da reforma, segundo creio. Talvez também já tivesse ultrapassado a dor da morte da mulher, não sei, mas a sua expressão era, de certo modo, mais suave do que dantes, menos ameaçadora. Tinha um sorriso desdentado e inofensivo e fazia já lembrar um velhote pacato.

Juntou-se-me na entrada. Não quis café, dizendo que não podia demorar-se. Nem sequer despiu o sobretudo, o que o fazia parecer ainda maior do que o habitual, lembrando ainda mais um urso sem pêlo.

Sentámo-nos lado a lado, apenas com a pequena mesa de café entre nós. Segurava nas mãos um envelope, um grande envelope castanho cheio a abarrotar.

Observámos pela janela as crianças a brincar na colina. Marie juntara-se-lhes. Trazia a camisola de lã branca e um barrete de pele que lhe deixava o cabelo solto. Estava muito bonita, à moda antiga, com um ar invernal. Puxava o trenó de Tot e os outros miúdos, nos seus fortes, bombardeavam-na com bolas de neve. Apesar das janelas de protecção contra a tempestade, conseguíamos ouvi-los a rir às gargalhadas.

Hunnicut, qual avô, soltou uma risada.

— Olhe para eles, ah, olhe só para eles. Tem aqui uma bela família, Doutor, uma bela família.

— Obrigado.

— Aquela sua mulher... sei que já disse isto, mas é uma das mulheres mais amáveis e bondosas que tive a honra de conhecer — Após abanar a cabeça sentimentalmente, continuou: — É isso que faz com que as coisas aconteçam, não é? Uma mulher assim. Acredite, tenho dois dos melhores filhos do mundo, apesar de ser eu a dizê-lo.

— Recordo-me de que o seu filho está na Força Aérea.

— Já é coronel e tudo. E a minha filha é professora e tem uma bela família. E sempre que olho para os dois, agradeço a Deus por a minha mulher ter sido quem era, uma mulher como a sua. Acredite, é isso que faz com que as coisas aconteçam. Sei do que estou a falar.

— Acredito em si, pode crer — respondi.

Riu-se novamente, olhando para os miúdos.

— Olhe só para eles. Caramba, é bom ser novo, não é? — Estremeceu debaixo do sobretudo. — Brr... tenho a certeza de que não vou sentir a falta deste frio.

— E então, quando é que parte para a Florida?

— Oh, daqui a uns dias, provavelmente no fim do mês. É esse o plano. Provavelmente, vou esperar para vender a casa na Primavera. É quando se conseguem os melhores preços. Mas estou pronto, não preciso de ser convencido — Riu-se.

— Portanto, está a aproveitar bem a reforma.
— Sim, estou, sem qualquer dúvida. Parar é muito difícil, mesmo muito difícil. Fui agente da ordem por mais de quarenta anos, Doutor, mas... bem, não sei. Depois de a minha mulher partir, as coisas tornaram-se demasiado difíceis para um homem só. Ninguém com quem falar, com quem partilhar os problemas do dia. É disso que se trata, ter alguém com quem partilhar os problemas do dia-a-dia. Não vamos longe com as coisas todas fechadas cá dentro, é por isso que as pessoas se casam, que rezam, e é por isso que os criminosos confessam, se quer saber. É a razão por que vêm ter connosco, acho eu. São raras as pessoas que conseguem viver sozinhas com a verdade, isso sem dúvida — Ficou em silêncio por pouco tempo, acrescentando: — Bem... — Ergueu o envelope castanho. — Não vou estragar o seu sábado com esta conversa de velho. Só queria deixar-lhe isto, coisas que juntei sobre o caso de Peter Blue, nada de oficial. Para arrumar a casa e satisfazer a minha curiosidade, se quiser. Nada em que a polícia estivesse interessada, mas pensei que talvez gostasse de ficar com isto, uma vez que esteve ligado ao caso.

Senti um arrepio de ansiedade, mas só ligeiramente. Peguei no envelope.

— Obrigado, gostarei certamente. Vou dar-lhe uma olhadela.

Levantou-se com um gemido e eu levantei-me também. Apertámos as mãos.

— O senhor é um bom homem, Doutor. Foi agradável conhecê-lo. Tome conta da sua família, está a ouvir?

— Diga qualquer coisa — respondi, desejando lá do fundo do coração nunca mais o ver ou ter notícias dele.

Insistiu em sair sozinho. Instalei-me de novo na cadeira, com o envelope no colo. Ao dirigir-se ao carro, vi Hunnicut erguer a sua enorme mão para Marie. Virei-me e vi-a a acenar também, hesitantemente, pensei, com um sorriso indeciso. Parecia ter ficado completamente imóvel a olhar para o carro, que desceu a entrada em marcha-atrás, arrancando depois pela estrada.

Eu também fiquei a vê-lo. Esperei até que saísse fora de vista antes de abrir o envelope. Depois, meti a mão lá dentro e tirei a primeira folha de papel em que toquei. Era uma cópia do artigo que eu lera sobre o assassínio dos Whalley na revista de domingo do *New York Times*. Era a fotografia do bando de Billy Frost em frente da casa deles no Missouri. Preso ao artigo com um clipe estava uma secção da foto, que Hunnicut mandara ampliar. Era a mulher sentada na relva, ao fundo. Isto é, era Marie.

Enfiei os papéis de novo no envelope. Pensei que pudera ter sido um gesto generoso da parte daquele homenzarrão. Tratar-se-ia portanto, e acima de tudo, também de uma confissão. Ter-me-ia procurado para me fazer compreender que eu também não estava só.

Mas é claro que não era suficiente. Não podia ser. É que ele não sabia tudo. Eu era o único que sabia tudo — as ligações, as coincidências inexplicáveis, os pensamentos secretos, os sonhos — e nem eu estava certo do que sabia exactamente.

No entanto, posso dizer-vos o seguinte: aquilo que me vem à memória quando hoje penso em Peter Blue é o momento em que fugiu. Penso no momento em que corria pela viela e o delegado puxou da arma. Lembro-me do segundo exacto em que pensei que Peter ia ser certamente morto a tiro. E lembro-me da minha alegria, da forma como o meu coração deu um salto, do pensamento que me veio à cabeça, de que *Assim, tudo acabaria*. Lembro-me dessas coisas e depois lembro-me de estar com ele à chuva na pequena mata e interrogo-me: será que eu sabia — nalguma parte de mim mesmo, quer dizer, eu conhecia-o, conhecia-o muito bem —, será que eu sabia o que ele faria se lhe confessasse a verdade sobre Marie? Mesmo que não soubesse, mesmo que não o tivesse previsto, não poderia, pelo menos, ter compreendido um segundo mais cedo o que ele estava a planear? Não poderia ter saltado para ele uma fracção de segundo antes e ter agarrado a arma?

Não sei. Não sei a resposta. Já é suficientemente mau ter de colocar a pergunta. É suficientemente mau à noite, acordado, só, partilhar estas perguntas com a escuridão.

Portanto, foi isto que escrevi, a minha confissão. E, no todo, constitui algum conforto o facto de vós, os meus leitores, a aceitarem. Houve momentos em que vos vi com tanta clareza enquanto escrevia que me chegou a parecer que estas palavras nos ligavam, vida com vida, e que o fardo da solidão se tornava um pouco mais leve. Mas é ilusório, claro. Nunca poderei mostrar isto a ninguém, isto é, a ninguém real. Terei de a queimar quando a terminar, tal como queimei o conteúdo do envelope que Hunnicut me deu. Receio que vós, meus amigos, nunca passem de um produto da minha imaginação. Assim que completar a última frase desta história, esfumar-se-ão.

Quem quer que pense que a felicidade é fútil, disse-me uma vez a minha irmã Mina, *não compreende a natureza trágica dessa mesma felicidade.* Era-me sempre difícil compreender as suas declarações místicas, mas creio que agora entendo esta um pouco melhor. É que a nossa felicidade está construída sobre água. Tudo o que somos está construído sobre água. E depois de vermos isso, depois de o sabermos, começamos a afundarmo-nos, a afogarmo-nos. Mas o que Mina nunca compreendeu — ou que talvez tenha compreendido tarde demais — é que, depois de sabermos verdadeiramente, podemos fazer como se *não* soubéssemos. Podemos saber e, de alguma forma, apesar de sabermos, podemos *não* saber. É, então, possível caminhar sobre a água. Ainda existem momentos em que sou muito feliz.

Nesse dia de Janeiro, fui feliz durante algum tempo, vendo a minha família pelas janelas da entrada. Voltara a fechar o envelope de Hunnicut e pousara-o sobre a mesa do café. Fiquei confortavelmente sentado com as mãos cruzadas sobre o colo, olhando para os miúdos a brincar na neve. No nosso grande jardim, a neve, fofa e imaculada, cintilava à luz do sol. E da berma descia suavemente até ao início do bosque, onde as árvores se erguiam, cobertas de neve, guardando os trilhos emaranhados e a branca extensão da floresta. À minha frente, a brancura estendia-se até à pequena colina onde estavam as crianças. Tinham já abandonado os fortes e o trenó e estavam deitadas de costas sobre aquele declive branco. Faziam de anjos, movendo suavemente os braços para cima e para baixo, para cima e para baixo, para gravar a forma das asas na superfície branca de neve. Tot, com o seu fato de neve vermelho, J.R, com a *parka* azul, Eva toda de amarelo, vívidos contra o branco infinito. E Marie. Ergui o olhar para ela. Estava de pé, ligeiramente mais acima, a encosta branca da colina como fundo. Tinha os braços cruzados sob os seios e sorria às crianças, logo abaixo dela.

Fiquei sentado na entrada a olhar para fora e senti-me feliz, ao ver os meus filhos, nos seus fatos coloridos, a fazerem de anjos na neve, ao ver Marie, mais acima, sorrindo-lhes, guardando-os. Como um espírito de amor perfeito.

GRANDES NARRATIVAS

1. O Mundo de Sofia,
   JOSTEIN GAARDER
2. Os Filhos do Graal,
   PETER BERLING
3. Outrora Agora,
   AUGUSTO ABELAIRA
4. O Riso de Deus,
   ANTÓNIO ALÇADA BAPTISTA
5. O Xangô de Baker Street,
   JÔ SOARES
6. Crónica Esquecida d'El Rei D. João II,
   SEOMARA DA VEIGA FERREIRA
7. Prisão Maior,
   GUILHERME PEREIRA
8. Vai Aonde Te Leva o Coração,
   SUSANNA TAMARO
9. O Mistério do Jogo das Paciências,
   JOSTEIN GAARDER
10. Os Nós e os Laços,
    ANTÓNIO ALÇADA BAPTISTA
11. Não É o Fim do Mundo,
    ANA NOBRE DE GUSMÃO
12. O Perfume,
    PATRICK SÜSKIND
13. Um Amor Feliz,
    DAVID MOURÃO-FERREIRA
14. A Desordem do Teu Nome,
    JUAN JOSÉ MILLÁS
15. Com a Cabeça nas Nuvens,
    SUSANNA TAMARO
16. Os Cem Sentidos Secretos,
    AMY TAN
17. A História Interminável,
    MICHAEL ENDE
18. A Pele do Tambor,
    ARTURO PÉREZ-REVERTE
19. Concerto no Fim da Viagem,
    ERIK FOSNES HANSEN
20. Persuasão,
    JANE AUSTEN
21. Neandertal,
    JOHN DARNTON
22. Cidadela,
    ANTOINE DE SAINT-EXUPÉRY
23. Gaivotas em Terra,
    DAVID MOURÃO-FERREIRA
24. A Voz de Lila,
    CHIMO
25. A Alma do Mundo,
    SUSANNA TAMARO
26. Higiene do Assassino,
    AMÉLIE NOTHOMB
27. Enseada Amena,
    AUGUSTO ABELAIRA
28. Mr. Vertigo,
    PAUL AUSTER
29. A República dos Sonhos,
    NÉLIDA PIÑON
30. Os Pioneiros,
    LUÍSA BELTRÃO
31. O Enigma e o Espelho,
    JOSTEIN GAARDER
32. Benjamim,
    CHICO BUARQUE
33. Os Impetuosos,
    LUÍSA BELTRÃO
34. Os Bem-Aventurados,
    LUÍSA BELTRÃO
35. Os Mal-Amados,
    LUÍSA BELTRÃO
36. Território Comanche,
    ARTURO PÉREZ-REVERTE
37. O Grande Gatsby,
    F. SCOTT FITZGERALD
38. A Música do Acaso,
    PAUL AUSTER
39. Para Uma Voz Só,
    SUSANNA TAMARO
40. A Homenagem a Vénus,
    AMADEU LOPES SABINO
41. Malena É Um Nome de Tango,
    ALMUDENA GRANDES
42. As Cinzas de Angela,
    FRANK McCOURT
43. O Sangue dos Reis,
    PETER BERLING
44. Peças em Fuga,
    ANNE MICHAELS
45. Crónicas de Um Portuense Arrependido,
    ALBANO ESTRELA
46. Leviathan,
    PAUL AUSTER
47. A Filha do Canibal,
    ROSA MONTERO
48. A Pesca à Linha – Algumas Memórias,
    ANTÓNIO ALÇADA BAPTISTA
49. O Fogo Interior,
    CARLOS CASTANEDA
50. Pedro e Paula,
    HELDER MACEDO
51. Dia da Independência,
    RICHARD FORD
52. A Memória das Pedras,
    CAROL SHIELDS
53. Querida Mathilda,
    SUSANNA TAMARO
54. Palácio da Lua,
    PAUL AUSTER
55. A Tragédia do Titanic,
    WALTER LORD
56. A Carta de Amor,
    CATHLEEN SCHINE
57. Profundo como o Mar,
    JACQUELYN MITCHARD
58. O Diário de Bridget Jones,
    HELEN FIELDING
59. As Filhas de Hanna,
    MARIANNE FREDRIKSSON
60. Leonor Teles ou o Canto da Salamandra,
    SEOMARA DA VEIGA FERREIRA
61. Uma Longa História,
    GÜNTER GRASS
62. Educação para a Tristeza,
    LUÍSA COSTA GOMES
63. Histórias do Paranormal – I Volume,
    Direcção de RIC ALEXANDER
64. Sete Mulheres,
    ALMUDENA GRANDES
65. O Anatomista,
    FEDERICO ANDAHAZI
66. A Vida É Breve,
    JOSTEIN GAARDER
67. Memórias de Uma Gueixa,
    ARTHUR GOLDEN
68. As Contadoras de Histórias,
    FERNANDA BOTELHO
69. O Diário da Nossa Paixão,
    NICHOLAS SPARKS
70. Histórias do Paranormal – II Volume,
    Direcção de RIC ALEXANDER
71. Peregrinação Interior – I Volume,
    ANTÓNIO ALÇADA BAPTISTA
72. O Jogo de Morte,
    PAOLO MAURENSIG
73. Amantes e Inimigos,
    ROSA MONTERO
74. As Palavras Que Nunca Te Direi,
    NICHOLAS SPARKS
75. Alexandre, O Grande – O Filho do Sonho,
    VALERIO MASSIMO MANFREDI
76. Peregrinação Interior – II Volume,
    ANTÓNIO ALÇADA BAPTISTA
77. Este É o Teu Reino,
    ABILIO ESTÉVEZ
78. O Homem Que Matou Getúlio Vargas,
    JÔ SOARES
79. As Piedosas,
    FEDERICO ANDAHAZI
80. A Evolução de Jane,
    CATHLEEN SCHINE
81. Alexandre, O Grande – O Segredo do Oráculo,
    VALERIO MASSIMO MANFREDI
82. Um Mês com Montalbano,
    ANDREA CAMILLERI
83. O Tecido do Outono,
    ANTÓNIO ALÇADA BAPTISTA
84. O Violinista,
    PAOLO MAURENSIG
85. As Visões de Simão,
    MARIANNE FREDRIKSSON
86. As Desventuras de Margaret,
    CATHLEEN SCHINE
87. Terra de Lobos,
    NICHOLAS EVANS
88. Manual de Caça e Pesca para Raparigas,
    MELISSA BANK
89. Alexandre, o Grande – No Fim do Mundo,
    VALERIO MASSIMO MANFREDI
90. Atlas de Geografia Humana,
    ALMUDENA GRANDES
91. Um Momento Inesquecível,
    NICHOLAS SPARKS
92. O Último Dia,
    GLENN KLEIER
93. O Círculo Mágico,
    KATHERINE NEVILLE
94. Receitas de Amor para Mulheres Tristes,
    HÉCTOR ABAD FACIOLINCE
95. Todos Vulneráveis,
    LUÍSA BELTRÃO
96. A Concessão do Telefone,
    ANDREA CAMILLERI
97. Doce Companhia,
    LAURA RESTREPO
98. A Namorada dos Meus Sonhos,
    MIKE GAYLE
99. A Mais Amada,
    JACQUELYN MITCHARD
100. Ricos, Famosos e Beneméritos,
     HELEN FIELDING
101. As Bailarinas Mortas,
     ANTONIO SOLER
102. Paixões,
     ROSA MONTERO
103. As Casas da Celeste,
     THERESA SCHEDEL
104. A Cidadela Branca,
     ORHAN PAMUK
105. Esta É a Minha Terra,
     FRANK McCOURT
106. Simplesmente Divina,
     WENDY HOLDEN
107. Uma Proposta de Casamento,
     MIKE GAYLE
108. O Novo Diário de Bridget Jones,
     HELEN FIELDING
109. Crazy – A História de Um Jovem,
     BENJAMIN LEBERT
110. Finalmente Juntos,
     JOSIE LLOYD E EMLYN REES
111. Os Pássaros da Morte,
     MO HAYDER

GRANDES NARRATIVAS

112. A Papisa Joana,
 DONNA WOOLFOLK CROSS
113. O Aloendro Branco,
 JANET FITCH
114. O Terceiro Servo,
 JOEL NETO
115. O Tempo nas Palavras,
 ANTÓNIO ALÇADA BAPTISTA
116. Vícios e Virtudes,
 HELDER MACEDO
117. Uma História de Família,
 SOFIA MARRECAS FERREIRA
118. Almas à Deriva,
 RICHARD MASON
119. Corações em Silêncio,
 NICHOLAS SPARKS
120. O Casamento de Amanda,
 JENNY COLGAN
121. Enquanto Estiveres Aí,
 MARC LEVY
122. Um Olhar Mil Abismos,
 MARIA TERESA LOUREIRO
123. A Marca do Anjo,
 NANCY HUSTON
124. O Quarto do Pólen,
 ZOË JENNY
125. Responde-me,
 SUSANNA TAMARO
126. O Convidado de Alberta,
 BIRGIT VANDERBEKE
127. A Outra Metade da Laranja,
 JOANA MIRANDA
128. Uma Viagem Espiritual,
 BILLY MILLS e NICHOLAS SPARKS
129. Fragmentos de Amor Furtivo,
 HÉCTOR ABAD FACIOLINCE
130. Os Homens São como Chocolate,
 TINA GRUBE
131. Para Ti, Uma Vida Nova,
 TIAGO REBELO
132. Manuela,
 PHILIPPE LABRO
133. A Ilha Décima,
 MARIA LUÍSA SOARES
134. Maya,
 JOSTEIN GAARDER
135. Amor É Uma Palavra de Quatro Letras,
 CLAIRE CALMAN
136. Em Memória de Mary,
 JULIE PARSONS
137. Lua-de-Mel,
 AMY JENKINS
138. Novamente Juntos,
 JOSIE LLOYD E EMLYN REES
139. Ao Virar dos Trinta,
 MIKE GAYLE
140. O Marido Infiel,
 BRIAN GALLAGHER
141. O Que Significa Amar,
 DAVID BADDIEL
142. A Casa da Loucura,
 PATRICK McGRATH
143. Quatro Amigos,
 DAVID TRUEBA
144. Estou-me nas Tintas para os Homens Bonitos,
 TINA GRUBE
145. Eu até Sei Voar,
 PAOLA MASTROCOLA
146. O Homem Que Sabia Contar,
 MALBA TAHAN
147. A Época da Caça,
 ANDREA CAMILLERI
148. Não Vou Chorar o Passado,
 TIAGO REBELO
149. Vida Amorosa de Uma Mulher,
 ZERUYA SHALEV
150. Danny Boy,
 JO-ANN GOODWIN
151. Uma Promessa para Toda a Vida,
 NICHOLAS SPARKS
152. O Romance de Nostradamus – O Presságio,
 VALERIO EVANGELISTI
153. Cenas da Vida de Um Pai Solteiro,
 TONY PARSONS
154. Aquele Momento,
 ANDREA DE CARLO
155. Renascimento Privado,
 MARIA BELLONCI
156. A Morte de Uma Senhora,
 THERESA SCHEDEL
157. O Leopardo ao Sol,
 LAURA RESTREPO
158. Os Rapazes da Minha Vida,
 BEVERLY DONOFRIO
159. O Romance de Nostradamus – O Engano,
 VALERIO EVANGELISTI
160. Uma Mulher Desobediente,
 JANE HAMILTON
161. Duas Mulheres, Um Destino,
 MARIANNE FREDRIKSSON
162. Sem Lágrimas Nem Risos,
 JOANA MIRANDA
163. Uma Promessa de Amor,
 TIAGO REBELO
164. O Jovem da Porta ao Lado,
 JOSIE LLOYD & EMLYN REES
165. € 14,99 – A Outra Face da Moeda,
 FRÉDÉRIC BEIGBEDER
166. Precisa-se de Homem Nu,
 TINA GRUBE
167. O Príncipe Siddharta – Fuga do Palácio,
 PATRICIA CHENDI
168. O Romance de Nostradamus – O Abismo,
 VALERIO EVANGELISTI
169. O Citroën Que Escrevia Novelas Mexicanas,
 JOEL NETO
170. António Vieira – O Fogo e a Rosa,
 SEOMARA DA VEIGA FERREIRA
171. Jantar a Dois,
 MIKE GAYLE
172. Um Bom Partido – I Volume,
 VIKRAM SETH
173. Um Encontro Inesperado,
 RAMIRO MARQUES
174. Não Me Esquecerei de Ti,
 TONY PARSONS
175. O Príncipe Siddharta – As Quatro Verdades,
 PATRICIA CHENDI
176. O Claustro do Silêncio,
 LUÍS ROSA
177. Um Bom Partido – II Volume,
 VIKRAM SETH
178. As Confissões de Uma Adolescente,
 CAMILLA GIBB
179. Bons na Cama,
 JENNIFER WEINER
180. Spider,
 PATRICK McGRATH
181. O Príncipe Siddharta – O Sorriso do Buda,
 PATRICIA CHENDI
182. O Palácio das Lágrimas,
 ALEV LYTLE CROUTIER
183. Apenas Amigos,
 ROBYN SISMAN
184. O Fogo e o Vento,
 SUSANNA TAMARO
185. Henry & June,
 ANAÏS NIN
186. Um Bom Partido – III Volume,
 VIKRAM SETH
187. Um Olhar à Nossa Volta,
 ANTÓNIO ALÇADA BAPTISTA
188. O Sorriso das Estrelas,
 NICHOLAS SPARKS
189. O Espelho da Lua,
 JOANA MIRANDA
190. Quatro Amigas e Um Par de Calças,
 ANN BRASHARES
191. O Pianista,
 WLADYSLAW SZPILMAN
192. A Rosa de Alexandria,
 MARIA LUCÍLIA MELEIRO
193. Um Pai muito Especial,
 JACQUELYN MITCHARD
194. A Filha do Curandeiro,
 AMY TAN
195. Começar de Novo,
 ANDREW MARK
196. A Casa das Velas,
 K. C. McKINNON
197. Últimas Notícias do Paraíso,
 CLARA SÁNCHEZ
198. O Coração do Tártaro,
 ROSA MONTERO
199. Um País para Lá do Azul do Céu,
 SUSANNA TAMARO
200. As Ligações Culinárias,
 ANDREAS STAÏKOS
201. De Mãos Dadas com a Perfeição,
 SOFIA BRAGANÇA BUCHHOLZ
202. O Vendedor de Histórias,
 JOSTEIN GAARDER
203. Diário de Uma Mãe,
 JAMES PATTERSON
204. Nação Prozac,
 ELIZABETH WURTZEL
205. Uma Questão de Confiança,
 TIAGO REBELO
206. Sem Destino,
 IMRE KERTÉSZ
207. Laços Que Perduram,
 NICHOLAS SPARKS
208. Um Verão Inesperado,
 KITTY ALDRIDGE
209. D'Acordo,
 MARIA JOÃO LEHNING
210. Um Casamento Feliz,
 ANDREW KLAVAN